안녕의 발견

안녕의 발견

김종광 소설

차례

암소가 술 마신 집

1

　역경리에서 입 걸쭉하기로 뜨르르한 욕댁(35년생). 20년 전만 해도 명성을 나누던 이들이 한 부락에 한둘씩은 있었다. 멀리 갈 것 없이 욕댁이 사는 범골에는 짠물댁(31년생)이 용호상박했다. 이래저래 다 떠나고 쇠하여 욕댁에게 감히 범접할 여인이 없었다. 욕댁을 능가하고도 남을 50대 후반 여성들이 몇 있기는 했지만, 그네들은 융노인(隆老人)을 소가 닭 보듯 했다. 욕댁도 그 '젊은것들'은 본능적으로 조심했기에 맞짱 뜰 일은 없었다.

　욕댁의 새 맞수가 등장한 것은 세월호가 침몰했던 해 11월 하순이었다. 사흘간 사정없이 몰아친 바람에 범골의 암은행

나무들은 탐욕스레 매달았던 열매들을 원 없이 떨구었다. 위 뜸 사는 욕댁은 사륜전동차에 짐칸까지 매달고 갈지자로 내려왔다가, 음지뜸으로 꼬불꼬불 올라갔다. 방죽 끼고 서너 집 에둘렀을 때는 방죽뜸으로도 불렸던 골짜기에 은행나무 스무 그루가 울울했다. 욕댁은 신이 나서 은행을 주웠다.

"할머니, 지금 남의 땅에서 뭐 해요?"

텔레비전 드라마에서 튀어나온 듯 세련된 여성이 쩨려보았다.

"누구랴? 암소댁이 아니네? 뉘시랴?"

"나, 저 집 주인인데요."

"뭔, 강아지랑 고양이랑 붙어먹는 소리여. 저 집 주인은 암소댁인데. 수리암에 불공 갔다가 길 잘못 들어 여기까지 내려온 모양인데, 얼른 돌아가. 멧돼지 조심하고."

"나 알아?"

"모르지. 지금 첨 봤는데."

"근데 왜 반말이야?"

"새파랗게 젊은것한테 말 좀 놓은 게 잘못이냐? 네가 첨부터 어른을 봤으면 공손하게 말을 붙였어봐라. 너두 먹을 만큼 처먹었지? 백여시처럼 화장했다고 늙은 게 가려지냐?"

"아직도 입에 똥걸레 물고 사는 늙은것이 다 있었네. 나보다 이십은 더 처먹은 것 같아서 내가 참는다. 됐고 면상 치워."

욕댁이 대소격전을 수없이 치렀지만 이렇게 어처구니없기는 처음이었다. 자기보다 어린것한테 이런 심한 말을 듣다니. 욕쟁이 체면이 있지, 단박에 꼬리 내릴 수는 없다.

"강아지 똥구멍 핥아 먹고 고양이 눈깔 뽑아 먹을 년이네. 여기 은행나무밭이 옛날에 방죽이었다. 이 땅 파서 방죽에 파묻고 자근자근 밟아버릴 년아."

"너, 죽을래? 오장육부 따로따로 매달아줘?"

욕댁은 퍼뜩 알아차렸다. 자기가 감당할 수 없는 상대임을. 뭘 모르는 것들은 욕댁이 오로지 입만 가지고 싸워온 줄 안다. 아니다. 욕댁에게는 또래 어떤 여성과도 싸워 지지 않을 만큼의 전투력이 있었다. 씨름으로 비교하자면 백두급 체격에 이만기 뺨치는 싸움 기술이 있었다. 함께 늙어온 또래에 견주면 여전히 체격과 전투력에서 우위였다. 허나 젊은것을 상대하기에는 쇠할 대로 쇠한 몸이었다. 이 느자구 없는 것은 자신이 한창 젊었을 때만큼이나 딴딴해 보였다. 굳이 싸워보지 않아도 전투력이 월등할 것이었다. 게다가 아무리 소리 질러도 누구 하나 봐줄 이가 없을 만큼 후미진 곳이라는 것도 불리했다. 암소댁은 어디 갔나. 나와 보지도 않네. 맹하고 싸울 줄 모르는 암소댁이 무슨 도움이 되겠는가마는.

욕댁은 얼굴을 순순하게 고쳤다.

"젊은 양반. 내가 잘못했소. 근데 정말 나는 몰르겠네. 젊은 양반이 나한테 왜 이러는지."

"내가 저 집하고 저 집에 딸린 임야 다 샀어. 은행나무밭도 내 땅이란 말야."

"금시초문이구먼."

"인제 들었으니까 꺼져."

"그니까 암소댁한테 집을 샀다는겨?"

"이제 귓구멍이 뚫렸어? 근데 왜 자꾸 암소댁이래? 우리 양순이를 암소댁이라고 부르는 거야? 난 공식이한테 샀어."

"은행나무도 샀다고?"

"다 샀어. 땅 사면 나무도 산 거지."

"그렇구만. 몰랐네. 근디 말이여, 자네두 은행을 줏을라고?"

"미쳤어. 전원생활하려고 귀향한 건데 왜 은행 같은 걸 주워."

"말 잘했네. 내가 은행 싹 치워주겠다니까. 암소댁도 은행 때문에 골치 아파했구먼. 암소댁이 부지런쟁이지만 은행을 못 만지는 체질여. 내가 이 은행 싹 주위가서 암소댁은 냄새 안 나서 좋고 서로 이득이었구먼. 내가 계속 은행 치워줄게. 이 은행 냄새가 얼마나 독하게. 이 은행 고대로 놔두면 자네 전원생활 같은 거 못 해."

"이 늙은탱이가 계속 말 놓네. 언제 봤다고 자네, 자네야."

"미안허유."

"됐고, 꺼져. 다시 오면 도둑년으로 신고한다."

"은행 치워주겠다니까, 유"

"필요 없다니까, 요."

욕댁은 알짜배기 은행을 잃고 싶지 않아 비벼보았으나, 새집주인은 벽창호였다.

욕댁은 보이스피싱이라도 당한 것처럼 내려오다가 음지뜸 여편네들이 전도댁(61년생) 평상에 모여 고구마 먹고 있는 걸 보았다. 욕댁은 참았던 분노를 터트렸다.

"여보게들, 황진이가 백 번 쓰다 버린 개짐 같은 년이 왔네. 암소집에 웬 똥물에 튀긴 꽈배기 같은 년이 들어앉았어. 어른을 보고 인사는커녕 도둑년 소리 해가며 염병을 떠는데 살면서 그런 김정은이랑 붙어먹을 년은 첨 봤네."

2

선출(41년생)이 86아시안게임 때 만난 순지(55년생)는 동향이었다. 순지는 국민학교를 마치자마자 상경하여 식모살이를 했다. 고등학교 갈 나이에 방직 공장에 들어갔다. 십여 년 각종 공장을 전전하다가 어떤 공장에서도 일할 수 없게 심신이 망가졌다. '매미집'으로 불리는 술집을 옮겨 다니며 웃음과 영혼을 팔았다. 선출은 아내와는 너무 다른 순지에게 푹 빠졌다. 선출은 순지에게 18평 아파트를 얻어주었고, 24평짜리 식당을 차려주었다. 선출과 순지는 윤유(88년생)를 낳았다.

윤유가 고3 때 기습처럼 물었다.

"국어 수능 모의고사 문제를 풀다가 숨넘어갈 뻔했어. 해골 때려. 아빠도 읽어보시면 배꼽 빠질걸. 하도 어이가 없어 소설 전문을 찾아 읽어봤다니까. 참, 옛날에 시골서 살았다고 했지? 그럼 아시겠다. 소가 술을 마실 수 있어? 소가 술을 마시고 죽는다는 거, 허구지? 개뻥이지?"

선출은 어째 뒷골이 싸했다.

"그 얘기 좀 자세히 해봐라."

소설 속의 머슴은 4년 동안 모은 새경을 주인에게 빌려주고 군대에 갔다. 주인은 쪼잔한 공장을 차렸다가 망했다. 그때 나라에서 고리채 무슨 법을 만들었다. 주인은 머슴이 빌려준 돈을 고리채로 신고해버렸다. 제대한 머슴과 주인은 사생결단으로 다투다가 어쩔 수 없이 타협한다. 소를 같이 길러 팔아서 해결하기로.

"근데 그 소가 암소였던 거지. 암소를 잘 키워서 새끼까지 잉태했는데 글쎄 고사 지내는 날, 암소가 동동주를 술독째 먹고 결국 죽어버렸다는 거야. 이게 말이 돼? 유재석보다 더 웃

　　　　　　　　　암소가 술 마신 집

겨. 어떻게 소가 술을 마셔?"

거기까지면 긴가민가했을 텐데, 윤유가 막판에 덧붙인 말이 뇌리를 강타했다.

"그 소설 주인공 이름도 '선출'이었는데. 아빠랑 이름이 똑같아!"

선출은 생전 처음으로 서점에 가서 책을 샀고, 군대 시절에 내무반에 굴러다니던 『자유부인』을 탐독한 이후 무려 반세기 만에 소설이란 걸 읽었다. 쉽지 않았다. 생전 신문도 안 보고 살았던 탓일까 한 줄을 읽자마자 뭘 읽었는지 잊어버렸다. 수십 번을 노력해서 모든 글자를 보기는 했지만 머릿속에 남아 있는 것은 없었다.

그 소설은 굉장히 유명했다. 수능 시험에 나오는 소설이니 안 유명할 리가 없지. 인터넷을 검색하니 수다한 내용이 잔뜩 나오기는 하는데 소설보다 더 이해하기 힘든 소리들이었다. 세 아들과 두 딸에게 「암소」라고 이문구라는 사람이 쓴 소설이 있다는데 아냐고 전화해봤더니, 그게 무슨 암소가 술주정하는 소리냐는 반응이었다.

"이놈들아, 책 좀 읽고 살아라."

신경질을 냈더니 아들 하나는 구태여 염장을 질렀다.

"부모가 본을 보여야 책도 읽는 거지. 책하고 담쌓고 사신 부모 밑에서 태어난 것들이 오죽하겠어."

알고 지내는 늙은것들도 무식하기는 마찬가지였다.

"갑자기 소설? 너 노망 났냐? 우리가 갈 때가 되기는 했어. 그려, 너부터 가라."

애초에 윤유한테 물으면 될 일이었다.

"공부하는데 너무 미안하다. 우리 딸 공부에 너무 바쁜 거 알아서 절대로 전화 안 하려고 했는데 할 수 없이 했다야. 어째 시간 좀 되겠냐. 다른 게 아니고 저번에 네가 말한 「암소」 말여. 그것에 대해 좀 물어보고 싶은데."

딸이 지정해준 시간에 다시 걸었다.

"아빠가 뭘 물어볼지 모르겠지만, 하여간 「암소」 다시 한 번 읽고 공부해놨어. 뭐든지 물어봐."

"그러니께 그 소설 이야기가 정확히 언제 적 얘기냐? 소설이고 인터넷이고 그런 것은 정확히 안 쓰여 있더라."

"맞아. 연도 같은 건 안 나와. 그치만 유추가 가능해. 아빠랑 이름이 같은 박선출이 주인공인데, '그가 입대하고 두서너 달 되어 일부 군인들 손에 정권이 갈린 것을 모르고 있은 것도 아니었다.'라는 문장이 있거든. 그로부터 대략 사 년 후에 일어난 일이니까 육십오 년쯤이라고 봐야겠지."

"사람 이름이 잔뜩 나오더라. 그 사람들이 대충 워떤 사람들인지 설명해줄 수 있겠냐?"

"등장인물 관계도 같은 거? 뭐 별거 없는데. 주인공이 두

암소가 술 마신 집

명인 건데, 머슴 박선출은 스물네댓 살이라고 봐야겠고, 박선출이 사귀는 여자가 있어. 신실이라고. 그리고 다른 주인공은 주인 황구만인데 오십이 세라고 나와. 황구만 부인은 고랏댁이고 두 사람에게는 과년한 딸 양순이랑 중학교 다니는 공식이가 있어. 신실이랑 양순이랑은 절친 같고. 그리고 박선출 친구로……."

"혹시 신실이한테 의붓동생이 있냐? 신실이 엄마는 과부고 바람피우냐?"

"어? 어떻게 아셨어? 아, 참 읽었다고 했지. 맞아, 아빠처럼 바람피웠어. 작가가 소설 더 썼으면 나 같은 거 하나 더 태어났겠지."

읽어서 아는 게 아니란다.

"이 소설 쓴 사람 어디 사람이냐? 혹시 안녕시랑 연고가 있냐?"

"충청도 안녕시 출신이고 안녕시를 배경으로 쓴 소설이 많아."

의심할 여지가 없었다. 「암소」는 선출 자신의 이야기였다. 이문구 씨가 누구한테 어떻게 듣고 어떻게 쓴 것인지는 모르겠지만, 선출이 1965년에 겪은 그 일 그대로였다. 그예 암소 따라 죽어버리고팠던 그날을 어찌 잊으랴.

윤유의 엄마는 지천명을 못 채우고 세상을 등졌다. 선출의 아내 신실(46년생)은 탄식했다.

"뭘 젊은 여자가 그리 급해. 나 죽으면 영감 챙겨줄 여편네가 있으니 마음 편히 눈 감겠다 했는데, 나보다 먼저 가? 에라 불쌍한 년. 그토록 내 속을 썩이더니만 죽어서까지 내 속을 썩이네."

조촐한 장례를 마치고 칠순 아비가 스물한 살 혼외자식에게 물었다.

"이제 어찌할 셈이냐?"

"대학 졸업해야죠."

"그다음엔?"

"알아서 잘 살 테니 신경 끄삼."

3

세월호가 침몰했던 해 늦가을, 선출은 낯선 이의 전화를 받았다.

"형님, 나 공식(51년생)이요, 공식이. 형님이 머슴 살았던 황구만 씨 댁 외아들 황공식이라고."

단박에 기억났다. 공식이 목소리가. 반세기 전 목소리가 늘 듣던 목소리처럼 생생하다니.

"얼라, 이 쌍놈의 새끼 보게. 어릴 때두 말버릇이 강아지 반찬이더니 네가 나이가 지금 몇 개인데 말이 그따위여?"

"반갑지 않은 건 알겠는디 그래도 그렇지 성질부터 낸대유? 고향 싹 잊어버리고 서울서 잘 사는 사람 맞구먼."

공식은 선출이 왜 화났는지 모르는 듯했다. 선출에게 머슴살이 5년—군대 가기 전 4년 보태기 군대 다녀와서 1년—은 치욕적인 과거였다. 인생 경력에서 도려내고 싶은 오점이었다.

고향 떠나서 술술 잘 풀렸다. 공장 생활 10년 동안에도, 중동에서 여섯 해를 버틸 때도 새끼손가락 하나 잃지 않았다. 서울 변두리에 집을 장만하고 땅을 샀는데 재개발 지역이 되는 바람에 졸부도 되었고, 국가부도 사태 때도 불구경하듯 별일이 없었다. 돈이 돈을 번다고 싸게 나온 건물 사서 비싸게 파는 데 도가 텄다. 아담하지만 실속 있는 빌딩을 몇 채나 소유한 건물주로 떵떵댄 지도 20년이 되어간다.

그런 선출이 고향을 멀리한 것은, 가서 금의환향 돈 자랑이라도 할까 하다가도 꾹 참아버린 것은 바로 그 머슴살이 경력 때문이었다. 무덤까지 지고 가고 싶은 과거였다. 고령화 시대라 그 과거를 직접 본 사람들이 고향에는 아직도 여럿 남아 있을 테다. 고향과 철저히 두절하고 살아왔다. 근데 고향의 '웬수' 아들놈이 불쑥 전화해서는 굳이 '머슴 살았던'이라고 하니 화가 안 날 수가 있겠는가. 눈앞이었다면 스마트폰으로 머리통을 쥐어박았을 테다.

대충 끊어버렸는데, 공식이 건물 사무실까지 찾아왔다. 스마트폰이 있어 찾는 데 아무런 어려움이 없었단다. 피골이 상접한 꼬락서니만 아니었어도 문전박대했을 테다. 나무 꼬챙이처럼 빼빼 마른 몸뚱이에 50년 전에 봤던 얼굴이 힘겹게 매달려 있었다.

"형님, 듣던 대로 겁나게 성공해버리셨네요."

"너는 내일 죽을 사람 같다."

"맞어유. 췌장암 말기예요."

공식의 용건은 뜻밖이었다.

"나도 형님처럼 애저녁에 고향을 뜨긴 했는데 나는 팔자가 사납데요. 되는 일도 드럽게 없고 아버지가 비닐하우스 한다고 설칠 때 귀농했지요. 버섯도 해보고 유기농 오리 벼농사도 지어보고 먹고는 살았슈. 아버지 유지 받들어 소도 키웠었는데 진짜루 우리 집터는 소하고는 상극인가 보대유. 소값 파동 한 번 얻어맞고 무슨 전염병으로 한 번에 다섯 마리 나자빠진 거 보고는 다시는 소 안 키웠슈. 어쩌다가 공사판 경비를 해봤는데 그게 농사보다 훨씬 더 벌더라고요. 농사 작파하고 경비로 살았죠. 하여간 자식 농사도 다 끝나고 이제 폼 나게 살아야겠다, 요새 육십넷은 한창 젊잖유, 부푼 꿈을 안고 있었

암소가 술 마신 집

는데 젠장할 갑자기 내일모레 죽는대유. 논은 진작에 팔아 먹었쥬. 남은 거라곤 집이랑 산덩이 하나랑 밭 구천 평이 전 부인디 그거라도 팔아서 마누라한테 남겨줄라구요."

죽을 날 받아놓았다는 말을 안 했다면, 네 아비 대신 머슴 값이나 갚으라고 억지를 부렸을 테다.

"나한테 거지 같은 집이 왜 필요하냐?"

"별장으로 쓰시면 좋잖아요. 요새 돈 번 도시 사람들은 시 골에 집 사두는 게 유행이라던데. 연고 없는 데보다 고향 땅 에 별장 하나 있으면 좋잖유."

"별장 같은 소리 허고 자빠졌네."

"아따, 오십 년 전 집을 생각하시는규? 사진 보여드려유? 나도 살림집은 시내 아파트고 시골집은 별장처럼 썼다고요."

공식이 스마트폰으로 보여주는 집을 보니 농촌예능프로에 나오는 집 정도는 돼 보였다. 가서 살고픈 탐심은 1도 나지 않았다. 나 같은 도시인은 저런 촌구석에서 단 한나절도 못 살지.

"네가 죽을 날을 받아놔서 그런가 말이 과하다. 연예인이 〈삼시세끼〉나 찍을 집이 별장이면 내 건물은 육삼빌딩이겠 다. 하여간 난 필요 없어. 나한테 팔면 좀이라도 더 받을 줄 아 는거?"

"섭섭하네요. 값이야 시세에 따르면 되지 더 받고 덜 받고

할 게 뭐 있대유. 나는 그냥 아버지가 형님한테 미안하게 했으니께, 집을 팔게 되면 형님한테 제일 먼저 얘기하기로 홀로 다짐을 했었다고요. 형님이 결국 우리 아버지한테 머슴값을 못 받고 떠났잖유. 우리 아버지도 참 지독하지. 기어이 머슴 새경을 떼어먹고.”

“머슴, 머슴 하지 마. 한 번만 더 머슴 소리 하면 지금 당장 죽여준다.”

4

황공식은 신실에게도 연락을 했다.

“형님이 아무 말도 안 했쥬? 그럴 줄 알았당께. 혹시나 해서 누님한테도 연락을 한규. 누님이 나중에 알고 섭섭해할지도 몰라 연락하는 거라구요.”

신실은 눈치가 백 단쯤 되는 여인이었다.

“솔직히 말해봐라. 하필이면 연 끊고 살던 우리한테 연락한 까닭이 뭐야? 텔레비전적 이유 말고 진실이 있을 것 같은데?”

“숨기려고 한 건 아니고 사신다고 하면 자세히 말씀드릴라고 했죠.”

암소가 술 마신 집

공식은 자기 친누나이자 신실의 소꿉친구인 양순이 얘기를 늘어놓았다. 광부와 결혼했다. 광산 문 닫고 매형이 식당을 차렸다. 아버지 돈도 거하게 들어갔다. 누나에게 미리 유산 상속을 해준 것이다. 누나는 IMF 때 쫄딱 망했다. 매형은 밤나무에 목매달고 자살했다. 동가식서가숙하던 누나를 친정집에 들어와 어머니 모시고 살게 했다. 어머니 돌아가시고 누나 혼자 밭농사지며 근근이 살고 있다. 집을 아무에게나 팔면 누나는 집을 나가야 한다.

"다 늙어 갈 데가 어딨슈? 누님네가 사면 설마 나가라고 하겠소? 그냥저냥 별장지기로 살게 해주겠지."

"되게 불쌍하게 얘기하네. 네가 모시고 살면 되지?"

"시어머니도 못 모시고 사는 세상에 누가 시누이를 모시고 살어유."

5

신실은 남편의 혼외자식 윤유를 불렀다.

윤유는 대학을 졸업하기 위해 안 해본 알바가 없었다. 아버지와 그의 자식들은 용돈 한번 주는 이들이 아니었지만 알바 자리는 선선히 내주었다. 시나브로 알바 수준을 넘어 가족의 잡사를 처리하게 되었다. 선출네는 졸부 집안이 그렇듯이 콩가루였다. 선출은 가정 따위는 안중에도 없었고 골목왕 노릇을 즐기느라 여념이 없었다. 세 아들과 두 딸은 아버지에게 받을 만큼 받았지만 더 받기 위해서, 상속의 유리한 고지를 차지하기 위해서 치열하게 앙앙대었다. 신실은 남편과 자식들로부터 벗어날 틈만 엿보고 있었다.

콩가루 가족에게는 가족 같으면서도 가족은 아닌 도우미가 필요했다. 어쩌다 보니 윤유가 그 역할을 도맡았다. 윤유는 아버지와 의붓어머니와 이복언니오빠와 그네들의 배우자와 이복조카들의 은밀한 요구—비서, 심부름, 수행, 보디가드— 등을 일정 수고비를 받고 해주되, 절대로 발설하지 않았다. 자기가 보나, 의붓가족이 보나, 가족 아닌 이가 보나 현대판 집사였다.

안녕시 육경면 역경리에 접어들었다. 신실이 차를 세우게 했다.

"정말 상전벽해가 따로 없구나. 완전히 달라졌어."

"얼마 만에 오시는 건데요?"

"쌍육년에 떠났으니까, 한 오십 년 됐나."

"그동안 한 번도 안 왔었다고요?"

"올 일이 뭐 있어. 완전히 떠났는데. 꿈에서도 보기 싫었지. 말이 고향이지, 지옥 같았거든."

암소가 술 마신 집

"그래도 믿을 수가 없어요. 어떻게 한 번도 안 와볼 수가 있죠?"

"네가 아직 지옥을 못 살아봐서 그런 소리 하는 게다."

신실의 집이 있던 산기슭은 누구네 축사가 돼 있었다. 흔적도 찾아볼 수 없었다.

신실은 반세기 전의 황구만 씨 집을 기억할 수 없었지만, 기억한대도 상전벽해로 달라졌겠지만, 인터넷 길찾기는 틀림이 없었다.

소꿉친구 양순이 죄짓고 겁먹은 표정으로 맞아주었다.

신실은 촌티가 좔좔 흐르고 자기보다 30년은 더 늙어 뵈는 동무를 보고 뿌듯했다. 그때 떠나기를 얼마나 잘했나. 그때 못 떠났으면 나도 양순이처럼 광산쟁이나 농사쟁이한테 시집가서 곰팡이 핀 무말랭이처럼 살았겠지. 안타깝기도 했다. 텔레비전 농촌 속 늙은 여인 중에는 궁티 안 나게 사는 이도 많더니만, 내 동무는 왜 이다지도 볼썽사납게 삭았을까.

"숙맥아, 그때 우리랑 떠났으면 이리 안 됐을 거 아냐."

양순은 안도했다. 신실이 집을 산 뒤 자기를 나가라고 하는 것보다 더 큰 걱정거리가 있었다. 선출이 끝내 머슴값을 못 받고 떠난 데는 남들은 모르는 이유도 있었다. 선출이 참지 못하고 황구만의 딸을, 아내 될 여자의 절친을 범한 것이다. 겁탈이 아니었을지도 모른다. 양순은 선출과 거래를 했다. 당장 떠나면 아무에게도 말하지 않을게유. 떠나서 돌아오지 않으면 평생 비밀로 간직할게유. 신실은 여전히 그 일을 모르는 듯했다.

두 여인은 꼭 껴안았다.

양순과 공식이 집 구경을 시켜주었다. 집 가까이 덤불숲에 골조물이 을씨년스럽게 삭아 있었다. 밤이면 온갖 귀신들이 모여 반상회를 할 듯했다.

신실의 입에서 잊고 살았던 사투리가 뛰쳐나왔다.

"저 개갈 안 나는 게 뭐여?"

6

황구만의 아버지는 지주 소리를 들을 만큼 땅 부자였다. 농지개혁과 육경저수지 축조로 평범한 소농으로 주저앉았다. 땅 불리는 재주는 있었나 모르겠지만, 돈 불리는 재주는 좀체 없었던 아버지는 유지질, 노름질, 계집질하다가 가버렸다.

황구만은 물려받은 가산을 꽉 움켜쥐고 대농으로 일떠서기 위해 애면글면했다. 운수는 사나운 편이었다. 농사는 미래가 없었고, 야심 차게 차렸던 가내 공장은 망해버렸다. 오죽하면 머슴 새경까지 떼먹었을까.

탄광회사가 지어준 사택은 돼지집처럼 비좁았다. 그마저도 태부족해 넉넉히 수용할 수가 없었다. 복작복작한 광산촌을 떠나 민가에서 살고픈 이들도 있었다. 반지빠른 촌민은 날림으로 집을 지어 광부를 받았다.

　황구만은 재기를 노렸다.

　"면소보다 좀 멀더라도 어디 조용하게 먹고 잘 데가 없소?"

　수소문하는 광부들을 믿고, 있는 돈 없는 돈 다 끌어, 암소 술 마시고 죽은 외양간을 밀어버리고 판자때기 하숙집을 지었다. 두셋이 넉넉히 잘 수 있는 방 여섯 칸이었다.

　아내 고랏댁과 딸 양순의 음식 솜씨가 소문이 나 하숙생이 끊이지 않았다. 3교대 광부들에게 두 끼니는 집에서 먹여주고 한 끼니는 도시락을 싸주느라고, 모녀는 새벽부터 자정까지 밥상을 차려야 했다.

　"먹이고 재우는 게 얼마나 어려운 일이간디. 남는 게 한 푼이라도 있을라고!"

　황구만은 앓는 소리를 하고 다녔지만, 농협 저축 쌓이는 맛에 회춘한 듯했다.

　토박이와 타향 광부는 우려했던 것보다는 별 사건 사고 없이 어울려 살았다. 토박이 중에도 광산에 다니는 사람이 여럿이었다. 마을에서는 토박이와 타지것으로 구별되었지만, 탄광에서는 생사를 함께하는 동료였다.

하숙 총각 광부와 토박이 처녀는 조건이 맞았다. 이 흉악한 세상에 어디 가서 순박한 여자를 돈 별로 안 들이고 구하겠는가. 이 배고픈 세상에 고향 땅을 떠나지도 않고 월급 따박따박 나오는 직장인 사내와 맺어진다면 큰 복이 아니겠는가. 얼추 눈길만 맞아도 몰래 연애를 했고, 소문이 나거나 들키면 당장 식을 올려달라고 도리어 큰소리를 쳤다. 딸 부모도 굳이 반대할 이유가 없었으니, 일사천리로 국수 잔치가 벌어지고는 했다.

양순도 광부 중 하나와 눈이 맞았고 결혼에 이르게 되었다. 황구만은 면 유지 체면에, 불알 두 쪽밖에 없고 언제 죽을지 모르는 목숨인 광부놈에게 딸을 내주는 것이 억분했지만, 불러오는 배를 보고 얼른 식 올려주고 부좃돈이나 챙길 수밖에 없었다.

석탄합리화정책으로 광산이 일제히 문 닫은 후, 황구만은 하숙집을 밀어버리고 비닐하우스를 세웠다.

"어차피 햇빛도 안 들어오는 골짜기니께, 겨울 농사나 지어볼라구……."

수익이 굉장하다는 뜬소문과, 농협과 면사무소와 농촌지도소의 감언이설에 혹하여 파이프를 박고 시설재배에 뛰어든 사람이 역경리에서도 여섯 집이나 되었지만, 다들 몇 년 못 갔다. 수익은 둘째 문제고 수시로 들이닥치는 태풍에 비닐이 갈가리 찢기고 쇠파이프까지 휘어져 못 쓰게 되는 판이니, 해먹을 수가 없었다.

"같지 않은 산이 태풍을 막아주니께, 자연 철벽이니께 나는 안 망해."

버티던 황소고집 황구만도 두 손을 들고 말았다.

"박봉준 같은 운동권들은 말이여, 우루과이라운드로 농촌이 곧 죽을 것처럼 말하는디, 잘 잡으면 기회여. 정부가 농촌에다 돈을 쏟아부을 거 아닌가베. 그 눈먼 돈들을 잘 잡으면……."

육경면에서 가장 선진적인 청년으로 평가받던 영농 후계자들이 축산에 '올인'하는 것을 보고, 황구만도 소를 키워보기로 했다. 비닐하우스를 해체하고 소 스무 마리 규모의 축사를 지었다. 송아지를 보러 다니던 중 향년 77세로 급사하고 말았다.

귀농하여 가업을 이어받은 황공식은 소 키우기에 진력이 나자 버섯 막사로 바꿨다. 이천공공 년대 동안 그럭저럭 버텨냈지만, 노무현 전 대통령 서거할 무렵 접고 말았다. 신실이 보고 경악한 것은 버려진 버섯 막사가 6년 세월 풍화한 꼬라지였다.

황구만의 집은 여러 가지로 불려왔다. 지주집, 방죽집, 은행나무집, 공장집, 암소집, 하숙집, 하우스집, 축사집, 버섯집. 가장 오래 회자했고, 가장 널리 알려진 것은 은행나무집과 암소집이었다. 황구만이 살아 있을 때만 해도 암소집이 무슨 사연을 품은 택호인지 아는 이가 많았으나, 황구만이 작고한 이후로는 웬 뜬금없는 택호인지 궁금해하는 이들이 더 많았다.

"그 집이 암소가 술 처먹고 죽은 집이잖여."

단순한 설명만으로는 부족했고, 혹시 소설이 텔레비전 드라마처럼 사랑받는 시절이라면, 「암소」 읽어봐, 거기 다 쓰여 있어!'라고 하겠지만, 자세히 설명하기에도 애매한 이야기였다. 택호나 별호가 생기는 데 무슨 법칙이 있는 건 아니지만, 암소집에 사는 여자라고 해서 양순의 별호가 암소댁이된 것은 더 괴상한 일이었다.

양순 본인은 '내 젖이 암소 것마냥 글래머라 그리 부르겠지.' 했다.

어쨌거나 세 여자가 살게 된 뒤부터 택호가 또 하나 생겼다. 세 여자집.

양순은 식모처럼 되었다. 하루 세끼를 혼자 다 차렸고ㅡ신실은 양순의 밥이 너무 맛있다고 외식은 거의 하지 않았다―설거지도 청소도 빨래도 혼자 다 했다. 윤유가 설거지만이라도 도와주려고 했지만 불편하다고 제발 혼자 하게 해달라고 사정했다. 동네 아낙들이 대신 분노해주면 맹한 웃음을 지었다.

"숟가락 두 개 더 놓는 건데 뭐. 혼자 먹다가 영양실조 걸린 분들 많잖아. 셋이 먹으니까 대충 먹을 수가 없잖아. 영양실조 걸릴 일은 없는 거지. 그리고 내가 식모 맞지. 집주인은 신실이라고. 걔가 나 쫓아내도 할 말이 없다구. 뭐, 크게 부딪힐 일도 없어. 두 사람은 허구한 날 싸돌아다니니까. 나한테도 가자는데 따라가기 싫어. 수준이 안 맞아서. 난 거지고 걔는 부자잖아."

신실이 월급이라면서 백수십만 원씩 주게 되면서 양순은 완전 숙식 가사도우미가 되었다.

고향을 떠난 지 50년 만의 귀향이었지만, 지인들은 어렵지 않게 기억해주었다.

"네가 그 선출이랑 바람 나서 도망갔던 신실이라고? 그려, 네가 어릴 때부터 삼삼하게 예뻤다."

"너랑 같은 반이었던 거시기여. 나는 너를 기억하는데, 너는 나를 못 기억허네. 섭섭해. 하기는 넌 공주 같고 난 비렁뱅이 같았으니께. 진짜 공주라도 된 것 같다."

"언니, 살아계셨네. 어떻게 하나도 안 늙었댜. 나이를 거꾸로 먹은겨?"

신실은 누가 됐건 이산가족 상봉하듯 감격스러운 해후를 한 뒤, 도시에서 성공한 것을 자랑하는 재미에 푹 빠졌다. 진작 내려올 걸 그랬지.

마을회관에도 자주 들러 툭하면 한턱을 내었다. 병문안과 애경사에도 빠지지 않았다. 병문안과 애경사를 놀러 갈 건수로 삼았다. 부조도 남들보다 더하면 더 했지 덜 하지 않았다. 동네 노인네들 차도 잘 태워줬다. 자잘한 선물도 잘 사줬다. 관공서와 초·중교 행사에도 찬조를 아끼지 않았다. 돈 잘 쓰는 여자를 누가 미워할까. 신실은 몇 년 만에 역경리, 아니 육경면에서 제일 회자하는 여인이 되었다. 무슨 일 때마다 초청받는 유지급이 되었다. 심지어 시의원에 출마하라는 이도 있었다.

욕댁과도 화해했다.

"처음 뵀을 때 제가 너무 했네요."

"그럼 다시 은행 주워 가도 되는겨? 고사리, 냉이, 도라지, 달래 다 캐가도 되는겨?"

윤유도 굳이 서울로 올라가고 싶지 않았다. 되새기니 서울이 바로 지옥이었다. 아버지를 비롯해 의붓가족들이 너 없어 아무 일도 안 된다고 제발 올라와달라고 성화였지만 윤유는 지옥과 '손절'해버렸다. 윤유는 의붓어머니의 기사 겸 비서로 사는 것이 만족스러웠다. 밤이면 안녕 시내의 젊은 사람들과 술 마시고 노는 일에 맛 들였다. 안녕시 문화예술계를 책임지고 있던 소수정예의 비교적 젊은것들은 '섹시한 색시'가 강림했다며 기꺼워했다.

8

재수가 좋은 사람은 엎어져도 돈을 줍는다고 했던가.

신실은 남편과 자식들 모르게 악착같이 모은 돈을, 다 쓰고 죽을 각오로 살았다. 막상 돈이 얼마 남지 않으니 더럭 겁났다. 서울서는 3년 내에 죽을 듯했는데, 고향에서는 앞으로 백 살까지는 살 듯했다. 살려면 돈이 있어야 한다. 그때 로또 같은 일이 찾아왔다.

공식에게 구매한 산덩이는 음지고 평평한 구석은 찾아볼 수가 없었다. 과수원 같은 건 언감생심이고 무덤 자리도 안 나올 영양가 없는 산으로 소문나 있었다. 공식이 버섯 농사지을 때도 별로 도움이 안 되던 산이었다. 보릿고개 시절 개간한 자드락밭은 오래도록 버려두어 자갈투성이였는데, 양순이 농사직불금 타 먹으려고 끈덕지게 깨나 콩을 심어 그나마 밭 꼴을 유지하고 있었다. 시경리와 역경리에 걸친 몇만 평이 농공단지로 지정되었다. 신실이 저렴하게 샀던 산과 밭은 예정지에 포함되어 십수억 원의 보상을 받게 되었다.

공식의 아내와 자식들이 들이닥쳐 억울하다고 하소연했다. 이런 일이 생길 줄 알았으면 팔았겠냐. 엄마에게도 권리가 있는데 아버지 혼자 마음대로 팔았으니 무효다.

"아무리 돈이 대통령이라지만, 자네들 너무하네. 공식이가 죽을 날 받아놓고 처자식 생각하는 게 갸륵해서, 아무도 안 산다는 걸 내가 시세보다 두 배나 높게 사준 것 아닌가. 근데 내가 공식이한테 땅 사기라도 친 것처럼 말하고 있잖나? 내가 국가공무원처럼 여기에 농공단지 들어설 줄 알고 샀단 말인가?"

신실은 기가 막혔지만 남들 눈에는 미리 알고 산 것처럼 보였다.

"그래, 얼마를 주면 다시는 억지를 부리지 않을 건가?"

신실은 각서를 받고, '더 바라면 사람이 아니지' 싶을 정도의 돈을 내주었다.

양순은 아무 말 안 했지만, 양순의 자식 셋도 찾아왔다. 자기 어머니도 유산을 상속받을 자격이 있었는데, 외삼촌 공식이 자기 혼자, 자기 마음대로 부동산을 팔아먹었으니 매매 자체가 무효다.

양순이 손사래를 쳤다.

암소가 술 마신 집

"아녀, 엄마도 받을 만큼 받았어. 외할아버지가 논 팔아서 느이 아빠한테 식당 차려줬던겨. 그때 외할아버지가 공식이 외삼촌한테 써준 각서도 어딘가 있을겨. 나머지는 다 외삼촌 거라고."

양순의 자식들이 이구동성 했다.

"엄마는 좀 가만있어!"

신실이 혀를 찼다.

"얼마씩 주면 되냐? 단, 조건이 있다. 너희 엄마를 모셔 가라."

신실은 양순의 자식들에게도 각서를 받고, '섭섭하면 인간이 아니지' 싶을 만큼의 돈을 주었다. 양순은 제발 지금처럼 살게 해달라고 빌었지만, 신실은 매몰찼다.

"넌 진짜 양심도 없다. 네 자식들이 나한테 한 꼴을 보고도 나랑 살겠다고? 그리고 언제까지 나랑 살 건데. 내가 네 노후까지 책임질 수는 없잖아. 네 자식들한테 효도 받으면서 살아."

양순은 도살장에 끌려가는 암소처럼 자식들과 떠났다.

동네 사람들은 신실이 황구만의 손자손녀들에게 앉은자리에서 스마트폰으로 억씩 쏴줬다는 말을 듣고 기함했다.

"그 여자가 김만덕이었구만. 평생 그렇게 돈 화끈하게 쓰는 사람은 첨 봤네."

"도시로 다시 떠나면 모를까 여기서 살라면 어쩔 수 없었을겨. 날마다 찾아와서 돈 달라고 하는데 어쩔겨? 로또 된 사람들도 그런다잖아. 온갖 사람들이 찾아와서 빚쟁이처럼 닦달한댜. 무서워서 살겠어."

"돈 갖고 딴 데 가서 숨어 살면 되지, 대체 여기서 뭣 하러 살라고 그런댜."

양순은 일주일에 한 번씩 자식 집을 옮겨 다녀야만 했다. 자식들은 양순을 모시는 일주일을 지옥처럼 여기는 듯했다. 다른 집으로 갈 때 보게 되는 자식의 환한 미소는 상처에 뿌린 소금 같았다. 해방된 조국의 기쁨이 바로 저렇겠지. 양순에게는 모든 자식 집이 지옥 같았다. 일주일을 견뎌도 해방될 수도 없었다. 4주째가 되었고 자식들이 이번엔 어느 집부터 모실지를 두고 제비뽑기를 했다.

양순은 신실에게 전화했다.

"이젠 그만 화 풀면 안 되겠니?"

"난 전화 한 통 없길래 자식들하고 잘 사나 했지. 내가 무슨 화가 나. 난 너 생각해서 보낸 거야. 자식들하고 잘 살라고."

"너는 자식들하고 살아본 적 있어?"

"없지, 미쳤냐."

"너는 돈이라도 있었지. 난 거지야."

"그래도 꾹 참고 살아야지."

"나 진짜로 심각해. 데리러 와줘. 세 시간 안에 안 오면 뛰어내릴겨. 여기 십 층여."

신실은 스마트폰을 집어던졌다.

"숙맥 같은 년. 제 자식들하고도 못 살아."

윤유가 물었다.

"어머니는 살 수 있어요?"

"너랑 잘 살잖아."

"저는 친자식이 아니잖아요."

"왜 친자식과는 못 살고 의붓자식과는 살 수 있는 걸까?"

"그게 인생 아닌가요?"

"인생 아는 척 마라. 팔십 년 살아도 알 수 없는 게 인생이다. 가자, 사람 살리러."

9

코로나19가 발발했을 때, 신실이 두 여자에게 의논했다.

"놀기도 지쳤어. 식당을 차려보고 싶은데 어때? 옛날 산길을 조금만 밀면 농공단지랑도 이어지고 큰 도로랑도 연결돼. 버섯 막사 자리가 딱 전원 식당 자리 아닐까?"

윤유는 탐탁지 않았지만 동의했다.

"어머니가 하자면 하는 거지요."

양순은 쌍수를 들어 환영했다.

"내가 제일 잘하는 게 음식인디 뭐. 우리가 식당하다 망한 거, 아이엠에프 탓도 있지만 남편이 운영을 개판으로 했어. 신실이 네가 하면 무조건 성공할겨."

안 해본 일이 없는 윤유는 신실의 주장과 양순의 의견을 반영하여 설계도를 그렸다. 코로나로 모두가 힘들어했지만, 돈 있는 사람에겐 힘들기는커녕 더 좋은 세월일 수 있었다. 온갖 걸 값싸게 쓸 수 있으니까. 버섯 막사가 있던 자리에 전래동화책 속에서 오려다 붙인 것 같은 대궐 같은 식당이 생겼다. 한식집이었다.

양순 혼자 음식을 감당할 수 없었다. 삼동네 아줌마들을 수시 아르바이트로 썼다. 알바가 아니더라도 동네 여인들이 재배하는 곡물과 채소로 공생관계를 맺게 되었다.

반찬 재료는 욕댁이 책임졌다. 욕댁이 삼동네 들판과 야산을 헤집으며 채취해오는 버섯, 연꽃, 고사리, 도라지, 두릅, 냉이, 달래 따위로 별의별 나물이 가능했다. 욕댁 말고는 그렇게까지 그악스레 돈을 벌려고 하는 여인이 없었다.

위드코로나 식당으로 소문이 났다. 안녕시 유지라는 것들은 몇 번씩 왔다. 품격 있게 먹을 만한 데가 별로 없다나. 윤유가 유튜브에 올린 영상 덕분인지 젊은이들도 찾아왔다. 여러 방송국과 유튜버들도 다투어 찾아왔는데, 윤유가 기어이 쫓아냈다.

"쟤들 다녀가고 계속 잘되는 집을 못 봤어요."

그 식당 이름이 뭐냐고?

사실 세 여인은 이름을 짓는데 애먹었다. 동네 이름을 넣은 '범골집', 풍경을 강조하는 '은행나무집', 집의 역사를 담은 '암소집', 현재를 밝히는 '세 여자집', 셋 다 넣어 '은행 삼녀 암소집', 그밖에도 무수한 이름을 썼다가 지웠다.

그러다 윤유 입에서 '암소가 술 마시고 죽은 집 어때요?'가 나왔다. 양순이 토를 달았다.

"'죽은'은 안 들어갔으면 좋겠어."

해서 정해진 이름이 '암소가 술 마신 집'이었지만, 약칭 '암소집'으로 회자했다. 도로 '암소집'이 된 셈이다.

10

신실은 또 문상을 다녀왔다. 노인네들만 남은 시골이라 그런지 누가 요양원에 들어갔다는 소식 아니면 누가 죽었다는 소식이다. 언제 인지능력을 상실하거나 저세상 사람 될지 몰랐다. 신실은 백 살까지는 살 것이라는 근거 없는 자신감을 거의 잃었다.

신실은 스마트폰에 녹음했다.

이것은 유언이다. 오래 고민했다. 녹음 마치면 여기 내려올 때부터 거래했던 이강진 변호사한테 찾아가서 제대로 작성할 것이다.

여기 내려올 땐 별생각이 없었다. 여우가 고향 가서 죽듯 고향에 죽으려고 왔다. 몇 년 살다가 죽을 줄 알았다. 빈손으로 왔다가 빈손으로 가려고 했다. 나는 전혀 원하지 않았지만, 갑자기 부자가 됐다. 하는 일 없이 사는 것이 지겨워 식당 차렸는데 아주 잘 됐다. 이혼해서 위자료도 수십억 받았다. 재산이 불어날수록 겁이 났다.

서울 자식들이 자주 찾아온다. 내가 부자 되기 전에는 찾아오기는커녕 전화 한 통 없던 것들이다. 노골적으로 상속 타령을 해댄다. 전남편도 가끔 찾아와 재결합하자고 개소리를 한다. 전남편이 자식들한테 똑같이 나눠주라고 했으면 고민이 없었을지도. 전남편은 자기한테 다 달라고 했다. 자기가 알아서 나눠줄 거라고. 참 불쌍한 영감탱이다. 언제 죽을지 모르는 인간이 여태 돈만 밝힌다. 영감태기는 유서나 써놓고 사나?

윤유한테 다 주고 싶다. 그치만 내 배로 낳지 않은 자식한테 주다니 될 말인가? 첩 자식한테 내 재산을 준다고? 내가 뭐 부처님 딸이냐. 줘도 걱정이다. 친자식놈들이 가만히 있겠나. 그놈들 싸가지로 볼 때 윤유가 나한테 받은 거 다 토해내지 않으면 제명에 못 죽을 거다.

친자식놈들한테 주는 것도 싫다. 그것들이 평생 내 속을 썩인 것을 떠올리면 이가 부득부득 갈린다. 자식들이 아니고 원수다. 다시 내 배 속에다 집어넣고 아랫도리 꿰매고 싶다. 내 자식들이 마음대로 할 수나 있다면 꾹 참고 줄지도 모르겠다. 이것들이 하나같이 며느리랑 사위한테 쥐여산다. 그러니까 내 자식에게 주고 싶지 않은 게 아니라 며느리, 사위들한테 주기 싫은 것이다. 아마 지 애비 죽고 나면 다 이혼당할 것이다. 지 애비 재산 바라고 아직들 살고 있다는 거 다 안다.

각설하고, 내가 죽으면 내 모든 재산을 자산과 담보로 하는 재단을 만들어라. 재단이라고 하기는 부끄럽지만 아무튼. 재단은 매매되거나 양도될 수 없다. 재단 운영이 불가능해지면 재단의 모든 재산을 처분하여 정확히 6등분한다. 내가 다녔던 육경초등학교, 우리 육경면에 있는 육경중학교, 안녕 시내의 네 고등학교에 장학금으로 기부한다. 하필이면 공립학교들이냐? 솔직히 나는 어떤 관공서도 재단도 조직도 단체도 믿지 못하겠다. 그나마 내가 믿을 수 있는 것은 공립학교뿐이다.

재단의 운영자는 내 의붓딸 박윤유로 한다. 박윤유가 재단을 운영하지 않으면 재단은 바로 해체한다. 박윤유는 재단기금 운영규정에 따른 적절한 월급을 받는다. 운영규정은 변호사랑 쌈빡하게 만들 것이다. 재단 소유의 식당 '암소가 술 마시는 집'은 황양순이 죽을 때까지는 팔 수 없다. 내가 죽으면 '암소집' 사장은 황양순이다.

물론 이 유언의 집행은 오로지 박윤유의 양심에 달려 있다. 내 배로 낳은 딸보다 더 의지해온 박윤유는 내가 믿을 수 있는 유일한 사람이다. 난 윤유가 출중한 시이오라고 확신한다. 윤유가 내 발등에 도끼를 찍는대도 어쩔 수 없는 일이다.

어
린
애
를

지
켜
라

1

　한국농업방송(NBS) 자료조사 담당 기자가 찾아왔을 때, 광버섯(58년생)은 이기죽댔다.

　여기저기서 왔었어. 농촌 드라마는 씨가 말랐지만, 시골 팔아먹는 방송은 쌨거든. 다 싫다고 했어. 나는 텔레비에 나가고 싶어 환장한 놈이 아녀. 농업방송 거기는 돈 많은 것들이 돈 주고 나가는 건 줄 알았지. 가끔 보니까 거기는 돈 많은 놈 아니면 안 나오데. 제목부터가 〈부자농부〉잖아.

　〈나는 농부다〉도 있습니다. 그 밖에도 여러 프로가 있어요. 원하시는 프로를 선택하실 수 있습니다. 그리고 돈을 받다니요? 터무니없는 오해예요. 저희 방송은 아무것도 받지 않아요.

다른 프로도 다 부자 농부만 나오던데.

이만하면 부자 농부시죠. 버섯 막사가 두 채나 되시잖아요.

다 빚이야. 대출 싹 갚으면 개털이라고. 텔레비 나온 사람들은 대출 하나도 없는 것처럼 뻐기던데, 정말로 그럴라나. 농촌서 진짜 부자는 농협밖에 없지.

두 분이 동네 농사일을 다 하신다면서요. 그 수익도 엄청나다고 들었어요.

그걸로 먹고사는 거지. 버섯으로 먹고사는 게 아니라. 풀 깎다가 뒈질 뻔했다니까. 전에는 추석 가까우면 자식 것들이 내려와서 깎았는데, 코로나 되니까 얄짜리 없대. 예초기 돌릴 인간이 없어. 우리 부부가 이 산 저 산 다 깎았다니까. 버섯 때려치우고 아예 풀베기 전문으로 나설 참야.

그러니까요, 얼마나 훌륭한 스토리입니까. 동네 일꾼 부부.

됐고, 마누라한테 물어보셔. 어차피 나 보고 온 건 아니잖아.

사모님은 허락해주실까요?

절대 허락 안 하지. 내 마누라가 원했으면 우리가 방송을 여태 안 나갔겠어.

어딜 가면 뵐 수 있을까요?

모르지. 기자 아가씨 찾아온다는 전화 받자마자 튀었어. 우리가 흑염소도 좀 키우는데 저 산꼭대기 어디 가서 염소랑 놀고 있을걸. 그 사람이 방송국 사람들한테 하도 시달려서 기레기에 '기' 소리만 들어도 경기를 해.

두 분은 방송에 나오는 것을 왜 싫어할까요? 방송에 나오고 싶어 안달하는 분도 많은데요.

나는 분명한 까닭이 있지. 내가 인생을 하도 개같이 살았어. 오죽하면 내 별명이 좋은 말로는 미칠 광 자 써서 광버섯이고, 나쁜 말로는 개가 처먹던 반찬 개차반이겠어. 내가 그나마 착해져서 말을 이렇게 곱게 하지. 3년 전이었으면 기자 아가씨 벌써 울고 가셨어. 뭐, 저런 똥통에 파묻을 싸가지가 다 있냐고. 나는 방송에 나오면 안 되는 사람야. 거, 방송에 나왔다가 과거에 저지른 죄 때문에, 나락 가는 인간들 쌨잖어. 나는 전과 8범이지. 세 번은 술 처먹고 싸움질했어. 한 번은 향토예비군 훈련 안 나갔어. 나머지 네 번은 데모 나갔다 격하게 앞장섰지. 한 번은 1년 옥살이도 했어. 철밥통 공무원이 들어 처먹지를 않대. 시청 대문을 트랙터로 밀어버렸지. 알고보면 크게 욕먹을 죄는 아니지만 아무튼 전과자잖아. 나 같은 거 방송에 내보내고 당신들이 감당할 수 있겠어?

사모님은 왜 싫어할까요?

방송국 사람들이 나는 안중에 없다는 거 알아. 우리 뚜엔(80년생)을 노리고 왔겠지. 내가 못 나가게 한 거 아녀. 내가

47

막 패서 뚜엔이 겁먹고 안 나간다고 생각하는 것들이 있지. 옛날에 그랬을까 5년 전부터는 아녀. 뚜엔이 우리 집 가장이라고. 뚜엔이 우리 집 왕이야. 나는 찍소리도 못하고 살아. 뚜엔도 조용히 살고 싶대. 기자 아가씨, 우리나라 농촌에 시집와서 그럭저럭 살 만하게 사는 동남아 여자들이 전부 텔레비에 나와야 속 시원하겠어? 안 나오는 여자도 있어야지.

자녀분들이 셋이라고 들었습니다. 그 애들은 티브이 출연을 원할 수도 있잖아요? 애들이 부모님을 얼마나 자랑스럽게 생각하겠어요.

요새는 자기가 튀기, 아니 혼혈, 아니 다문화인 게 자랑인가? 우리 애들은 전혀 자랑스럽게 생각하지 않을 텐데.

물어라도 보면 안 될까요?

기자가 안다수(11년생)를 가리켰다. 다수가 아까부터 아빠와 기자의 대화를 듣보고 있었다.

물어보든지. 좋은 소리 못 들을걸.

너 이름이 뭐니? 몇 살이야? 몇 학년이니? 너 혹시 엄마 아빠랑 방송 나가지 않을래?

이름은 알 것 없고요, 나이는 먹을 만큼 먹었고요, 내후년에 중학생 되고요, 일억 주시면 출연할게요.

와우, 말문이 막힌다.

우리 아빠, 엄마보다 더 멋진 분들이 이 동네에 계시는 걸로 아는데요. 남성으로는 큰면장(61년생)님이 계시고, 여성으로는 이덕순(71년생) 이장님이 계시고. 저 꼭대기에 '암소가 술 마시는 집'이라는 전원 식당이 있는데, 거기 세 여자분도 스토리가 되시는 분들이에요.

다 연락드렸지. 다 한사코 싫다고 하시면서 추천해준 데가 너희 집이야. 어떻게 안 되겠니?

꿩 대신 닭이라는 거네요.

아냐, 방송용으로는 너희 집이 더 그림이 좋지. 이 동네는 참 이상하다. 왜들 다 방송 타는 걸 싫어할까? 무슨 일이라도 있었을까요?

아빠는 그런 거 잘 몰라요. 제가 좀 아는데, 아마 그 일 때문이걸요.

무슨 일?

제가 태어나기 전에 일어난 일이래요. 저어기 저 동네가 감골인데요, 거기에 한과 공장이 있었어요. 거기 부녀회장님이 동네분들을 모아 한과 공장을 세우고 발전시켰지요. 방송에도 나갔지요. 사장님은 방송 덕분에 스타가 되셨고 한과 공장도 점점 커졌지요. 그런데 아이엠에프 국가부도 사태가 온 거죠. 아무도 한과를 안 샀지요. 대출을 못 갚아 순식간에 망했대요. 사장님은 감나무에 목매달고 자진하셨고요. 그분이 그렇게 된 게 꼭 방송 때문은 아니지만, 방송을 안 탔으면 그렇게까지 되지는 않았을걸요. 동네 부업 수준이었다면 망해봤자 부업 접었다 하면 됐겠죠. 아무튼 그걸 보고 우리 역경리에서 자천타천 텔레비전에 나갈 만하다 싶은 분들은 절대로 방송에 나가면 안 된다는 각오를 하게 된 듯해요.

광버섯이 휘둥그레졌다. 아빠도 모르는 걸 네가 어떻게 알아?

에휴, 아빠는 듣지를 않으니까 그렇지. 할아버지, 할머니들한테 만날 시비나 걸고. 나처럼 귀담아들어봐. 다 알게 되지.

늙다리들이 네 앞에서 그런 비교육적인 얘기를 지껄였단 말여? 이 노인네들을 그냥!

그게 뭐 비교육적이야. 〈오징어 게임〉, 〈지금 우리 학교는〉 이런 거 한번 봐봐. 그런 소리 나오나.

광버섯은 입을 다물었다. 더 얘기했다가는 기자 앞에서 더 바보가 될 듯했다. 딸은 모르는 게 없는데, 아빠는 아는 게 없었다.

기자는 애탔다. 애, 너 방송 꼭 나가자. 네가 주인공 해. 너희 엄마, 아빠는 바쁘고 싫어하시니까 안 나오셔도 돼. 네가 노인 어르신들 찾아다니는 컨셉 어떠니? 네가 그분들 사연을 들어주고 적당히 맞장구쳐주는 거야. 너, 완전 방송 체질 같아.

일억 주실 건가요?

어린애를 지켜라

혹시 젊은 기자가 이해하지 못했을까, 광버섯이 '설명충'
을 자처했다.

절대로 안 하겠다는 소리야.

2

코로나19가 발발했던 해, 안다수는 학교 못 가는 건 좋았
지만 학교 도서관에 못 가는 것은 견디기 어려웠다. 언니와
오빠는 스마트폰 때문에 심심해하지 않았지만, 다수는 스마
트폰이 재미없었다. 책에 굶주렸지만, 사달라고는 하지 않았
다. 한 번 읽고 말 책을 살 필요는 없지. 대신 온 동네 집을 찾
아다녔다.

할아버지, 할머니 혹시 책 있죠? 책 좀 빌리러 왔어요.

우리 집에 책이 왜 있냐?

자녀분들이 보던 책이 있지 않을까요? 잘 찾아보면?

그럴라나? 그려, 찾아봐라.

마을회관에 마실도 못 가고 집구석에 갇혀버린 노인네들
은 어린 손님을 반가워했다. 어린 손님은 책만 찾은 게 아니
라 노인네들 질문에 답도 잘하고, 노인네 말을 성의 있게 들
어주기도 했다.

언니 안다미(04년생)는 코를 감싸 쥐고 구박했다.

접근 금지, 너한테 틀닭 냄새나.

너무 그러지 마라. 늙은 것도 서러운데. 우리도 늙는다고.

어린 게 어디서 꼰대질이래? 전자책을 보면 되지 왜 그지 같은 종이책을 찾아다녀?

나는 전자책 별로야. 책 같지가 않아. 웹소설 같아서 아주 싫어.

웹소설이 어때서?

생선 가시 같은 문장으로 으악, 꽥, 큭, 유치해.

어느 집에나 여남은 권씩은 어느 구석에 처박혀 있었다. 노인네들은 그 책이 왜 거기에 있는지 도무지 기억하지 못했다. 오지랖 할머니(48년생) 댁에서는 노다지를 발견했다. 창고와 거실에 책이 3,000권도 넘었다. 어린이가 읽을 만한 책도 몇 백 권은 되었다. 거기 책을 다 보고 다시 순례에 나서 노공작(42년생) 댁에 이르렀다.

제가 어르신들 별호에 대해서 좀 알거든요. 그런 별호가 왜 생겼는지도 짐작해요. 송구하지만 존칭 생략할게요. 이장사(31년생)는 옛날에 씨름 장사여서, 김사또(41년생)는 완고한 사또처럼 꼬장꼬장한 성격이라, 포장기(40년생)는 장기 실력이 출중한데 특히 포를 잘 써서, 딴지꾼(42년생)은 사사건건 딴지를 잘 걸어, 름꾼(40년생)은 노름 전문가라, 꽹과리(41년생)

어린애를 지켜라

는 꽹과리를 잘 쳐서, 태평농(49년생)은 매사에 태평해서, 놀부(48년생)는 약간 심술이 계셔서, 전흥부(48년생)는 가난한 시절의 흥부 같아, 척박사(48년생)는 모르는 게 없는 척척박사라, 실버(41년생)는 한쪽 다리가 매우 가늘었는데 옛날 텔레비전에 나온 만화 〈보물섬〉에 나온 실버를 닮아, 박봉준(41년생)은 전봉준을 닮아서, 큰면은 큰 바위 얼굴을 닮은 진짜 면장님 같아서…… 근데요, 딱 한 분을 모르겠어요. 바로 할아버지요. 할아버지 별명이 노공작이잖아요. 노는 노씨라 그렇다는 건 알겠는데, 공작은 잘 모르겠어요. 혹시 옛날 귀족 계급에 백작, 공작, 자작 같은 게 있었다는데, 그 귀족 공작과 관련이 있나요?

내가 촌늙은이 같지 않고 남다르냐?

예인 같은 느낌. 어르신 중에서 유일하게 운전하시는 분이기도 하고, 글씨도 한석봉급이라는 말씀을 들었어요.

내가 어릴 때부터 좀 귀티가 흐르기는 했다. 이 동네가 원래는 300년 묵은 노씨 집성촌이었다. 대한제국기에 비로소 김씨들이 들어왔고, 일제 때부터 타성바지들이 들어왔지. 내가 그 노씨 집안의 종손이었으니 얼마나 귀하게 컸겠니. 그래서 공작이라고 불렀던 것도 같아. 하지만 공작새 닮았다는 헛소리도 있었지. 다 객소리고, 사실 내 별명은 내가 뭐든지 잘 만들었기 때문에 붙은 거다. 공작이라는 말이 생소하냐? 우리 때는 뭐 만들고 그러는 걸 '공작(工作)'이라고 했다.

아, 그래서 할머니들이 노공작 그분은 못 만드는 게 없다고 하셨구나. 그럼 혹시 총 같은 것도 만드실 수도 있어요? 저, 총 하나만 만들어주세요. 돈은 달라는 대로 드릴게요.

총이라니, 사람 쏴 죽이는 총 말이냐?

나쁜 놈들이 너무 많잖아요. 호신용으로 갖고 싶어요.

3

2022년 대통령 선거가 스무날쯤 남았다. 노공작의 꿈에 왕림한 서낭신이 500년 묵은 참나무 꼭대기에서 호랑이처럼 으르렁댔다. 그 참나무는 범골 노씨의 시조가 이 산골에 화전을 일굴 때 심었다는 믿거나 말거나 전설이 있었다.

너희 마을의 어린애가 위험하다. 네가 지킬 수 있겠느냐?

제가 뭔데 지키나요?

네가 이 마을의 최고 어른이 아니냐?

아닌데요, 구십 늙은이들이 몇 더 있는데요.

그 멍텅구리들이 무슨 어른이냐. 이 마을에 어른은 너밖에 없다.

헤아리니 짜장 그랬다. 범골 또래 중에 남은 이는 자신밖에 없었다. 역경리에서 태어나 평생 역경리에서 살아온 이들. 함께 국민학교를 다녔고, 함께 4H클럽을 했고, 함께 재건운동을 했고, 함께 농협운동을 했고, 함께 새마을운동을 했고, 함께 세기말 50대를 보냈고, 함께 새천년에 60대로 늙었고, 함께 2010년대를 70대로 살았던 동무들. 2013년엔 름꾼이 경운기 몰고 가다가 트럭에 치어 떠났고, 2015년에 포장기가 췌장암으로 떠났고, 2018년엔 꽹과리가 폐암으로 떠났고, 2019년엔 김사또가 식도암으로 떠났고, 작년엔 실버가 1년을 누워 있던 끝에 합병증으로 떠났다. 그밖에 생존한 또래들은 요양원에서 오늘내일하고 있었다.

정말 저밖에 안 남았네요. 불알친구들이 어느새 다 떠나갔어요. 믿을 수가 없습니다. 나만 남겨놓고 가버리다니요. 가장 오래 살게 될 줄은 몰랐네요. 다른 친구들이 무병할 때 저는 큰 병도 수차례 앓았잖아요. 제일 먼저 갈 줄 알았습니다. 쓸쓸합니다. 살아 있으니 죽을 때까지는 계속 살아야겠지만, 살맛이 안 납니다. 한참 운전하고 다닐 때만 해도 문상 갈 때 네다섯씩 태우고 갔는데, 이제 혼자 갑니다. 아니다, 이제 무서워 운전 안 합니다. 폐차시켜야 하는데 기념물처럼 놔두고 있어요.

누가 네 신세타령을 듣고 싶다고 했느냐. 어린애를 지킬 자신이 있냐고 물었다.

제 몸 하나 건사하고 사는 것도 힘듭니다. 제가 누굴 지킬 수 있겠어요. 애들 짐이나 안 되길 바랄 뿐이죠.

이놈 종아리 걷어라. 그냥 최선을 다하겠다고 하면 되지 뭔 사설이 길어.

제 나이가 팔십하고 두 살인데 회초리라고요?

나는 오백 살이다.

당신, 서낭신 맞아?

4

안골 사는 역경리 노인회장(39년생)한테 전화가 왔다.

일요일에 경로잔치 할 예정이니까 무조건 나와.

노공작은 어기댔다.

오미크론이 들불 일듯 퍼져나가는 이때에 뭔 놈의 경로잔 치인가.

내 보기엔 오미크론이고 지랄이고 코로나 끝났어. 테레비 보라고. 운동 경기장이고 유세장이고 사람 천지대. 방역 체크 도 안 한대잖여.

젊은 사람들이잖여. 젊은 애들은 백신만 맞으면 독감 정도 라니까 그래도 되지만 우리 늙은이들은 걸리면 죽어.

코로나 아니더라도 죽을 사람은 다 죽어. 역경리만 봐도, 코로나 동안 코로나로 죽은 늙탱이는 하나도 없었어. 기타 등등 병으로 죽었지.

그래도 나는 조심할라네.

노공작, 자네는 정말 세 살 버릇이 여든까지 간다구먼. 어릴 때부터 혼자 고고하더니만 여든 넘어서도 혼자 고고하구먼.

코로나가 지속되자 칠팔십 노인네들은 다시 회관에 삼삼오오 들락거렸다. 그치만 2년 동안 단 한 번도 회관에 안 간 사람이 있었으니 바로 노공작이었다.

자네 얼굴 잊어버렸다는 동무도 많으니 이번엔 꼭 나와.

한 달에 한 번꼴로 보잖나. 장례식장서.

문상 왔다가 밥도 안 먹고 가면서 보기는 뭘 봤다고 그래. 이번엔 안 나오면 안 돼. 동네잔치라고. 그간 성공한 자식들이 놓고 간 것도 쌓였고, 선거철이라고 들어오는 것도 막 쌓였고, 처리 좀 하세. 와서 갖고라도 가. 돈도 쌓여 뷔페도 불렀어.

요새도 뭐 갖고 오나?

믈러. 그냥 어르신들 드시라고 가져왔다는데 명함 받아보면 선거운동원이지. 준다고 찍을 거는 아니지만, 안 주면 안 찍을 가능성은 있으니께 누구나 들이미는 거지.

근데 내가 목이 따끔거리고 몸살 기운이 있는 게 코로나 아닌가 싶어.

농담 아니면 얼굴 좀 보세.

5

토박이 또래들은 간만에 회포를 풀었다. 여럿이 탁구공 치듯 말을 주고받으니 누구의 말인지 헷갈렸지만, 굳이 누구의 말이라고 밝힐 필요가 없는 일반적인 언사가 태반이었다.

무덤에 가지도 않고 요양원에 끌려가지도 않은 사람은 역경리에 우리 다섯이 전부인가? 범골, 안골, 물골, 당골, 댓골에 한 명씩 고인돌처럼 남았구먼.

구십 줄 이장사하고 일흔여섯인가 척박사까지 넣으면 일곱.

여자들이 남자보다 오래 산다더니만, 여자들은 아직 스물은 돼 보이네.

여기 모인 노인네들 날마다 먹는 약 합치면 약국 하나는 나올겨.

종편 방송 같은 정치 방담이 간신히 끊어졌을 때, 노인회장이 노공작에게 말을 시켰다.

대통령만큼 귀한 왕림을 해주신 노공작 목소리라도 들어
보세. 우리는 만날 모여 얘기하잖아.

박봉준이 거들었다.

자네, 있었구만. 늘 그렇듯이 오늘도 없는 줄 알았네.

노공작은 꿈 이야기를 들려주었다. 전이장(39년생)이 휘둥
그레졌다.

짜장 그런 꿈을 꿨나? 나도 꿨어. 나는 서낭신 아니고 부처
님을 뵈었는데, 부처님도 똑같은 말을 했다고. 어린애를 구하
라는겨.

회장이 황당한 낯꼴을 지었다. 이거 뭐지? 실은 나도 그런
꿈을 꿨어. 나는 서낭신, 부처님 말고 꼭 공자님 같이 생긴 분
을 뵈었는데, 그분도 그러셨어. 네가 노인회장의 사명으로서
어린이를 지켜야 한다고.

황기독(40년생)도 맞장구를 쳤다.

얼라, 나도 예수님을 뵀는데. 예수님이 나한테 그러셨어.
동네 어린이를 지키는 것이 이 마을을 지키는 일이다.

노익장들은 박봉준을 쳐다보았다.

나도 그런 꿈을 꿨냐고? 나는 안 꾸었는데. 자네들 소설 쓰
고 자빠진 거 아냐? 테레비에서 뭐 봤겠지. 종일 테레비만 보
니 뭐든 안 봤겠나.

아닐세. 분명히 꿈꾸었네.

난 뉴스밖에 안 보는 사람이야. 나도 분명히 꿈에서 계시를 받았네. 맞아, 이건 계시네, 계시야. 모세가 예수님의 계시를 받았듯 우리도 계시를 받은겨!

마침 이장사가 와서 두리번거렸다. 딴 때라면 전혀 안 반가워했겠지만, 얼른 모서 앉혔다.

무슨 꿈 같은 거 안 꿨슈?

뭐라고?

꿈 안 꿨냐고요?

뭐라고?

부녀방과 노인방과 회의실(노인축에 끼기는 싫고 청년이라고 하기도 뭣한 70대 초반들이 모였다)과 강당(노인 축에 들지 않는다고 자부하는 60대 청년들이 모였다)을 부나비처럼 오가던 현 이장 이덕순이 마침 왔기에 부탁했다.

이리 좀 와서 소리 좀 질러주게.

뭐라고 말해드릴까요?

무슨 꿈 꾸신 거 없냐고.

이덕순은 이게 무슨 상황인지 궁금했지만 일단 시키는 대로 악을 썼다.

작은아버지, 무슨 꿈 꾸신 거 없네요!

꿈? 꿈이야 만날 꾸지. 늙으니께 잠을 오죽 자나. 시도 때도 없이 자니 안 자도 자는 것 같고 지금이 꿈인지 생시인지 헛

　　　　　　　　어린애를 지켜라

갈리지. 맞어, 호랑이 새끼를 만났네. 1968년도, 내가 호랑이 새끼 두 마리를 산에서 주워왔을 때 아무도 안 믿어줬어. 내가 우리 마누라 젖을 훔쳐다가 그 호랑이를 먹였네. 정성스럽게 키워서 놔줬지. 갸들을 만난 거라. 뭐 먹고 살았냐니까 고라니, 멧돼지가 지천이라 먹고사는 걱정이 없댜. 사람도 산에 안 와서 살판났댜. 근데 호랑이가 뭐라더라, 뭘 지키라던데, 맞어, 어린애를 지키라고 하는겨. 자기가 물어갈지도 모른다고 잘 지키랴.

이장사도 꾸셨네. 이것 봐 다 꿨지. 어이, 척박사, 이리 와보게. 자네만 꾸면 다 꾸는겨.

회장은 박봉준을 흘깃하고 덧붙였다. 평생 저 혼자 따로인 사람은 빼고.

어이구, 노공작님을 다 뵙네. 아래윗집 살면서 이렇게 뵙기가 어려워서야. 잘 계셨쇼? 근디 뭐 개꿈 이야기들 하고 계셨나?

계시몽 같은 거 안 꿨나?

계시 뭐요? 나야 요새 만날 나보다 먼저 죽은 동생 꿈꾸죠. 어머니 돌아가셨을 땐 어머니 꿈만 꾸다가. 아우가 워칙히 나보다 먼저 죽냐고.

황기독이 말했다.

자식 먼저 보내고 사는 나 같은 사람도 쌨는데 칠순 아우

먼저 죽은 거 가지고 너무 애달파 말게. 죽은 아우가 뭐 지키라는 말 안 했나?

지켜요? 그런 말은 안 한 것 같은데. 갸가 일찌감치 집 나가서 고생을 참 많이 했잖아요. 칠십 먹을 때까지 고생만 하다가…… 참 억울한 게 많더라고요. 형이 되어 그 고생을 겪게 했으니. 그러면서 제 자식, 손자를 어찌나 걱정하던지. 형이 잘 지켜봐달라고.

자네도 지켜달라는 말을 들었군.

박봉준은 헛웃음이 나왔다.

자네들이 심심해서 미쳤구만. 개꿈 꾼 거 갖고 침소봉대하기는.

이보게, 우리 중에 다른 사람들 말은 어이가 없어도 노공작 말은 항상 어이가 있었네. 노공작 자네의 의견은 어떤가?

과학적으로는 말이 안 되지만, 마음적으로는 말이 되지. 예컨대 우리 마을의 어린이가 뭔가 위험에 빠져 있다고 치세. 그 위험을 우리 연륜 있는 노인네들이 감지한 것이지. 그것이 꿈의 형태로 표출된 거야. 우리는 어쩌면 집단적으로 안다수를 지켜야 한다는 느낌을 받은 것일세.

안다수? 갑자기 안다수가 뭐야? 삼다수, 용천수 같은 건가?

다른 노인네들이 멍때리자, 이덕순이 거들었다.

우리 역경리에 어린이가 한 명뿐이잖아요. 그 어린이 이름이 안다수예요.

아, 그 범골에 광버섯하고 베트남댁 사이에 초등학교 다니는 애 말하는겨?

난 두세 명 더 본 것 같은데? 걔들도 좀 가무잡잡한 것이 다문화 같았어.

걔들은 안다수 언니 안다미, 오빠 안다석(07년생)인데 어린이가 아니라 청소년이에요.

광버섯이 안씨였구만.

이덕순이 정리했다.

그러니까 지금 어르신들이 무슨 계시를 받는 꿈을 꿨다 이거잖아요. 동네 어린이를 지키라는. 근데 이거 넷플릭스 드라마 〈지옥〉 표절 같은 느낌이 드는데. 그 드라마에서 왜 저승사자 같은 괴물이 나타나서 언제 너를 데려갈 거니까 기다려라 하고 사라졌다가 정말로 그날 딱 나타나서 데려가거든요. 그게 원래 웹툰 스토리였다니까 고로 만화 같은 얘기네요.

전혀 다른 얘기 같구먼. 우리 꿈은 지키라고 했다니께. 데려가겠다는 게 아니라.

그런가요? 아휴, 요새는 드라마가 다 판타지라. 다 황당무계해가지고. 근데 기시감 쩔어요. 제가 좀 많이 봤게요. 하도 넷플릭스를 정주행했더니 요새는 이걸 어디서 봤더라, 계속 이런 생각하면서 봐요. 넷플릭스뿐인가, 애플, 웨이브, 왓

챠, 디즈니 정신없어요. 거기서 나오는 판타지들이 클리셰 범벅이고, 배우들도 다 비슷비슷하게 생겨 누가 누군지도 모르겠고. 어르신들 비티에스나 블랙핑크 멤버들 구분하실 수 있어요?

노인들은 신세대 이장의 말이 한 번도 들어보지 못한 아프리카 사람들 말 같았다.

넷플릭인지 넥타인지를 우리 중에 누가 봤다고 그래. 혹시 여자들도 꿨을까?

제가 알아보고 올게요.

이덕순은 신이 나서 부녀방으로 뛰어갔다.

남자들은 입씨름을 벌였다. 박봉준은 넷(노공작, 회장, 전이장, 황기독)이 똑같은 꿈을 꾼다는 건 말이 안 된다고, 있을 수 없는 일이라고 비난했다.

네 것들이 또 야합해가지고 동네 시끄럽게 하려고 그러지?

노공작은 입 다물고 있었지만, 셋은 분노했다. 우리가 거짓말을 했다는 거냐, 왜 사람 말을 못 믿냐? 누가 좌파가 아니랄까 봐 사람 말을 못 믿냐.

모두가 너도 한마디 해보라고 했다. 노공작이 결연히 뇌었다.

나는 이제까지 거짓말을 해본 적이 없네.

티격태격은 격화되었다. 박봉준은 아옹다옹 동고동락했

어린애를 지켜라

던 70여 년에서 끄집어낸 여러 사건을 증거로 회장과 전이장과 황기독이 거짓말을 일삼았으며 사기꾼이나 다름없었다고 공박했다. 노공작에게도 일침을 가했다. 너의 말은 항상 때깔나고 멋졌지만 그야말로 뜬구름 잡는 공염불이었다고.

노공작은 '반성 모드'가 되었다.

회장과 전이장과 황기독은 분기탱천하여 '4H 때도, 농협 운동 때도, 새마을운동 때도, 친구들이 이장 볼 때도, 현 노인회 때도 박봉준 너는 좌파 빨갱이 같은 소리나 해대며 협조를 안 한 이기적인 놈'이라고 성토했다.

이장사는 싸움을 말리겠다는 건지 뭐라고 와왁대었다.

척박사는 또 시작했네, 또 시작했어! 비웃고 회의실로 옮겨갔다.

이장이 돌아와서야 입씨름 난장판이 멈췄다. 이덕순은 여자들에게 탐문한 바를 정리했다.

계신 분들은 대면으로 여쭙고, 왔다 가신 분이나 아직 안 오신 분한테는 비대면으로 여쭸는데, 신기하네요. 누가 나타나서, 나타난 분들이 다 제각각이라 통일이 안 되는데요, 암튼 그분들이 나타나서 어린이인지 꼬마인지 암튼 지키라고 했다는 분이 일곱 명이 되셔요. 이장사님, 척박사님처럼 비스무리하게 꾸신 분은 무려 열다섯 명이나 되셔요. 봉준 아저씨처럼 절대로 그런 꿈을 안 꾸셨다는 분은 한 분도 안 계시네요.

우리 동네 여자가 그것밖에 안 되나?

대화가 불가능한 분도 많아서요. 근데요 논리적으로 생각할 때, 그런 꿈 안 꾸는 것도 이상하죠. 모든 사람이 그런 꿈을 꿀지도 몰라요. 기억하지 못할 뿐.

뭐가 논리적이라는 건가?

사람은 본래 엄청나게 많은 꿈을 꾼다. 그 꿈들은 다 판타지다. 판타지 태반은 누가 누구를 지켜주는 거다. 나라를 지키고, 공동체를 지키고, 가정을 지키고, 자식을 지키는 거다. 그 무수한 꿈 중에 어린애를 지키라는 꿈이 섞여 있는 게 당연하잖나요.

이장 이덕순이 길게 말할 때마다 노인들이 벙찌는 건 흔히 있는 일이었다.

노공작이 새로 운을 띄웠다. 그런데 말일세, 우리의 꿈이 대략 맞다면, 어쩔 텐가. 그리고 '어린애를 지켜라'가 나쁜 말도 아니잖은가. 지켜서 나쁠 게 없잖아. 속는 셈 치고 안다수를 지키세.

지켜? 택도 없는 소리. 괜히 어린애 가까이했다가 성추행범으로 몰려. 어린애를 돌 보듯 해야 해.

누구한테서 지키나? 누구한테서 지키는지 알아야 지키든지 말든지 하지.

갸가 학대당하나? 테레비에 보면 제 자식을 학대하는 인간 말종들이 쌨더만.

아뇨, 가정 학대는 아니라고 저 이장이 확신 보증합니다. 인간 말종이라고 소문난 광버섯 오빠도 자식들이라면 사족을 못 써요.

학교에서 왕따 당하나? 다문화라고 말야.

아뇨, 왕따도 아니라고 저 이장이 확신 보증합니다. 인제 육경초 애들이 남자 이십, 여자 삼십 명, 합쳐 오십 명인데, 그중 다문화가 열몇 명입니다. 우리 역경리는 신기하게 다문화 가정이 한 가구밖에 없어 초등학생이 안다수 한 명뿐이지만, 다른 동네는 좀 있거든요. 글고 안다수가 학교에서 주먹 대장이나 마찬가지예요. 때리면 때렸지 맞고 다닐 애는 아녜요.

가정 문제도 아니고 학교 문제도 아니면 무슨 문제가 있단 말여?

세상에 나쁜 놈들이 얼마나 많은데! 강도, 성폭행범, 살인마 등등.

그런 놈들이 촌구석까지 오나.

안 온다는 보장이 없지.

언제 어떻게 올 줄 알고 지킨단 말여.

혹시 멧돼지로부터 지키라는 얘기 아닐까. 안다수네 집이 산속 깊은 곳이네. 멧돼지 만날 가능성이 제일 높아. 꼭 안다수가 아니더라도 멧돼지 심각하네. 전문 사냥꾼도 부족하고 잘 잡지도 못하고. 해서 말인데 우리가 한번 잡아보세.

안다수가 범골 애라, 특히 노공작 자네가 걱정하는 건 알겠는데, 그래도 그렇지 팔십 노인네들한테 멧돼지 사냥을 다니자니. 자네 혹시 정신 요양원 갈 때 된 건 아닌가.

6

안다수는 자전거 타는 재미에 푹 빠졌다. 엄마, 아빠 차만 타고 다닌 지난 세월이 억울할 정도였다. 그날도 방과 후 두어 시간 책을 읽다가 학교 도서관을 나왔다. 복지센터 앞에서 사륜 전동차를 탄 욕댁과 마주쳤다.

할머니, 안녕하세요!

오빠, 언니는 욕댁을 미워해 인사도 하지 않았다. 저 틀닭이 엄마한테 해댄 욕을 떠올리면 살의가 치솟을 판이야. 너도 인사하지 마. 아는 체도 하지 마. 인사하다가 걸리면 죽는다. 그치만 안다수는 언제나 그랬듯이 살갑게 고개를 숙인 것이었다.

욕댁은 본체만체 앞서갔다. 욕댁은 말에 굶주린 할머니였다. 한참을 떠들어야 정상이다. 오늘은 완전 과속 운전이시다. 누가 쫓아오나. 안다수는 갸웃거리며 힘차게 페달을 밟았다. 고가도로 밑에 드라마에서 뛰어나온 듯한 조폭 같은 배불뚝이가 서 있었다. 욕댁은 배불뚝이 앞에 멈췄다. 욕댁의 아들, 손자 중에 저런 아저씨가 있었나? 욕댁이 전동차 트렁크에서 묵직해 뵈는 배낭을 꺼냈다. 안 봐도 유튜브! 안다수는 배낭을 낚아채고 달렸다. 뒤에서 욕댁과 배불뚝이가 악을 썼다.

제발 아무 어른이나 만나기를. 이왕이면 이덕순 이장이나 큰면장 아저씨를 만나기를. 그러나 아무도 뵈지 않았다. 삼거리에 다다랐다. 오른쪽으로 가면 범골이지만 집이 너무 멀었다. 왼쪽으로 가면 들판이고, 죽 가면 마을회관이 있었다. 그래, 무조건 마을회관으로 가야 한다. 거기에 가면 어른이 하나라도 있을 거야.

안다수가 신고할 염도 못 내고 달리기만 한 것은 분명히 어딘가에 일당이 차로 대기하고 있을 거라는 짐작 때문이었다. 아니나 다를까 1톤 카고트럭 한 대가 맹렬히 쫓아왔다. 카고트럭은 마을회관을 50미터쯤 남겨두고 쓰레기 분리수거장 앞에서 도로를 가로막았다. 안다수는 자전거째 고꾸라졌다.

트럭에서 배불뚝이와 빡빡머리가 내렸다. 배불뚝이는 안다수와 배낭을 뒷좌석에 쑤셔 넣었고, 빡빡머리는 자전거를 짐칸에 실었다. 안다수가 소리 지르자 운전석의 영화 속 조폭처럼 생긴 야구모자가 가차 없이 주먹으로 얼굴을 쳤다. 안다수는 기절한 체했다. 진짜 기절한 것일지도 몰랐다.

마을회관께서 길이 갈라졌다. 놈들은 저수지 방향으로 우회전했다. 기다랗고 꼬불꼬불한 저수지 2차선 도로를 거슬러 올라갔다. 역경리와 부부리의 경계인 호랭이산 기슭 음침하고 한적한 곳에서 멈췄다. 그곳에는 쏘렌토 한 대가 숨겨져 있었다. 만약을 대비해 농촌에서 가장 흔한 카고트럭을 타고 갔다가 돌아온 것이었다.

야구모자는 쌍심지가 뻗쳤다.

이 갑툭튀 년은 뭐냐? 그 할망구 손녀딸은 아니라는 거지? 네 얼굴 봤지?

배불뚝이가 붉적댔다.

스치듯 잠깐 본 건데 뭐. 기억 못 할걸.

빡빡머리가 짐칸의 자전거를 내려 저수지 물에 집어 던졌다. 풍덩 소리가 산천을 뒤흔들었다. 야구모자가 입맛을 다셨다.

애가 삼삼하게 생겼다. 섹시해.

그냥 여기다 내려놓고 얼른 가자.

배불뚝이는 울상이었다.

보이스피싱질도 쪽팔린데…….

너 자꾸 착한 척하면 이년 죽인다.

야구모자는 차에서 안다수를 내려 둘러메고는 솔숲으로 들어갔다. 안다수는 가만히 있어서는 안 될 듯해, 소리쳤다.

살려주세요!

야구모자가 안다수를 솔가리 바닥에 패대기쳤다.

조용히 해라. 입 닥치고 있으면 살려는 준다.

저 열두 살밖에 안 됐어요. 제발, 살려주세요.

조폭이 안다수의 옷을 다 벗겨가는데, 누가 을렀다.

7

15분 전, 노공작은 쏘렌토를 발견했다. 뭐여, 저런 고급차가 왜 여기에 있댜. 버섯 따러 온 사람들인가. 나처럼 멧돼지 잡으러 온 이들인가. 노인회장에게서 전화가 왔다.

여보게, 혹시 오늘도 호랭이산에 있나?

그렇다네. 나라도 잡아야지.

어디쯤인가? 화성 넘어가는 부부고개랑 가까운가?

근처네.

수상한 차가 그쪽으로 갔다네. 박봉준이 마을회관 오는데 쓰레기장께서 급정거하는 소리가 들렸댜. 잠깐 섰다가 금방 가던데, 암만해도 여자애 비명소리 같았댜. 그러고 차가 저수지로 올라가더라고. 나쁜 놈들이 꼭 그쪽으로 도망치잖아. 전이장, 황기독이 지금 오토바이로 그쪽 가고 있어.

노공작이 부부고개 쪽으로 가는데 카고트럭이 나타났다. 딱 봐도 불량하게 생긴 놈이 자전거를 내려 던졌다. 저 자전거는 안다미가 타다가 안다석이 타다가 안다수가 타는 그 자전거가 아닌가.

노공작은 당황하지 않고, 사제 총에 쇠구슬 탄환을 장전했다. 휴대폰이 진동했다. 새들이 요란하게 울고 있어 놈들 귀에는 들리지 않을 듯했다. 노인회장이 놈들을 봤냐고 물었다.

지금 보고 있네. 안다수가 유괴당한 모양이네. 신고했나?

진짜? 아 큰일 났구먼. 경찰 데려갈 때까지 가만히 있어. 나서지 말고.

빨리 와.

야구모자가 안다수를 메고 노공작이 숨어 있는 근처로 다가왔다. 놈이 안다수의 옷을 벗기는 걸 고통스럽게 지켜보았다. 더 바라볼 수가 없었다.

노공작은 총구를 겨누고 을렀다.

당장 그만둬!

놈은 기겁하며 일어섰다. 갑자기 튀어나온 상대의 손에 들린 것이 총 같지 않게 생긴 총이었다.

뭐야, 이 틀닭은. 놀랬잖아. 어이, 틀닭, 너 때문에 너도 죽고 애도 죽게 생겼잖아. 네가 봤으니 너를 살려둘 수가 없잖아. 나이 처먹었으면 방구석에 처박혀 있지 왜 싸돌아다녀?

안다수는 알몸뚱이로 노공작에게 기어왔다.

할아버지, 할아버지, 살려주세요.

야구모자가 안다수를 발길로 걷어차려는 순간, 노공작이 총을 쏘았다. 우습게 생긴 사제 총이었지만, 산이 움직이는 듯한 웅장한 소리가 났다.

놈은 놀라 달아났다.

노공작은 안다수가 옷을 다 입기를 기다렸다가 꼭 껴안았다.

애야, 괜찮니.

할아버지 너무 무서워요.

이제 괜찮다.

노공작은 여기서 안다수를 지키고 있어야 할지 야구모자를 쫓아야 할지 판단이 서지 않았다. 그런데 세 놈이 엽총, 사제 권총, 사시미칼을 각각 들고 나타났다. 노공작은 안다수를 떠밀었다. 도망쳐라, 얼른. 안다수가 울며 뛰어갔다.

시발, 틀닭 놀랬잖아. 야, 빨리 죽이고 가자.

사시미칼 든 빡빡머리가 달려왔다. 아까는 노공작이 일부러 빗맞힌 것이었다. 노공작이 쏜 쇠구슬이 빡빡머리의 손바닥에 정통으로 맞았다. 총 든 두 놈이 놀라서 쏘려고 했지만,

그들이 쏘기도 전에 노공작은 나머지 두 놈의 다리를 향해 연사했다. 두 놈이 나뒹굴었다. 사시미칼이 피 흘리며 또 달려왔다. 그놈의 다리도 맞추었다.

손재주가 뛰어난 노공작은 군대 때 특등사수였다. 다른 농사꾼들은 종일 쏘아도 한 마리 잡을까 말까 한 참새를 노공작은 손수 제작한 사제 총으로 한 발에 한 마리씩 잡았던 실력자였다. 열흘간 멧돼지 사냥을 다니면서 사격 연습을 해 왕년의 솜씨를 되살렸다. 방만한 사람의 두 다리는 쉬운 표적이었다. 피를 철철 흘리는 세 놈에게 을렀다.

움직이는 놈은 또 맞는다.

노공작은 녀석들의 무기를 수거했다. 숨어 있던 안다수가 달려와 노공작에게서 총을 빼앗으려 했다.

개새끼들, 죽여버릴 거야.

안 된다.

이놈들은 사람이 아니라 악마라고요. 죽여도 돼요.

죽이는 건 안 돼. 너에게 너무 큰 짐이 된다.

좀비는 막 죽이잖아요. 저놈들은 좀비보다 나쁜 놈들이라구요.

사람은 사람이다.

그럼, 할아버지가 죽여주세요.

미안하다. 나도 못 죽인다.

어린애를 지켜라

노인과 소녀가 실랑이하는 틈에, 놈들은 좀비처럼 달아났다. 노인은 차에 놈들이 더 있을지 모르고, 안다수의 곁에 있는 게 더 중요하다고 판단해 쫓지 않았다.

　놈들은 차에 올라탔지만 도망가지 못했다. 전이장과 황기독이 차바퀴에 펑크를 내놓은 것이었다. 놈들은 어쩔 바를 모르고 헤매다가 긴급 출동한 경찰타격대에 체포되었다.

8

　그날 밤, 노인네들은 자기만의 신을 만났다.

　잘했다. 너희들이 어린애를 지켰구나.

　예, 저희가 지켰나이다.

　이걸로 끝이 아니다.

　트라우마 말씀이죠. 암요, 어린애가 트라우마에 시달리지 않도록 보듬어주겠습니다.

　트라우마보다 더 큰 적이 있다. 그들이 몰려올 것이다. 그들로부터 지켜야 한다.

　그들이 누군데요?

　뭐는 뭐냐. 기레기들이지. 어린애가 그 위험한 순간을 꼭 되새겨야 하겠느냐?

우리 소풍을 위하여

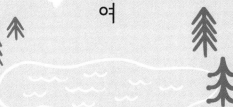

1

노옹(41년생)은 한시라도 더, 노파(42년생)랑 있고팠다. 면사무소 근방 정류소에서 몇 번이나 작별을 나눴지만, 노옹은 발길이 영 떼어지지 않았다.

"타는 거 보고 갈겨."

노옹의 심사를 태우느라 버스도 오지 않았다. 노옹은 지푸라기라도 잡는 심정으로 던져보았다.

"색시가 중앙아시아에서 왔다니까. 아, 너는 외국도 자주 나갔다 왔겠네. 허이구, 비행기 한번 못 타보고 농촌에서 썩은 내 생각만 했어."

일 분가웃 대꾸 없던 노파가 변심을 밝혔다.

"나도 그 먼 데까지는 못 가봤어. 보고 싶네. 그 멀리서 우리나라까지 시집온 아가씨. 이왕 온 거 학교도 가보고 싶다."

실은 서 있기가 고되었다.

"진작 말하지. 엎어지면 코 닿을 덴데."

다시 스쿠터를 탔다. 30미터도 못 가 초등학교가 나타났다. 교문은 횅하니 열려 있었다. 교사를 휘돌자 운동장이 나타났다. 노옹은 세 바퀴를 쌩 돌았다. 노파가 속말했다. 오토바이, 원 없이 탄다.

플라타너스 아래 벤치에 앉았다. 소나기 머금은 구름이 석탄산 위에서 천둥을 울리고 번개를 쳤다. 둘의 하늘은 말짱했지만, 어둑어둑해져 갔다.

"애들이 없으니까 되게 쓸쓸하다."

"애들 자체가 별로 없어. 우리 때는 전교생이 천 명쯤 됐을걸. 지금은 쉰 명인가 그래. 그래도 훌륭한 거야. 없어지기 직전인 학교가 얼마나 많다고. 그나마 다 학원 갔지. 게임하고 있거나."

"여기도 학원이 있어?"

"여기 그런 게 어딨어. 시내로 가는 거지. 어디가 제일 좋았어? 오늘 나랑 본 거 말고."

노파는 고개를 저었다.

"거의 안 돌아다녔어. 여기가 제일 멀리 나온 거야. 혼자 택시 타는 걸 별로 안 좋아해. 어려워. 부르는 것도 일이고 기사님 눈치 보는 것도 일이고."

"그래도 안녕시 9경은 다 구경했겠지?"

"해수욕장만. 종일 바다만 봤어."

"내가 싹 구경시켜줄까?"

2

조덕구(71년생)는 2019년 9월, 1차로 결혼했다. 키르기스스탄의 수도 비슈케크에서도 3시간을 달려간, 고려인과 이슬람인이 어우러져 사는 동네였다. 동네 이름은커녕 장인, 장모 얼굴도 기억나지 않는다. 결혼식은 점심 전부터 늦저녁까지 진행되었다. 이슬람식이라는데, 대체 결혼식을 언제 한다는 거야, 궁금했을 만큼 특별한 의식이 없었다. 하객들은 자기를 소개하고 덕담을 해주는 듯했고, 나라 이름에 '키스'가 들어가는 나라라 그런지—조덕구는 키르'기스'스탄이 아니라 키르'키스'스탄으로 알고 있었다—키스에 환장했다. 살면서 한 번도 못 해본 키스를 300번은 당했다.

먼저 귀국한 신랑은 군대 시절 전역 날짜 기다리듯 신부를 기다렸다. 신부는 세종학당에서 석 달 동안 한국어 교육을 받고, 꾀까다로운 수속 끝에 마침내 F-6(결혼이민) 비자를 받았다. 덕구는 신부가 한국에 들어올 날에 맞추어 두 번째 결혼식을 준비했다. 그간 자기를 무시한 놈들에게 과시할 양으로 사치스럽고 요란한 예식을 추진했다. 그때만 해도 돈을 몹시 벌어 주체를 못 했다.

코로나19가 터졌고 비행기 길이 끊겼다. 신부가 올 수 없었다. 그해(2020년) 9월에 비행기 운항이 재개되었지만, 신부는 다양한 핑계를 대며 한국행에 적극적이지 않았다. 하더니 덕구가 주었던 혼수금 천만 원을 환불 송금해주며 결혼을 무효로 해달라고 했다. '나머지 나 때문에 들어간 돈은 평생 갚겠어요. 미안해요.'라는 말과 함께.

덕구는 심각한 경제위기에 봉착했다. 펑펑 쓰기만 했지 여퉈둔 것은 없던 차에, 코로나19 불경기 동안 튀밥처럼 불어난 각종 빚 합계 3,000만 원을 갚아야 했다. 신부에게 항공료를 보내고 영상통화로 빌다시피 했다. 바다-하(93년생), 꼭 와줘야 해. 너 안 오면 나 골로 가. 같이 안 살아도 되니까, 제발 결혼만 해줘.

안녕시 다문화센터에 의뢰했더니 대환영하며 일체 무료라고 했다. 키르기스스탄은 중국제, 러시아제 백신이 충분했지만 접종률이 형편없었다. 바다-하는 맞았다. 우리나라 사람들, 백신 안 믿어. 하지만 난 맞았어. 당신한테 가려고.

우리 소풍을 위하여

키르기스스탄은 '예방접종 완료자 격리 면제 적용 제외 국가'였다. 신부는 서울 모 호텔에서 보름 동안 자가격리했다. 신부는 잘 버텨냈다. 영상통화로 혼자라 너무 좋아요, 하면서 웃어댔다.

덕구는 25개월 만에 신부를 만났다. 덥석 껴안았다. 비로소 25개월 전에 동침한 여자 같았다. 결혼회사 직원이 감시자처럼 동행했다. 다정한 말 한마디 못 나누고 3시간을 내려왔다.

바다 가요, 바다 보여준다고 했잖아.

결혼식장부터 가야지. 웨딩드레스 입어야 한다구.

덕구는 결혼식에 사활을 걸었다. 자기가 애경사에 한 번이라도 부조했던 지인들에게 직접 통화, 카톡, 밴드, 페이스북, 인스타그램 등 이용할 수 있는 것은 다 이용했고, 종이 청첩장, 문자메시지 등 보낼 수 있는 것은 다 보냈다. 와주면 감사하겠지만 안 와도 되고, 대신, 부모상 때는 '생까도 좋으니', 이번에 축의금은 '반드시, 꼭 보내달라! 안 보내면 의절은 물론이고 치사하고 비루하게 뒤끝 장난 아님을 보여줄 거다'라는 뜻에서 계좌번호를 강조했다. 30년 동안 그 얼마나 부조를 하였던가. 절반만이라도 찾고팠다.

2차 결혼식은 성공적이었다. 빚을 탕감하고도 남을 터였다. 식당은 예약하지 않았다. 도시락과 떡 세트를 선물했다. 양로원에 사는 양친은 내일 죽어도 좋다며 꺼이꺼이 울었다.

동네 사람들한테는 약소한 답례품으로 입 씻기가 송구하여 마을회관에 피로연 자리를 마련한 것이었다.

다들 백신 2차 접종을 완료했고, 하도 오래간만의 동네잔치라 기동이 가능한 사람은 다 나왔다. 그래 봐야 마흔 명이 못 되었다. 예순 살 아래는 세 사람밖에 없었고, 쉰한 살 아래로는 신부와 뚜엔(80년생)밖에 없었다. 뚜엔 남편 광버섯(58년생)이 어디서 실컷 처먹고 왔는지 요란하게 들어오더니 일갈했다.

"고려장 파티구나야!"

다행히 신랑의 친구 여남은이 몰려왔다.

태평농(49년생)은 "누님, 누님!" 하면서 노파에게 아주 달라붙었다. 다른 노인네들도 이러쿵저러쿵 아는 체를 하여 노파를 정신 사납게 했다.

간신히 말할 기회를 잡은 노옹이 뚜엔을 가리켰다.

"저 아줌마야. 우리 동네 대리 기사님."

"아줌마야? 완전 아가씨네. 저분도 이국적인데."

"베트남. 저 아줌마가 온 게 벌써 이십 년 됐거든. 세월 참 빠르지. 한국 여자보다 나아. 같이 오 분만 있어도 딸같이 편할 거야. 저 아줌마가 택시 반값에 어디든 태워다준다니까."

오후 8시, 뚜엔이 시내 가실 분 있으면 나오라고 했다. 몇 늙은이가 좋아라 일어섰고, 노파도 묻어가기로 했다. 노옹은 덩달아 타고 가고팠지만, 다른 노인네들 눈초리가 거북했다. 노파도 그러지 말았으면 하는 기색이었다. 하기는 생각도 말아야 할 일이었다. 뚜엔과 단둘이 돌아와봐라. 뚜엔 남편 놈이 또 무슨 망상을 하고 지랄을 떨지 몰랐다.

노옹은 반나절 독점했던 보물을, 저녁 내 빼앗긴 듯해서 밤새 억울했다.

새벽부터 전화를 할까 망설였다. 정오가 되었을 때 노옹은 기어이 전화를 걸었다.

"전화 받아줘서 고맙네. 어제 잘 들어갔나 전화 못 했어. 시간도 늦고 해도 되나 싶기도 해서. 아침 밝자마자 하려고 했는데, 역시 해도 되나 싶어서 못 하다가, 결국 걸어버렸네."

"잘 들어와서 잘 잤어. 좋았어. 어제."

"저, 어제 말한 거 말야. 안녕 9경 그거 토요일에 보러 갈까? 어제 그 뚜엔 아줌마한테 부탁해서. 대절비, 밥값 다 내가 쏠 거야. 친구가 그 정도도 못 해주나 뭐."

노파는 15초간 말이 없었다. 노옹은 전화가 끊긴 줄 알고 다급히 "여보슈?" 했다.

"그래, 좋아. 몇 시에 올 거야?"

"정말? 여덟 시 반 어때?"

"좋아. 기다릴게."

사진 속의 아내가 째려보더니 쏘아붙였다. 한나절로 부족했구먼. 그려, 잘했구먼. 10년 수절했으면 장하지.

3

뚜엔이 카니발(2018년식, 9인승)을 타고 막 출발하려는데, 남편 광버섯이 불쑥 조수석 문을 열었다.

"왜요? 나 오늘 일 간다니까."

"나도 갈래."

말릴 새도 없이 남편이 타버렸다.

"빨리 내려요."

"이거 내 차거든."

"진짜 왜 이래요. 이십만 원짜리 일이라니까."

"월래, 그 노인네 진짜 돈밖에 없나 보네. 가지 마. 이십만 원 내가 줄 테니까."

"진짜 왜 이래요?"

광버섯은 걱정스러웠다. 노옹과 아내 사이에 있을 별일이. 의처증 심하다는 세평을 듣고 사는 위인답게 엉뚱한 오해를 했다. 육체폭력은 물론 언어폭력을 사용하기만 해도 이혼 도장 찍어주기로 각서 쓴 게 1년쯤 되었다. 두 번은 법원 주차장까지 끌려갔다가 빌고 빌어 용서받았다. 마지막 남은 한 번을 함부로 사용할 수는 없고 무작정 타고 본 것이다.

역시 딸은 아빠 편이다. 안다미(04년생)가 격하게 손뼉을 쳤다.

"많이 많이 짱짱짱 잘 다녀오삼. 버섯은 내가 책임질 테니까, 호텔 가서 몇 밤 자고 와도 돼."

약속 시간이 얼마 남지 않았다. 노옹은 매사 대범한데 시간 안 지키는 건 질색했다. 뚜엔은 쌩 달려 일 분 만에 노옹의 집 마당에 닿았다. 말쑥하게 차려입은 노옹이 기겁했다.

"뭐여, 자네는 왜 왔어?"

"감시하러 왔슈."

광버섯이 천역덕스럽게 대꾸했다. 뚜엔이 내려 어쩔 줄 몰라했다.

"어쩌죠, 어쩌죠. 저 인간이 따라가겠대요."

노옹은 어이가 없었지만 이해는 되었다. 광버섯은 뚜엔을 베트남에서 데려온 날부터 노옹을 의심했다. 할베, 내 마누라를 자꾸 거시기하게 쳐다보시네. 눈구멍 잘 간수하셔! 하는 거였다. 말짜로 시내까지 명성을 떨치는 놈이라 상종을 안 하고 살았으나 그래도 마흔다섯 나이에 늦장가를 든다니 안 가볼 수 없어 당시로서는 큰 액수인 5만 원까지 축의했는데, 그 딴 개소리였다.

그 후로도 노옹을 유난히 미심쩍어하더니만, 기억하는 것만으로도 창피하고 끔찍해서 쥐구멍에 들어가고픈 그 일이 있었다. 저 화상은 까맣게 잊고 사는 듯했다. 하기는 그런 고약한 짓이 주특기인 녀석이니 기억할 리가 있나. 역시 때린 놈은 편하게 살고 맞은 놈은 억울하게 산다.

"어허, 큰일이구만. 삼십 분까지는 가야 하는데. 어서 가보기나 하세."

노옹은 마스크를 쓰고 차 문이 열리기를 기다렸다. 노인이 올라타자 광버섯이 지껄였다.

"마스크 벗어유. 얼마나 오래 더 살겠다고 꼬박꼬박 챙겨 쓴댜. 백신도 다 맞았다면서? 아주, 오래 살라구 용을 쓰네. 내는 안 써. 빽신까지 처맞았는데 뭐가 겁나서 쓴댜. 뒈져도 못 써. 뚜엔, 너도 쓰지 마. 쓰면 죽, 아니고 혼난다."

뚜엔은 마스크를 쓰려다가 멈칫했다. 노옹이 마스크를 벗었다.

"나는 자네들 생각해서 쓴 건데, 자네가 불편하다면 안 쓸게."

4

마을 길을 휙 내려와 지방도에 올랐는데, 눈 밝은 광버섯이

우리 소풍을 위하여

백미러를 보더니 "스톱, 스톱"을 외쳐댔다. 결혼식 때 입었던 양복 차림인 조덕구와 텔레비전 드라마 여주인공 뺨치게 화려한 바다-하가 간이 정류장에 서 있었다.

광버섯이 보기엔, 조덕구는 정수리가 시원하게 벗겨진 데다가 이마가 주름살투성이라 열 살 올려 잡아 환갑이래도 그러려니 하겠고, 바다-하는 일고여덟 살 내려 잡아 갓 스물이래도 믿을 듯했다. 실제 스물두 살 차이라는 게 생게망게했다.

뚜엔이 후진하여 갓길에 세우고 조수석 창문을 내렸다.

반갑게 달려온 덕구가 20년 차 부부에게 "안녕들 허슈." 건성 인사하더니 뒷좌석 노옹에겐 "어르신도 계셨네요." 허리를 꺾었다.

광버섯이 반가움 반 시비조 반 섞어 물었다.

"딱 아버지와 딸이다니. 근데 뭐 하나?"

간이 정류장에 있던 사람 보고 그리 물은 것은, 덕구가 중형 승용차 한 대에 2.5톤짜리, 5톤짜리 카고트럭 두 대에, 포클레인에 불도저에 로드롤러까지 가진 이였기 때문이다. 덕구가 억울한데 잘되었다는 투로 불었다.

"면허정지 들어갔슈. 진짜로 돌아버리겠다니까요. 한 달 전인가 계원 친구 아버지 상 때, 한번 안 땡길 수 없다고 카드를 쳤거든요. 코로나 땜에 쳐 본지 오래됐다고 이왕 모인 거 뽕을 뽑자고. 따지는 못했어도 안 잃어서 좋다고 들어오다가 딱 걸렸어요. 딱 '운수 좋은 날'이었슈."

"뭔 개소리여? 날마다 운전하고 다녔잖어? 서울 가서 마누라도 데려오고?"

"음주운전 걸렸다고 바로 운전 못 하는 게 아니더라고요. 결혼할라니까 좀 할 일이 많어유? 결혼식은 치르고 정지 들어가도 되냐니까 임시 면허증을 떼어주더라고요."

덤프트럭 두 대가 쌩하니 지나쳐 갔다. 삼거리께 농공단지 공사가 한창이었다. 노옹은 속이 탔다. 이것들이 지금 차 세워 놓고 뭔 대화랴?

모른 척, 광버섯은 헐뜯었다.

"뭐여? 그딴 법이 다 있어? 음주운전으로 잡았으면 그 즉시 손모가지를 잘라서 다시는 운전을 못 하게 해야지. 글구 네가 언제부터 법 지키는 놈이었어?"

"아무래도 신부가 서양 왕비님 같으니께 조심할라구요. 저도 전경했었는데 이쁜 여자는 꼭 검문을 했었거든요."

"일도 못 하고, 너 좆됐다."

위로한다기보다는 고소해하는 말투였다.

"일은 할 수 있어요. 중장비는 자가용 면허취소랑 상관없슈. 법이 그래야지. 안 그러면 나 같은 사람은 다 죽게."

"될 놈은 엎어져도 된다니까. 근데 어디 갈라고?"

"바다가 아직 바다를 못 봤대요."

광버섯은 덕구가 취해 주워섬기던 말인지 타령인지가 기억났다.

제 아내 이름이 '저 바다에 누워'에 나오는 그 바다, 우리 안녕시의 자랑 해수욕장에 가면 질리도록 볼 수 있는 그 바다, 바다입니다. 고려인의 후세래요. 장인어른이 일제강점기 때 블라디보스토크에 독립운동하러 갔다가 영문도 모르고 키르키스까지 끌려갔던 하씨 집안의 장손인데, 저보다 한 살 많아요. 장모는 저보다 두 살 어린데 밭매는 김태희 씨예요. 장모님은 백인이랑 비슷한데, 그래서 우리 바다가 블랙핑크 제니처럼 이뻐요. 장인이 할아버지한테 바다 이야기를 듣고 바다를 한번 보는 게 소원이었대요. 아직도 못 봤대요. 바다 보고픈 마음이 간절해서 딸 이름을 바다라고 지었대요. 우리 바다 많이 사랑해주세요.

"야, 돈 많아서 베트남도 아니고 키르기스 가서 마누라 얻어온 놈이 택시비를 아끼냐?"

코로나19 발발 이전, 결혼정보업체의 결혼 비용 안내표에 따르면 베트남 신부는 1,500만 원, 키르기스스탄 신부는 2,200만 원이었다. 홍보 가격이 그렇다는 거지, 실상 두어 배는 각오해야 했다.

"모르면서 함부로 말 좀 마슈. 바다-하가 택시를 못 탄단 말유."

"택시 못 타는 사람도 있어?"

노옹이 대신 대답했다.

"많네. 나도 택시 못 타는 사람 때문에 이 차를 대절한 거네. 덕구 자네, 그래서 버스를 기다린다는 건가? 버스 시간은 알고 기다리는가?"

"그게 한 시간 반 전부터 기다리고 있는데 안 오네요? 시간표에는 분명 적혀 있는데. 스마트폰은 검색도 잘 안 되고. 미치고 환장하기 직전이에요."

"쯧쯧, 코로나 터지고부터 그 버스 안 다니네."

"예? 아, 이 철밥통 것들. 그러면 그렇다고 적어놓던가."

광버섯이 고소해했다.

"그래서 제정신 가진 놈은 대중교통을 이용 않는겨."

노옹이 뚜엔을 일깨웠다.

"이러고 있을 시간이 없잖나. 일단 저 사람들도 태우세."

뚜엔이 뒷문을 열었다.

뒤늦게 바다-하가 세 사람에게 고개를 꾸벅꾸벅했다. 피로연 때 본 사람들이었지만 기억에 있을 리 없다. 다만 운전석 뚜엔은 희미하게나마 기억이 났다. 한국인 사이에 한국인 같지 않은 사람이 하나 섞여 있었는데, 바로 그 여자인 모양이었다.

5

뚜엔은 신혼부부를 차마 아무 정류소에 내려주지 못했다. 백미러로 본 바다-하의 얼굴. 고국에서 5박 6일 동안 정신없이 함께했던 이방인 남자 하나 믿고, 월드컵 축구로 한국이 날마다 축제 같았던 해에 거지처럼 입국했던 자신을 보는 듯했다. 계집애 더럽게 이쁘네. 티브이에 나오는 아이돌이랑 똑같아.

노옹도 차마 신혼부부를 내려주라거나 내리라거나 하지 못했다. 노파가 화나 안 간다고 하면 어떡하지.

"지름길로 가세."

고인돌 교차로에서 뚜엔은 좌회전했다. 노파는 오히려 반색했다.

"이왕 소풍하는 거 여럿이 하면 좋지요."

광버섯이 주둥이 찬란한 값을 했다.

"누님이 뭘 아시네. 남자는 어떻게든 여자랑 단둘이만 있을라고 껄떡대는데, 여자 맘은 그게 아니라니께. 이왕이면 남자들을 한 다스 끌고 다니면서 왕비 대접받다가 그중 하나 고르는 거제."

덕구는 아내랑 둘이서만 바다로 가고팠지만, 바다-하가 도리질을 했다. 긴가민가해서 물었다.

"냄새나는 노인네들을 따라가겠다고?"

"저 여자가 당신보다 젊다."

뚜엔과 있고프다는 거였다. 고쳐 생각하니, 덕구도 그게 나을 듯했다. 하기는 동네 살려면 동병상련 뚜엔하고 빨리 친해져야지.

결혼 전, 덕구는 광버섯을 볼 때마다 시기했다. 저 망나니가 전생에 나라를 구했나, 어떻게 뚜엔 같은 여자가 얻어걸렸지.

덕구는 이제 광버섯이 부럽지 않았다. 바다—하는 뚜엔보다 열두어 살이나 어렸고 제 눈에 안경인지 모르겠지만 세 배는 예뻤다. 나야말로 나라를 구했나. 오십 살까지 총각으로 버틴 보람인가. 다만 바다—하의 과거가 자꾸만 뒷골을 잡아당겼다. 바다는 왜 그걸 알려줘서. 비밀로 해도 됐잖아. 모르는 게 약이라는 속담이 왜 있는지 뼈저리게 배웠다.

6

그들이 첫 번째로 간 곳은 석탄산 휴양림이었다. 40년간 전국 석탄 총생산량의 10퍼센트를 담당했던 시절에는 어쨌는지 몰라도, 탄광이 싹 사라진 지금은 계곡에 맑은 물이 흘

우리 소풍을 위하여

렀고, 각양각색 단풍나무가 숲을 이루었다.

시비공원도 있었다. 시가 새겨진 돌비석이 48점이었다. 그들은 자연스럽게 나뉘었다. 중년부부끼리, 신혼부부끼리, 상노인네끼리. 시비들을 평범한 돌 보듯이 휙휙 지나치던 노옹이 어느 시비 앞에 멈췄다.

"내가 가장 좋아하는 시야. 한번 읽어봐."

노파가 읽었다.

"산 너머 저쪽엔 별똥이 많겠지. 밤마다 서너 개씩 떨어졌으니. 산 너머 저쪽엔 바다가 있겠지. 여름내 은하수가 흘러갔으니. 이문구 동시집『개구쟁이 산복이』에서."

노파는 여운을 곱씹다가 덧붙였다.

"참 좋다. 이문구 샘이 살아계셨으면 우리랑 같은 나이네. 난 이분 소설도 좋아했지만 산문이 더 좋았어."

"댁도 이문구를 아는구려."

"우리 나이에『관촌수필』이문구 모르면 외계인 아닌가."

"으흠, 존경하는 명천 이문구, 명천이 '글 쓰다가 막히면 비싼 시외전화 걸어서 여러 가지로 물어본 점방 친구'의 친구가 바로 나였어. '코뚜레짜리 어스럭송아지 시세가 어떠며, 겉보리 한 가마 금은 어떻게 나가는가' 이런 거는 점방 친구로 해결되지만 그 외 자세한 농사 얘기는 나한테 물었지. 친구 덕분에 홍콩 간다고 이문구 동네, 학교 친구라고 으스대고 살았어."

　예술공원에 갔을 때 바람이 몹시 불었다. 허브랜드도 있고 음악당도 있고 육필시공원도 있고 미술관도 있다는데, 일견 허허벌판이었다. 내리기는 했으나 아무도 움직이려고 하지 않았다. 뚜엔이 불쑥 사과했다.

　"기사가 잘못했습니다. 다시 타세요."

　광버섯이 뒷좌석으로 탔다.

　"평생 같이 살 텐데 오늘은 좀 떨어져라. 제수씨, 앞으로 타쇼."

　바다-하는 흔쾌히 조수석에 올랐다. 안녕댐으로 향했다.

　광버섯 혼자 말 같지 않은 말을 야불댔다. 노파 앞에서는 청산유수던 노옹도 말 못하는 목석이 되었다.

　광버섯이 차를 세우게 했다. 동네 슈퍼에 뛰어 들어가더니 린21 소주 세 병, 안녕 맥주캔 여섯 개짜리 한 박스, 새우깡, 양파링, 건빵, 오징어 등을 푸짐하게 사 왔다.

　광버섯은 바다-하에게 한 캔 넘겨주었고, 노파에게는 "누님도, 한잔 자셔!" 하며 내밀었다. 광버섯은 노옹과 덕구에게는 종이컵에다 소주를 가득 부어주었다. 노옹과 덕구는 마지못해 받아들었다. 광버섯이 다짜고짜 건배사를 했다.

　"우리 소풍을 위하여!"

여러 마을을 잡아먹은 호수가 유장했다. 종이컵도 귀찮은지 소주병째 나발 불던 광버섯이 언뜻 울었다.

"어머니, 아버지! 저 왔슈. 못나서 이름으로 못 불리고 미쳐서 버섯 농사 짓는 놈이라고 광버섯 소리 듣는 아들이 왔슈. 일 년에 한 번 찾아뵙는 것도 못 하고, 몇 년 만에 와보는겨."

광버섯이 울음을 그치고 또 한 병 따서 들이키자, 덕구가 물었다.

"왜, 수몰할 때 이장을 못 했슈?"

"워디 묻혀 있는지 알기나 했간."

광버섯은 해수욕장 근처에 있는 고아원에서 자랐다. 고아원을 나갈 나이가 되었을 때 원장이 일러주었다. 네 부모가 언제 어떻게 돌아가셨는지는 모르겠다만, 호수면 무슨 리 무슨 골에서 네가 왔다. 광버섯이 가보았을 때 사금파리 하나 찾을 수 없는 산속이었다. 무슨 골에 빨치산하다가 감옥까지 갔다 온 부부가 살기는 했었고, 그 부부가 핏덩이 하나 남긴 채 한날한시에 죽었고, 경찰이 핏덩이만 주워 나갔다는 소문이 돌기는 했었단다. 누가 어디쯤에 어떻게 묻었는지 아는 이는 전무했다.

광버섯이 덧붙였다.

"그래도 태어난 데라고 농사짓구 살아볼라고 했더니 댐 만

든다고 나가라는겨. 혀서 내가 호랑이 한 마리 안 사는 범골
로 살러 들어온겨."

8

50대 이상은 댐 물빛공원 휴게소 찻집으로 들어가고, 뚜엔
과 바다-하는 전망대까지 올라갔다.

"어떻게 여기까지 왔어?"

"길어요, 길어요."

"조금씩 얘기해줘. 내가 다 들어줄게."

"궁금해요. 여기에도 우리나라 사람 사나요?"

"키르기스 사람? 살아. 남자는 일곱 명. 여자는 한 명. 우즈
베키는 옆 동네 같은 나라지? 거기 사람은 좀 살아. 남자는 스
물아홉 명. 여자는 여섯 명."

"만날 수 있어요?"

"그럼. 다문화센터라고 있어. 거기 가면 다 만날 수 있어.
코로나만 아니었으면 너 결혼식 때 우리가 다 갔을 거라고.
내가 거기 무슨 총무야. 다음 주에 나랑 가자. 근데 너 진짜 살
러 온 거 맞아?"

바다-하도 그것이 알고 싶었다. 살러 온 것인가? 덕구가

괜찮은 사람이면 살아볼 용의도 있었다.

"나쁜 사람 같지 않은데, 잠을 못 자게 해요."

"굶어서 그래."

철새들이 하늘을 물결쳐 갔다.

9

덕구가 뚜엔에게 물었다.

"형수님, 지금 어디로 가는 건가요?"

"하포 해수욕장요."

덕구가 이번엔 노옹에게 물었다.

"어르신, 8경인가 9경인가를 다 구경해야 하나요?"

노옹이 우물쭈물하는데, 노파가 얼른 대답했다.

"아뇨, 그럴 필요 없어요. 나는 지금까지 본 것만으로도 충분해요. 벌써 지치네. 바다 가서 오래 있었으면 좋겠네."

"그래서 말인데요, 제가 알기로 9경인가가 다 바다잖아요. 하포도 바다고, 대나무 섬도 바다고, 근데 또 어디 어디더라?"

"야, 너는 그 나이 먹고도 그걸 모르냐. 애향심이 없어. 인삼산, 충청수영성, 그리고 또 어디지? 저기 섬 여러 개 있잖아, 외도, 삽도, 원도 거기 섬 중에 하나 있을 거고. 음 또 어디를 빼먹었지. (노옹에게) 알아유?"

"우리 육경면에 있는 거 있잖나."

"냉풍욕장? 그게 9경이라고? 에이, 말도 안 뎌. 거기는 찬바람 쐬러 가는 거지 뭐 볼 게 있어."

간신히 말할 틈을 잡은 덕구가 소리쳤다.

"그래서 제 말은 그냥 곧장 안녕 해수욕장으로 가자고요."

화장실이 급한 노옹이 반대하는 뜻을 담았다.

"다 같은 바다 아닌가? 가까운 데로 가지."

덕구가 힘담주었다.

"거나 거가 아니죠. 바다가 다 틀리죠. 이왕이면 큰 바다를 보여주고 싶어요. 우리 바다-하가 바다를 처음으로 보는데 기왕이면 큰 것부터 봐야지, 좁은 것부터 보면 감동이 덜 하다고요."

"일리가 있네만, 하포, 죽도 바다가 섭섭해하겠구만. 진짜 큰 바다를 보려면 섬으로 가야지. 배 타고. 자네들 신혼여행 아직 안 갔지? 섬으로 가보게."

"몇 번을 말한대요. 여행이라면 치가 떨린다고요."

우리 소풍을 위하여

어찌 그날을 잊으랴.

스쿠터 타고 돌아다니는 게 취미였던 노옹이 그날은 동네 꼭대기로 올라갔다가 사람 잡는 소리를 듣게 되었다. 그냥 지나쳤어야 하는데 하도 살벌한 소리라, 광버섯네 집에 들어가 보았다. 광버섯이 뚜엔을 개 패듯 하고 있었다.

노옹은 참지 못하고 나무랐다. 사내대장부가 절대로 해서는 안 될 일 한 가지가 있어. 여자를 때리는 것. 점잖은 말이 통하지 않는 말종이라는 걸 까먹고 염불한 거였다. 말도 사람에게 말해야 말인 거지.

광버섯이 딴 때 같지 않게 대들지 않고 피식대는 꼴이 의아하기는 했다. 노옹이 마당에 피범벅으로 쓰러진 뚜엔을 일으켜 평상에 눕도록 도왔다.

광버섯이 파출소에 신고하는 소리가 들렸다. 여기가 역경리 1호 국제결혼집인디, 웬 영감탱이 하나가 우리 마누라를 훔치려고 했어. 싸게 와봐.

태어나 황당한 일을 수없이 겪었지만 그토록 황당한 적은 없었다. 집에 가버릴 수도 없고, 사람 아닌 것한테 따져봐야 입만 아프고, 가만히 있었다.

방범 순찰차가 범골로 들어왔다. 시도 때도 없이 별안간

까무러치는 노인네가 흔해 119는 자주 들어왔지만, 경찰차가 공무수행하러 들어온 것은 28년 전, 농민운동하던 박봉준(41년생)이 쌀개방 반대 시위 가서 던진 돌에 의경 하나가 크게 다치는 바람에, 집에서 늘어지게 자다가 수갑 찬 채 끌려가고 처음이었다.

술 처마시던 광버섯이 성질을 박박 냈다. 신고한 게 언젠데 이제 와? 그러고도 민중의 지팡이냐? 여기, 이 노인네가 내 아내를 거시기하려고 했단 말이야. 벌건 대낮에!

말 못하는 짐승처럼 누워있던 피투성이 뚜엔이 벌떡 일어나 발악했다. 아니에요. 아니에요. 거짓말!

너, 뒈질래? 덜 맞았어? 서방님 말씀하시는데 끼어들고.

남편은 힘세요. 나 자주 때려. 술 마시면 개새끼 돼. 오늘도 남편이 나를 팼어. 아저씨가 말려줬어.

뭐, 개새끼? 이년을 확!

광버섯은 솥뚜껑 손바닥으로 때리는 시늉을 하고는 포효했다. 난 분명히 보았어. 저 늙은탱이가 내 아내를 덮치는 것을. 내 아내는 팬티만 입고 있었다구. 저 인간은 바지를 내리고 있었고! 벌건 대낮에! 내가 조금만 늦었으면 일 났겠지. 저런 놈이 동네 어른이라고 때깔 잡고. 아, 동네 창피해서. 베트남 여자 데리고 사는 것도 쪽팔린데, 늙은 수캐한테 집적거림이나 당하는 여자를 데리고 살아야 하다니. 사나이 인생 왜 이렇게 됐냐!

남편 멋있는 사나이. 착할 때도 많아. 나를 많이 많이 사랑해줘요. 근데 자주 패.

많이 팼어. 패지 않고는 견딜 수가 없었어. 베트남 여자랑 살게 된 내 팔자가 기가 막혀서 패고, 베트남에서 이 먼 데까지 살러 와가지고 죽을 고생하는 뚜엔이 불쌍해서 패고, 패고, 패고 또 팬 거야. 뚜엔이 공부를 아주 잘했대. 그런데 이게 뭐냐고? 왜 이런 더러운 나라에 와서 처맞구 사냐고? 스물세 살이나 많은 놈이랑 살면서! 왜 착해서 도망갈 생각도 않냐고! 차라리 뚜엔이 도망가버렸으면 좋겠다고. 결혼하고 10년이나 살았으니까 소원 풀었어. 이제 혼자 살아도 괜찮아! 로또 되면 베트남으로 돌려보낼 거야. 3억 줄 거야. 뚜엔, 3억이면 베트남 가서 재벌처럼 살 수 있지?

난 안 가요. 당신이랑 살아요.

걱정하지 마, 바보야. 로또는 절대로 안 돼. ……글쎄, 내가 잘못 본 것인지도 모르지.

잘못 본 거야. 텃밭에 농약을 했어요. 쓰러졌어요. 아무것도 생각이 안 났어요. 돌바닥을 마구 기다가 얼굴에 상처가 났어. 도둑고양이가 할퀴었어. 아저씨, 나를 보고 집에 데려다준 거죠?

뚜엔이 무고한 남편도 구하고, 느닷없이 무고당한 노옹도 살리겠다고 엉뚱한 소리를 하는 듯했다.

저 늙은 수캐 말로는, 텃밭에 쓰러져 있는 아내를 봤다는 거야. 업어 나와서는 평상에 눕히고 옷을 싹 벗겼대. 농약이 묻은 옷이니까 안 좋다고 생각했다나. 그래도 남들이 오해할까 봐 팬티는 안 벗겼대. 그러고는 인공호흡을 했다는 거지. 올라타서. 이게 말이 돼? 말이 되는 것 같다고? 좋아, 그럼 결정적인 질문을 하지? 자기 바지는 왜 내리고 있었지? 인공호흡 할 때 자기 바지도 내리고 하나?

노옹이 칠십 평생 진짜 미친놈은 처음이었다. 노옹은 더 듣고 있을 수가 없어 정신을 잃기로 했다. 기절하는 시늉만 하려했는데 진짜로 기절했다. 깨어나니 집에 돌아와 있었고 스쿠터도 마당에 얌전히 있었다.

아내가 잔소리를 해댔다. 오비이락이라고 못 들어봤소? 거기는 왜 가. 젊은 년 근처에 얼씬거리는 자체가 범죄인 세상 된 지가 원젠디. 저놈의 오토바이부터 뽀사부려야써. 저거 타고 나가면, 그것도 그냥이나 타나 꼭 술 먹고 타가지고 걱정이 태산인데, 하다 하다 강간 신고를 당해야. 광버섯 천하에 둘도 없는 개자식, 내가 언젠가는 고추를 잘라서 고추장을 담가버릴겨. 뚜엔 고년은 하필이면 우리 동네로 시집와갖고. 외국년이 뭔 잘못이 있어? 나라 못 만나 부모 잘못 만나 양공주처럼 팔려 온 죄밖에 없지.

11

바다에 닿았다.

해풍에 에어라이트처럼 휘청대느라 노년들은 해변으로 내려갈 엄두도 못 냈다.

"내가 쏘기로 했으니 알아서 시키겠네. 바람들 쐬고 들어와."

노옹이 젊은이들 듣기 좋은 소리를 남기고, 노파를 보위하여 호객 나온 횟집 사장을 따라 들어갔다. 두 이방인 여자는 약속이라도 해놓았던지 냅다 바다를 향해 달려갔다.

버려진 듯한 두 남자는 솔숲 벤치에 앉았다. 광버섯이 침을 퉤 뱉었다.

"너 진짜 복 받았다. 뭐 저렇게 예쁜 애를 샀대? 너 돈 엄청 썼지? 토탈 얼마 들었어? 삼천, 사천? 나 때는 진짜 쌌는데. 이왕 돈 주고 사는 거 이왕이면 이쁜 게 좋지. 잘했다, 새꺄."

"형님 말, 개소리인 거 아니까 무슨 말을 해도 다 참는데, 제발 그 말만 좀 관둡시다. 사 왔다는 거 말요. 형님이 형수를 사 왔다고 하는 것도 듣기 싫은데, 이제 내 아내한테까지 사 왔다고 해? 한 번만 더 사 왔다고 하면 나 안 참아."

"이 새끼도 가만 보면 나만큼 위선적여. 그럼 우리가 쟤들을 돈 주고 사 왔지 모셔 왔냐? 한국 여자가 결혼 안 해주니까

할 수 없이 남의 나라 가서 사 온 거 아니냐고?"

"이 개새끼가 하지 말라니까. 자꾸."

청소년 때 복싱 웰터급 국가대표 문턱까지 갔었던 덕구의 주먹이 광버섯의 복부에 꽂혔다. 둘에게 이런 일이 종종 있었다. 경로사상을 개뼈다귀로 아는 광버섯을 상대해주는 이는 같은 과 소리를 듣는 주망태(54년생)밖에 없었다. 한데 광버섯도 저 같은 이는 싫은지 주망태보다는, 나이도 한참 어리고 고등학교 후배인 덕구랑 상종하고 싶어 했다. 덕구랑 뚜엔의 여동생들을 맺어주려고 얼마나 노력했는지 모른다.

덕구는 지역사회에서 고등학교 선배처럼 개갈 안 나는 사이가 없었지만 아무튼 동네 형님이었고, 결정적으로 뚜엔을 사모하는 마음도 있어 광버섯을 멀리하지 못했다. 보다 듣다 참다 못해 다시는 너 같은 놈 안 본다고 하극상 주먹질을 한 게 수도 없었다.

잔디밭으로 나가 떨어진 광버섯은 3분이 넘도록 일어나지 않았다. 저게 또 죽는시늉한다, 같잖게 보고 있다가 슬그머니 겁 난 덕구가 소리쳤다.

"죽었슈?"

"안 죽었어, 인마."

광버섯이 벤치에 도로 앉아 소주병을 움켜쥐었다. 광버섯이 예리하게 물었다.

우리 소풍을 위하여

"제수씨는 왜 택시를 못 타냐?"

덕구는 혼자만 가슴에 담고 있기가 겨웠다.

"뉴스에서 아직두 보쌈 같은 거 있다는 나라 들어봤죠?"

"얼래, 제수씨가 보쌈당했었다는거?"

"예, 택시를 잘못 탔다가 갑자기…… 잡혀가서 석 달인가를…… 임신하고서야 탈출할 수 있었대요. 애 지우고, 폐인처럼 살았대요. 거기 맞선에 나온 여자들 중에 바다가 나이가 제일 많았거든요. 저렇게 동안으로 예뻐도 나이가 딱 적혀 있으니 아무도 안 찍더라고요. 저는 이왕이면 나이 많은 여자를 찍고 싶었으니까 아다리가 딱 맞았죠."

"뭐여, 맞선 자리서 그 얘길 했다는거?"

"아뇨. 코로나 걸려서 죽을 뻔했대요. 그때 반성을 많이 했대요. 돈도 다 돌려주고 한국 안 올 생각이었대요."

"뭐여, 영상통화로 그런 얘기를 했다는거?"

"아뇨, 어제서야 털어놓더라고요. 내가 자꾸 해대니까 그 얘기하면 정 떨어져서 그만하겠지 했대요."

"사랑해줘, 인마. 나처럼 사랑이 지나쳐서 의처증 걸리지 않을 만큼만 사랑하라고. 난 요새 너무 기쁘다. 가만히 보니까 말여. 나중에 이 동네에 누가 남겠냐? 늙은이들 다 죽고 나면 뚜엔하고 내 새끼들만 남을 거 아녀. 우리 동네 뚜엔 아니면 농사지을 사람도 없어. 너도 뚜엔이 얼마나 훌륭한지 알지? 뚜엔이 이 동네 땅 다 사버릴걸. 뚜엔과 내 새끼들이 우리 동네 왕이 되는 거라고. 우리 마누라 죽으면 그다음은 제수씨가 왕이 되는 거지. 네 새끼들의 땅이 된다 이거야. 얼른 애 낳으라고 자식아."

12

바다-하는 바다를 처음 보고, 파도 소리를 처음 들어보고, 백사장을 처음 달려보고, 바닷물을 처음 만져보았다. 말로만 듣던 바다, 미디어 영상으로 보던 바다가 파랗게 끝없었다. 바다색이라는 게 어떤 것인지, 수평선이 어떤 상태인지, 갈매기 떼가 어떻게 옮겨 다니는지, 갈매기의 울음소리가 어떤지, 바다 냄새가 어떤지, 바닷바람이 어떤지, 바닷물 맛이 어떤지 교감했다. 바다가 그녀에게 스며들었다.

뚜엔이 바다-하를 가만히 안았다. 바다-하는 안긴 채 울먹였다.

"나, 많이 고생했어요. 사랑하고파요. 나를 아끼고파요."

동남아 강마을에서 온 여자가 중앙아시아 초원에서 온 여자를 다독다독했다. 언니처럼, 엄마처럼.

우리 소풍을 위하여

13

노파와 노옹은 횟집 2층에서 바람 타고 노는 파도를 눈요기했다.

"젊은 사람들이 할 말이 많은가봐."

"이것들이 정말. 빨리 먹구 가야지. 섬은 못 가더라도 인삼산 억새밭은 봐야 할 거 아니냐고."

"꼭 가야 맛인가. 쉬고 싶어. 밥 맛있게 먹고 쉬고 싶어. 이문구 샘 말마따나 우리 '몸은 너무 오래 서 있거나 걸어왔'어."

"같이 쉬면 안 돼?"

"돼."

정오의 시월 볕이 유리창을 뚫고 들어와 노옹의 볼에 홍조를 그렸다.

알아야 면장을 하지

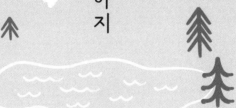

1

마침내 면장(面長)으로 우뚝 서고야 말았다. 연광(71년생)은 3층짜리 면사무소 옥상에서 감개무량하였다. 육경벌은 모내기가 거의 끝나 있었다. 연녹색 바탕의 체스판 같은 벌판. 흙색 화투짝 같은 논바닥이 드문드문했다.

연광은 지난 1월에 5급으로 승진했다. 지방직 9급 공무원 시험 합격으로 입직한 자의 사실상 승진 한계선 5급. '철밥통', '영혼 없는 공무원'의 꽃 5급. 주무관이 아니고 사무관. 죽어 제사받을 때도 지방(紙榜)에 '학생부군'(學生府君)이 아니라 '사무관부군(事務官府君)'으로 적힌다. 하지만 5급의 자리인─시청 과장은 시장의 핵관(핵심 관계자)들 차지이니 언감생심이고—동장·면장 발령을 못 받아 반년 동안 찜찜했다. 드디어 면장으로 발령받았고 세상을 다 가진 자가 된 듯했다.

상쾌했던 시선이 공사가 덜 끝나 살풍경한 역경리 농공단지와 동서남북의 도로에서 쌩쌩 달리는 차들과 마주치자 절로 찌푸려졌다. 차량과 농기계들이 내뱉는 소음이 격렬했다. 산마루에 깃들어 한적하기 그지없었던 시청에 견주면 딴 세상이었다. 저건 또 뭐냐. 석탄산 중턱이 대형 거울을 박아놓은 것처럼 눈부셨다. 태양광이다. 어딜 가나 꼭 있어. 연광은 태양광이 끔찍했다. 시청 지역경제과에 있을 때 태양광 업자와 민원인들에게 지긋지긋 시달린 탓이다.

여기 계셨네. 다들 찾으시는데. 새 면장님 용안 좀 뵙자고. 허우대가 굵고 젊은—환갑은 확실히 안 됐고 마흔은 확실히 넘어 뵈는—여성이 서슴없이 다가왔다.

면직원이 아니다. 연광은 육경면사무소에 근무하는 19명—총무팀 7명, 민원팀 3명, 주민생활지원팀 3명, 산업팀 3명, 맞춤형복지팀 3명—에 대해 공부를 해왔고, 아까 조회에서 첫인사를 나눴다. 부면장·주무관·공무직 사이에 없던 얼굴이다. 면사무소 옥상을 제집 안마당처럼 드나들 만큼 행세깨나 하는 면민일 테다. 하긴 요새는 모든 면민이 절대권력을 휘두를 수 있었다. 누가 면장 따위를 두려워하랴. 세상을 다 가져? 강아지가 웃을 소리. 오른손을 내밀었다. 아차, 주먹을 내밀어야 했는데. 한 2년 주먹 인사만 하다가 대선 무렵부터 다시 악수 인사에 익숙해졌다. 안녕하세요, 신임 면장입니다. 잘 부탁드립니다.

여자가 기다렸다는 듯이 손을 덥석 맞잡았다. 웬만한 남자들 손아귀 힘보다 강했다.

여자가 활짝 웃었다. 역시 못 알아보시네. 24년 전이니께 어찌 기억하겠어. 어이구, 나를 기억도 못 하는디 반말하면 못 쓰지. 죄송함다. 저는 역경2리 이장 이덕순(71년생)이라고 해요.

육경면은 법정리가 11개, 행정리가 21개, 반이 82개다. 이장은 행정리당 한 명씩 있다. 육경면 21명의 이장 중, 딱 둘이 여성이다. 연광은 비로소 이장들 명부에서 봤던 두툼한 얼굴 사진을 기억해냈다. 제가 몰라봤습니다. 반갑습니다. 많이 도와주세요. 근데 손힘이 엄청 세시다.

여자가 어머머, 하하대며 손을 놓아주었다. 몹쓸 버릇이 돼서. 남자 노인네들하고 악수할 일이 많거들랑. 늙은이들이 까불지 못하도록 기선 제압하자는 취지로 손아귀에 힘을 팍 줘 버릇했더니. 아, 초면에, 실례가 많네요. 초면은 아니지, 그치만 나를 못 알아보니까, 암튼 저야말로 되게 반갑슴다. 듣자니 우리 육경면이 생판 처음은 아니시고 초등학교 2학년 때까지 장유리에 사셨다면서? 말하자면 금의환향 아니겠습니까. 고향 발전을 위해 애써주십쇼. 근데 담배 태고 계셨나? 여태 안 끊고 뭐 했대요?

금의환향이 뭔 뜻인지나 알고 지껄이는 걸까? 이거 담배 아니고 빨대예요. 담배는 애저녁에 끊었습니다. 오래전, 어떤 선배가 연광에게 일깨워주었다. 너도 벌써 사십이냐? 앞으로 20년 남았네. 지금 몇 급여? 면장이라도 되고 싶냐? 그럼 담배 끊어라. 병신도 7급까지는 해먹을 수 있어. 6급부터는 다른 세계다. 인맥과 정치의 세계지. 넌 가방끈도 짧은 놈이잖아. 지금이라도 야간대학, 대학원 코스 밟아 학벌 채울 수도 있겠지. 그 시간에 권귀(權貴)들이랑 술을 마셔라. 권귀들이 흡연자를 참 싫어한다. 니코틴에 쩐 냄새가 싫어지면 인간도 싫어지기 마련. 담배도 못 끊는 놈이 무슨 면장을 하냐는겨. 무수한 지인과 아내의 겁박에도 불구하고 끊을 수 없었던 담배를 불혹지년에 끊고야 말았다. 금연에 성공하고 12년 만에 면장이 된 것이다. 말을 좀 편하게 하시네요. 저를 잘 아시나봐요?

덕순은 갑갑했다. 노인네들한테 반말 반 존댓말 반 반타작하는 버릇이 붙어서. 면장님과 제가 동갑이지만 같은 동네 산 것도 아니고 학교를 같이 다닌 적도 없고 아는 사이라고는 할 수 없지만, 98년에 술자리를 한 다섯 번인가 같이 했단 말이죠. 그때 막 친구 먹고 그랬어. 단둘이 마신 게 아니라 소판돈(71년생)이라고 거 왜 클래식소설 쓴다는 시대착오적인 놈 있잖아요, 셋이서. 판돈이도 기억 못 하나?

까맣게 글물했던 여자가 소설가 소판돈과 함께 기억 속에서 솟구쳤다. 아, 씨름. 반갑다야. 시골 사람들이 '아엠뿌 때'로 기억하는 1998년, 연광은 8급 5호봉, 신포2동사무소 서기—지금은 통틀어 주무관이지만 서기보(9급)·서기(8급)·주사보(7급)·주사(6급) 구분이 확고하던 시절이었다—였다. 그때 이덕순과 소판돈은 공공근로자였다. 셋이 술 마신 기억은 어렴풋하고, 덕순이 안녕시 여자씨름대회 결승까지 올라갔다가 상대의 바깥다리걸기에 엉덩방아 찧던 장면이 명징했다.

찾으러 간 사람까지 함흥차사가 되면 어쩐다. 면장님, 다들 기다리셔요. 공무직 깍밤톨—깍아놓은 밤톨처럼 생겼다나—이 거친 숨을 몰아쉬며 등장했다. 이장협의회 간사이기도 한 깍밤톨도 71년생 돼지띠였다. 간밤의 돼지꿈이 돼지띠들 왕창 만나는 꿈이었나. 이따가 정말 만나기 싫은 돼지띠동창을 한 명 만나야 했다.

연광은 2층으로 내려가 정신없이 주먹 인사와 손 악수를 번갈며 소개하고 소개받았다.

일부러 면장을 보러 온 것은 아니었다. 하필이면 육경면 주민자치위원회(약칭 자치위), 지역사회보장협의체(약칭 보장체) 공동 주관으로 '주민상생간담회 및 힐링농업 확산 및 건강한 여가문화 확대를 위한 코로나블루 반려식물 키우며 극복해요' 행사가 예정된 날이었다.

자치위·보장체 위원들 말고도, 21개 행정리의 이장·반장·노인회장·새마을지도자·부녀회장 및 그들을 보필하는 총무·간사, 의용소방대·청년회·후계자영농회·바르게살기위원회·육경초중동문회·정의사회구현회 등의 핵심 임원들, 거기에 치안센터·(예비군)면대·농협·우체국·보건소의 우두머리들, 중학교와 세 초등학교의 교장들, 시의원 족속들까지 죄 왔다. 원래 시장과 시의회장도 참석 예정이었는데 도지사, 국회의원이 호출하는 바람에 취소되었다.

육경면사무소는 두어 달이나 면장이 공석이었다. 어제 느닷없이 발령이 났다. 새 면장이 금일 행사에서 주요 면민을 다 만나라고 배려라도 한 듯.

2

붐벼 법석대는 120여 장·위원·의원·총무·간사. 60세 미만은 23명, 50세 미만은 8명, 40세 미만은 1명이었다. 30대 남성도 희귀하고, 초·중학교 교사와 면사무소 주무관·공무직과 동남아·중앙아에서 시집온 이들 빼면 30대 여성도 희

알아야 면장을 하지

귀한 면 단위였다. 이 자리에 유일하게 참석한 30대는 비례대표 시의원 당선자 황파란(86년생)이었다. 검은 정장 차림이었음에도 까마귀들 노는 데 놀러 온 백로 같았다.

다수가 어물전에서 고기 고르듯 그녀를 품평했다. 어떤 노인네는 입맛까지 다셨다. 그냥 눈부시구만. 나이가 진짜 권력여.

황파란은 우이독경하려고 안간힘을 썼다. 노인네들의 상스러운 입길에 본격적으로 오른 지 두어 달째, 도무지 적응이 되지 않았다. 이를 꽉 깨물고 생글생글 미소를 지었다.

황파란은 10년 전 수의사 자격 시험을 준비하고 있었다. 아버지가 직설했다. 네 아버지가 거지냐? 뭐가 아쉬워 짐승 시다바리가 되려 해. 애비나 도와라. 네 오빠 것들은 틀렸다. 너에게 다 물려줄 거다. 스물다섯에 귀향하여 그때부터 아버지의 비서실장 노릇을 했다. 아버지는 벼락 졸부로 만족하지 못했다. 좋은 말로 지역과 주민을 위해 헌신하고 싶어 했다. 아버지는 오래도록 대학면 의용소방대장이었고, 안녕시 4-H연합회장이 되었고, 안녕시 새마을지회장이 되었다. 황파란은 대학면 의용소방대원이 되었고, 안녕시 4-H연합 여러 부회장 중 한 명이 되었고, 아버지의 사기업이나 마찬가지인 안녕시 농업기술센터장이 되었다. 듣기 싫은 말은 조금 듣고 듣기 좋은 말은 원 없이 들었다. 아버지의 졸개들이나 마찬가지인 늙은이들은 그녀를 공주님 대하듯 했다.

하는 일 없이 부회장, 기술센터장 명함만 파 가진 줄 아는 이들이 많은데, 그건 뜬소문이다. 지역 유지입네 하는 노인네들에게는 아킬레스건이 있었다. 소셜네트워크가 깜깜 절벽이었다. 최신 스마트폰 들고 다니며 문자 능숙히 주고받고 카톡이나 밴드까지는 어떻게 공유해보지만 그 이상은 넘을 수 없는 벽 같은 세계였다. 모든 SNS 업무를 그녀가 전담했다. 노인네들은 무슨 일을 하든 동·면사무소나 시청에서 돈을 타내려고 했다. 부자들이 더 짠돌이라는 걸 증명하는 행태이기도 했지만, 관공서의 보조금·지원금이 재정이어야만 가치·의미·보람이 있는 사업이라고 여겼다. 관공서에서 돈 타내는 일이 쉬운가. 그 업무도 그녀가 독차지했다.

허투루 하지 않았다. 농사 기술은 백지상태나 마찬가지였지만 농업 관련 인터넷 기술은 독보적이었다. 꼰대질 받을 일도 없었고, 하고 싶은 대로 펼칠 수 있었고, 자기 능력의 발현이든 아버지의 배경 덕분이든 하는 일마다 잘 풀리니 성취감도 있었고, 하다 보니 의욕을 넘어 사명감도 생겼다. 자네가 없으면 4-H연합회, 새마을회, 농업기술센터 다 올스톱일 거. 노인네들의 공치사(功致辭)가 공치사(空致辭)만은 아니었던 거다.

아버지는 공천을 따내기 위해 동분서주했지만, 또 실패했

알아야 면장을 하지

다. 아버지보다 돈이 더 넘치고 감투를 더 많이 수집했으며 공천핵관들과 더 가까운 이들이 있었다. 실의에 빠졌던 아버지는 무슨 수가 생겼는지 기운을 되찾고 더욱 공천핵관들을 추종했다. 간도 쓸개도 없는 늙은이 같았다. 아버지는 해내고야 말았다.

네가 머시기당 비례대표 1번이다.

그런 말도 안 되는 일이 어떻게 가능해요?

별로 어려운 일이 아니었다. 비례대표 1번은 원래 여자 거다. 공직선거법에 따르면 기초의회 비례대표 1번은 반드시 여성으로 공천해야 한다고 규정되어 있어. 아름다운 법이지.

그래도 제가 뭐 한 게 있다고?

너 한 거 많다. 나 도와서 했던 게 한 게 아니면 뭐냐? 저쪽 보시기당엔 50대 여자들이 줄 서 있으니 어림도 없지. 하지만 민주 들어간 쪽은 줄 선 여자도 소수고, 너만큼 경력, 실력 가진 여자가 없단 말야.

그래도 염치가 있지요.

지난번 머시기당 비례대표 1번도 서른아홉 살짜리였다.

저는 서른여섯 살이라고요.

못 하겠다는 거냐? 너를 위해 내 영혼을 갈아 넣었다. 아버지의 영혼을 돼지 오줌보로 만들 거냐?

한다고 하면 돼요? 이번 선거는 무조건 보시기당이 이길

거잖아요?

아냐, 절반은 건진다. 세종시가 있잖냐. 충남 사람들은 보시기당에 다 몰아주었다가는 세종시를 없애버리려고 할지도 모른다는 공포감이 있지. 민주 들어간 당에도 적당히 나눠준단 말야. 머시기당 후보가 지역구에서 당선하기는 가시밭에서 발가벗고 춤추기지만, 비례대표 1석은 따놓은 당상이다.

아버지 포함 지역 정치꾼들의 온갖 추태를 듣보았다. 진흙탕 속에서 뒹굴며 싸우는 멍멍이들. 아니, 드라마·영화에서 판치는 좀비 떼 같았다. 분노하고 절망하고 개혁 의지를 넘어 혁명적 사고를 갖기도 했었다. 다 고려장 보내야 돼! 추악한 늙은이들 들러리를 서라고?

아버지의 속셈이 뻔했다. 저를 당선시켜놓고 상왕 정치할 생각이군요?

그러면 안 되냐? 애비는 지역을 위해 봉사하고 싶다!

황파란은 아버지의 제의를 받아들이기로 했다. 욕심이 생겼다. 시의원이 되면 아버지의 뒤통수를 치자. 아버지들 때문에 망가진 지역사회를 재건하자. 아버지들의 악취를 깨끗이 제거하자.

공식 후보가 되고부터, 야비한 언사를 공기 마시듯 들어야 했다. 아버지의 추종자 노인네들은 그녀 앞에서 꽤나 말조심했지만, 아버지와 그녀를 백안시하는 노인네들은 말조심이

알아야 면장을 하지

라는 게 없었다. 마치 들으라는 듯 성희롱·성비위·성폭력 발언을 뿜어냈다. 언어의 쓰레기장이었다. 미투로 '응분의 대가'를 치르는 노인네는 극소수였다. 당선자 신분이 되었어도 별반 달라진 게 없었다. 평생 그따위 말본새를 음풍농월, 음유농담, 풍자해학이라고 자부해온 늙은이들에게 성인지 감수성 언어를 기대한다는 것 자체가 허무맹랑했다.

황파란은 닥치는 대로 명함을 뿌리며 인사했다. 비례 시의원 당선자입니다. 열심히 일하겠습니다. 무슨 일이든 상의해 주셔요.

2018년에도 나이 어리다고 말이 많았는데, 이번에는 더 어리네. 어려도 너무 어리지 않아?

뭐가 자꾸 어리다고 그래? 아직 마흔도 안 된 애송이가 집권 여당 대표 하는 세상에.

뚫린 입에서 쏟아져 나오는 언어들이 황파란의 뒤통수와 해맑은 미소를 난타했다.

3

오늘 사회를 맡게 된 이덕순유. 반갑슴다. 국기에 대한 맹세는 생략하고 싶지만, 여러분이 집중을 안 하시는 관계로 하도록 할게요. 다들 일어서주세요.

애국가는 생략한다. 자치위에서는 자치회 강령 낭독, 보장체에서는 보장체 강령 낭독, 낭독하는 순서가 있지만 다 생략유. 앉아주세요.

우선 보잘것없는 제가 왜 사회를 맡게 되었는지 간단히 설명드려유. 알다시피, 우리 육경면 인구 이제 3,300명에 불과함다. 3,300 중에 봉사 정신도 있고, 봉사할 재력과 시간도 되시는 분은 여러분이 다유. 헌디 100명밖에 안 되는 소수정예 봉사대 어르신들이 자치위 따로 보장체 따로 보시기당, 머시기당 따로 놀듯이 소원했던 게 사실유.

자치위, 보장체 못지않게 하는 일이 많으신 이장회, 경로당회, 새마을회, 청년회, 후계자회, 동문회, 바르게살기회 등도 불만 많죠. 무슨 일을 해도 〈안녕인터넷뉴스〉에도 한 번 안 나유. 섭섭함다. 그게 다 자치위, 보장체 때문이라고 원망하면서 역시 따로국밥으로 노셨슈. 지난 두 번의 선거 때 얼마나 서로 편 갈라 다투고 미워했습니까. 도대체 왜들 그러시냐고요. 정치가 밥 먹여줍니까? 다행히 각 단체, 조직에서 거 '면'적인 반성이 일어났고 급기야 오늘 대화합의 자리가 마련되었슈.

저 이덕순을 두고 좋은 말 해주시는 분도 많지만 욕하는 분도 많은 걸 암다. 박쥐 같은 년이라고요. 제가 생각해도 저

알아야 면장을 하지

는 박쥐가 맞아유. 저처럼 여러 단체, 조직에 동시에 가입해 한 달에 회비로만 30만 원씩 나가는 분이 한 스무 명은 되셔유. 그치만 저처럼 모든 모임에 다 열성적으로 참여해 약방에 감초처럼, 깍두기처럼 나댄 건 저 하나죠. 덕분에 제가 사회를 보게 됐슈. 저 없었어봐유. 사회를 어느 단체서 보느냐는 것도 합의를 못했을규.

이렇게 대대적으로 모인 건 2년 6개월 만입니다. 그전에 행사를 어떻게들 진행했었는지 기억도 안 나유. 해서 오늘은 제 마음대로 사회 보겠슴다.

소개할 분들이 엄청 많다. 근데 저는 민주주의자라, 누구는 소개하고 누구는 소개 안 할 수가 없슈. 여기 모인 분들은 다 소중한 분이잖유. 다 '별의 시간'을 사시는 분이고 다 핵심 관계자 핵관유. 간담회가 아니고 소개회로 끝나더라도 모두 소개를 드림. 이렇게 해유. 발언하신 분이 발언 끝나고 다음 분을 지목하시는규. 발언권을 얻으신 분은 자기소개하고 할 말, 하심. 그러면 자연스럽게 간담회도 되지 않겠습니까. 길게 말하실 분은 단상에서 하시고, 짧게 하실 분은 마이크가 찾아가도록 할게요. 단 저처럼 재미없게, 길게 말하시면 아웃유. 재미있게 말하시면 길어도 돼유. 또 한 가지, 코로나19 얘기는 되도록 자제해주셔요. 텔레비로 질리도록 들은 얘기를 이 귀한 시간에 또 주고받을 까닭이 없잖유.

그럼 제가 처음으로 지목하겠슴다. 당연히 이분이 처음이어야죠. 그간 우리 육경면 면장님이 수도 없이 바뀌었슴다. 연세 드높으신 분들은 아직도 면장이 박정희 대통령 때부터 전두환 때까지 무려 23년간 육경면 면장으로 있었던 구만해 면장님인 줄 아세요. 그분 이후 면장님이 수도 없이 바뀌었기 때문이죠.

물론 어떻게든 시청 과장, 국장으로 가려고 노력한 끝에 가게 되신 분들도 있었죠. 하지만 대부분의 면장님은 우리 면민이 쫓아낸 거나 마찬가지유. 면장님들이 무슨 죄가 있었슈? 일을 못하면 얼마나 못합니까? 어떻게 모든 이장님, 모든 단체, 모든 조직을 만족시킬 수 있어유? 마음에 안 든다고, 일 못한다고, 민원 안 들어준다고 시의원님들 못살게 구는 것도 모자라 시청에다가 시장님한테 각종 선을 대서 불평불만을 표출하셨슈. 7급 시험, 5급 시험 쳐서 5급 되신 분들은 면장으로 안 와유. 면장으로 오시는 분들은 9급부터 시작해서 20, 30년 공무수행에 헌신한 끝에 5급이 된 인간 승리의 표본 같은 분들임다. 그분들이 뭘 모르고 뭘 못하겠슈? 어르신들, 제발 이번 면장님은 2년 채우시는 걸 보고싶슴다.

알아야 면장을 하지

4

　이장님께서 너무 엉뚱하게 말씀해주셔 가지고 무슨 말부터 해야 할지 모르겠습니다. 이덕순 이장님이랑 저랑 친구입니다. 제가 일도 못하고 어르신들한테 원망만 듣다가 쫓겨날까 봐 많이 걱정되었나 봅니다. 너무 걱정하지 않으셔도 됩니다. 제가 동사무소에서 10년, 바다면에서 7년, 시청에서 7년 있었습니다. 육경면 근무는 처음입니다만, 육경면이 고향이기도 하고요, 육경면 현안, 숙원 사업에 대해 잘 알고 있습니다. 공부도 열심히 해왔고요. 어르신들의 기대에는 못 미치겠지만 최선을 다해 일하겠습니다.

　육경면을 삼다향(三多鄕)이라고 부릅니다. 예로부터 유명한 양반―그냥 양반이 아니라 개혁정치 조광조, 십만양병설 이율곡, 대동법 김육, 토정비결 이지함 같은 훌륭한 선비양반을 말하는 거겠죠. 특히 토정 이지함 선생님이 바로 여기 육경면 분이지요―을 많이 배출해서 양반 다, 중국 사람도 알아준다는 오석(烏石)이 많이 나서 돌 다, 직언과 상소가 많아서 말씀 다, 그래서 삼다라고 들었습니다. 토정 선비 같은 분들이 직언을 아끼지 않는 것은 당연하지요. 앞으로도 직언을 아끼지 말아주십쇼. 어르신들이 가장 많이 나누는 인사말이 '안 죽고 살아 있었구만!'이더군요. 코로나19……

이덕순이 가차 없이 말을 끊었다. 면장님 코로나19 금지!

연광은 흠칫 놀라, 마무리했다. 이것으로 말을 줄이고, 여러분의 말씀을 경청하겠습니다. 이 자리를 만드시는 데 결정적으로 기여하신 두 분이 계시다고 들었습니다. 시의원님들도 와 계십니다만, 의당 자치위원장님과 보장체민간위원장님 두 분부터 모셔야겠습니다. 장유유서에 따라 연장자님께 먼저 부탁드리겠습니다.

5

보장체민간위원장 큰면(61년생)은 짧게 말하고, 자치위원장 이봉사(63년생)를 불러내 잘해보자는 악수를 나눈 뒤 들어갔다. 이봉사가 마이크를 잡았다.

본명이나 별명보다 '조합장 아들'로 알려진 이봉사. 그의 아버지 이조합은 1961년에 역경리조합을 세웠고, 육경면의 모든 리조합이 통합되어 1972년 육경면 단위농협이 탄생할 때 초대 이사 7인 중에 한 사람으로 꽝났으며, 14년간 조합장 핵관으로 농협 발전에 기여했고, 1986년 마침내 대의원 간선으로 육경조합장에 등극했고, 이후 세 차례의 조합원 직선에서 승리하여 도합 15년을 치세했다. 육경농협의 역사 교과서 같은 이였다. 지금은 육경농협이 없다. 시내 신포농협에 합병되어 신포농협의 육경지점과 오류지점이 된 지도 10년이 되어간다. 두 지점장은 합쳐도 존재감이 없다. 하지만 이조합이 농협장을 독직했던 시절은 농협장이 면에서 최고 권력자였다. 면장이, 파출소장이, 면대장이 누군지는 몰라도 조합장이 누군지는 다 알았다.

내로라하는 아버지의 아들로 사는 것은 쉽지가 않았다. 아무리 노력해도 아버지보다 잘한다는 소리는 장난으로도 들어볼 수가 없었다. 잘하지 못하면 훌륭한 아버지 망신시키고 아버지가 모은 재산 축내는 못난 놈 소리를 들었다. 못지지 않으면 아버지 찬스로 된 거지 제 실력으로 된 게 아니라고 무시당했다. 더욱 성질나는 것은 세간의 뒷말을 확실하게 부정할 수 없다는 것이었다.

이봉사는 어차피 뭘 해도 아버지 때문이라니, 아버지 덕분에 시의원이 돼보려고 했다. 2018년 시의원 선거에 뛰어들었다. 5개 면에서 3명의 시의원을 뽑았다. 육경면은 5개 면 중 선거인수 3위라 육경면 단독 후보가 돼 몰표를 받으면 무난히 당선이었다. 명망도 있고 출마 의지도 있는 선후배를 눌러 앉히고 육경면 단독 후보가 되었다. 인정하고 싶지 않지만, 아버지가 음으로 양으로 도와주었다. 8명 중 7등을 했다. 육경면 선거권자들에게도 몰표를 받지 못했다. 선거운동원을 자처했던 아버지는 쓰러졌다. 2년을 의식 없이 누워있다가 별세했다. 진심으로 울었다. 아버지, 죄송합니다. 꼭 시의원이 되겠습니다. 아버지의 한을 풀어드리겠습니다. 4년 동안 온갖 봉사를 다 했다. 당연히 이번에도 출마할 작정이었으나 공천 과정에서 2018년에 양보해줬던 선배에게 밀렸다. 그래도 나갈까? 보시기당이나 머시기당 후보도 못 되고 아버지의 후광도 가뭇없어졌고 면 단독 후보가 될 수도 없고, 승산이 없었다. 후일을 도모하기로 했다. 앞으로 4년만 더 봉사해보자.

이봉사는 장황하게 자기를 소개했고, 더 큰 봉사를 할 수 있도록 도와달라고 부탁했고, 앞으로 모든 봉사활동을 보장체와 함께할 것이라고 천명했다. 거기까지가 서론이었다.

본론을, 외국말들과 노인들이 알아들을 수 없는 해괴한 말들을 빼고 정리하자면 이랬다.

반려식물이 뭐냐, 반려동물처럼 곁에 두고 키우는 식물이다. 고독한 노인네들이 좀 많나. 이런 작은 화분 하나씩 데리고 살면 집안 공기도 좋아지고 머릿속도 맑아지고 여러모로 끝내준다. 행복복지센터 들어가시면 깜짝 놀라실 거다. 기분부터 유쾌해지고 감미로운 공기에 취할 것이다. 이 아름다운 반려식물들로 가득하기 때문이다. 말만 한 것이 아니라, 그 반려식물들을 한 종씩 보여주며 노인들이 외울 가능성이 없는 이름을 읊어댔다.

또 국화꽃을 각 마을회관의 화단에 심는 것 또한 힐링농업의 일환이며 여가문화의 확대라는, 많은 이들에게 궤변으로 들릴—땡볕에 꽃 심는 게 뭔 농사고 삶 자체가 여가인 늙은이들만 사는데 뭔 여가문화 확대냐—장광설을 늘어놓았다. 여기저기서 '마을 화단에 국화꽃 심자는 얘기를 뭐 그리 길게 한다!'로 요약할 수 있는 불퉁거림이 불거졌다.

결론은 '마을회관 안팎을 아름답게 꾸미고, 반려식물을 우선적으로 혼자 사는 노인네들 집에 나눠주자는 것'이었다.

자치위원장은 각 마을의 이장들을 불러내어 반려식물이 담긴 박스와 국화 모종이 담긴 박스를 나눠주고야 단상을 내려갔다. 이봉사가 딴은 짧게 독점한 시간이 40분이었다.

6

육경면 최초의 여성 이장인 여이장(69년생). 여이장을 좀 안다고 자부하는 이가, 여이장이 생면부지인 이에게, 여이장을 소개해주는 가락이 대략 이러했다.

촌에서 39세 여성이 이장된 것도 놀랍지만 12년 동안 계속 이장이었다는 게 더 놀라워. 우리 육경면이 한참 보수적으로

소문났는데, 그런 진보적인 일이 어떻게 일어났나.

타지 출신 귀농자들이 워낙 들어와서 타지골이라고 불리는 동네가 있거든. 한 스무 가구 사나. 댓 집만 토박이 노인네고 다 귀농자들이었지. 갸도 타지골에 정착했는데 애들 아토피 고치려고 내려왔지. 귀농이 아니라 귀촌이지. 타지골이 악기2리에 속했는데, 토박이들 많이 사는 부락이랑 갖가지로 다툼이 있었어. 티브이 시골에는 토박이랑 귀농·귀촌자랑 오로지 상호존중 상부상조 상생공존 뭐 이렇게 좋은 모습만 보여주지. 안 그런 동네가 훨씬 많아. 주먹다짐까지 간 게 한두 번이 아녀. 급기야 타지골이 시청까지 점거하면서 데모를 한거. 독립시켜달라고. 타지골 독립운동에 앞장선 사람이 바로 그 젊은네지. 독립투사가 따로 없었어.

악기3리로 독립되었고 당연히 갸가 이장이 된 거지. 갸가 이상한 매력이 있어. 결코 아부형, 귀염형이 아니거든. 황진이형이라고나 할까. 미모가 그렇게 뛰어났냐고? 미모가 아니라 성격이 황진이스럽다고. 요새는 조금만 이쁘면 다 미모의 뭐라고 하더만, 대관절 미모의 기준을 모르겠어. 시골에서는 젊은 게 미모야. 갓 마흔 때는 미모의 이장 소리도 들었지. 목소리도 쩌렁쩌렁하고 할 말 못 할 말 거침없고 그런 젊은 여성은 미모가 있어도 노인네들이 싫어하기 마련이잖아. 웬걸 노인네들이 갸한테 사족을 못 써. 갸가 무슨 말, 무슨 짓을 해

알아야 면장을 하지

도 황홀하다는겨. 이장협의회가 완전 갸 독무대야. 심지어 갸
랑 죽어라고 싸웠던 악기2리 이장 노인네도 갸 왕머슴처럼
군다니까.

갸가 티브이에도 나왔지. 거 최불암 나오는 거 있잖아. 갸
가 시청에 엄청 민원을 넣었지. 개나 소나 시골 동네가 다 나
오는데 왜 악기3리는 한 번도 안 오느냐. 시청에서 로비를 안
해 그렇다. 악기3리를 너무 무시한다. 갸가 조사를 해봤댜. 안
녕시 1읍 10면 250개 행정리 중에 방송을 한 번도 안 탄 리가
악기3리밖에 없댜. 갸가 그렇다니께 그런 줄 알지. 진실을 알
려면 그 많은 방송을 다 찾아봐야 하는데 누가 해. 일단 지르
고 보는겨. 누가 그게 아니라는 걸 증명할겨? 그럴 수도 있을
것 같아. 농촌 드라마는 없지만 농촌 나오는 프로가 좀 많어?

농가 인구는 4.33퍼센트 224만 명이고, 어가 인구는 0.2퍼
센트 12만 명이야. 농민이 어민 스무 배는 된다고. 근데 티브
이에선 농민이랑 어민이랑 맞먹게 나오잖아. 공평하지 않잖
아. 내가 방송 만드는 사람이라도 그럴겨. 농촌은 그림이 별
로잖아. 여기 고장처럼 강줄기까지 없으면 더 볼 거 없고. 바
다는 얼마나 그림이 좋아. 바닷물 뵈주는 것만으로도 속이 뻥
뚫린다니까. 막 힐링이 돼요.

갸 얘기로 돌아가서, 악기3리가 생긴 지 6년밖에 안 됐지
만 있을 수 없는 일이다, 갸가 막 난리를 폈지. 방송이 시청

도움 없이는 불가능하댜. 시청에서 지원도 협찬도 해줘야 된다. 방송이 뭐 찍을 작정으로 오기도 하지만, 시청 애들이 어느 동네 뭣 하는 누구를 찍어달라, 로비를 해야한다는겨. 악기3리가 한 번도 방송을 못 탄 게, 시청 애들이 악기3리를 개무시해서 그렇다고 시청 홈페이지 게시판을 도배하고 시청에서 가서 따지고, 시청 애들이 갸만 나타나면 저승사자 만난 것처럼 달아났다니까.

하여간 악기3리도 찍게 됐어. 갸를 찍기로 했지. 갸 말고 누굴 찍겠어. 갸가 제일 얘깃거리가 되기는 해. 면에 둘밖에 없는 여성 이장이고, 또 책 쓰는 사람이랴. 시골 작가 신기하지. 이장협의회 간사 깍밤톨도 작가잖어. 거, 왜 면사무소에 공무원 아니고 공무직이라고 부르는 딸내미 중에 부면장만큼 오래된 애 있잖아. 깍밤톨이랑 여이장이랑 아삼륙이 된겨. 이장협의회에서 다 노인네고 둘만 젊은 여성이니 안 친할 도리가 있냐고? 꼭 그런 건 아니더라고.

여성 이장이 또 한 명 탄생했잖아. 역경2리 이덕순이라고. 덕순이는 갸랑 깍밤톨이랑 전혀 안 친해. 덕순이는 노인네들이랑 더 잘 통한댜. 이장회의 가면 덕순이랑 갸랑 싸우는 게 일이랴. 노인네들은 둘이 싸우는 거 구경하면서 술이나 마시고. 또래라고 다 친구는 아닌가벼. 하기사 우리 늙은것들은 평생 같이 늙어왔으면서도 종편 보다가도 패 갈라 싸우니께.

알아야 면장을 하지

처음엔 방송국 사람들이 '탱크' 가서 갸가 우아하게 커피 마시면서 글 쓰는 걸 찍을라고 했거든. 탱크 모르나? 석탄산 장군봉에 끝내주는 카페가 있어. 카페 이름이 탱크야. 옛날 육경광산사업소 목욕탕 있던 자리. 분수도 만들고 정원도 꾸미고 전면 유리창에 아주 잘 꾸며놨어. 영화에 나오는 무슨 성 같어. 촬영지로 딱이지. 문제가 있네. 카페 뒤에 러브호텔 때문이 아녀. 무허가야. 거기를 산 사람이 냉풍욕장한다고 허가받고서는 카페 차리고 모텔 진 겨. 시청에서 영업정지 때려도 업주는 무시하고 계속 영업하고 난리지. 그러니 테레비에 나올 수가 없잖아. 장사가 되냐고? 겁나게 잘된댜. 코로나19에도 끄떡없었댜. 더 성업했댜. 점심때 되면 그 넓은 주차장이 메어 터진다니까. 모텔 방도 꽉꽉 찼댜. 코로나라도 할 건 해야지.

방송국에서 사전답사 나온 사람들이 악기3리를 아무리 훑어봐도 먹방 찍을 데는 저수지 매운탕집밖에 없다는겨. 시골 나오는 프로가 은근히 먹방이잖어. 아무 데를 틀어도 아무 때나 뭐 먹고 있잖어. 또 문제가 생겼네. 그 매운탕집이 행정구역상 악기2리랴. 그 매운탕집은 방송도 대여섯 번 탔거든. 갸가 죽어도 안 된디야. 악기3리를 방송에 내보내려는 건데, 악기2리 매운탕집을 찍으면 뭐가 되냐.

토종닭 끓여 먹기로 했어. 토종닭이 있간. 7년 전인가 조류

독감 터졌을 때 선제적 살처분이랍시고 웬만한 닭, 오리는 다 죽였거든. 그때 양계장서 수만 마리씩 키우는 닭들은 살아남았어도 가정에서 몇 마리씩 키우는 건 다 죽었지. 그런 일 겪어놓으면 누가 다시 닭을 키워. 그러니 모든 마을에 토종닭이 씨가 말랐지. 안녕 시내는 아무리 뒤져도 토종닭 비슷하게 생긴 닭도 없어 옆 고을에서 사 왔어. 닭만 사 왔나. 가마솥도 사 오고. 갸 집은 컨테이너 집이거든. 피디가 컨테이너 집이 영 그림이 안 나온다, 옛날 정취가 느껴지는 집 아궁이에 불 때서 가마솥 삼계탕을 끓이면 딱 그림 나오겠다는겨. 버려진 빈 집 중에 다행히 그런 아궁이를 찾아냈지.

간신히 준비를 마쳤는데, 최불암이 아파서 못 온다네. 방송국 피디도 입심 세더라만 갸가 보통 사람이간. 아주 전쟁 난 줄 알았어. 피디는 최불암 없이 그냥 찍자는데, 갸가 최불암 샘이 오기 전엔 못 찍는다고 버티는겨. 최불암 샘이 안 나오면 무슨 의미가 있냐는겨. 일단 토종닭 잡고 끓이고 상 차리는 거까지 찍어놓고 나중에 최불암 내려와서 또 찍기로 간신히 합의를 봤지.

드디어 토종닭을 풀었거든. 피디가 토종닭을 직접 잡는 모습을 찍으면 좋겠댜. 토종닭이 겁나게 빨러. 우사인 볼트 같은 닭을 사 온겨. 갸가 닭을 못 잡는겨. 엔지가 장난 아니게 났어. 피디가 도저히 안 되겠는지 닭을 줄에 매어 놓고 잡게 하재.

알아야 면장을 하지

줄을 뽀샵 처리하면 된다. 방송국 사람들까지 닭을 잡으려고 나섰는데, 그 닭 진짜 대단하더라. 안 잡혀. 나랑 구경하던 사람까지 합세했는데도 안 잡혀. 태어나서 그런 닭 처음 봤어.

기어이 잡아 가마솥에 삶았지. 그 난리를 치면서 촬영이 끝났는디, 끝내 최불암이 안 왔어. 갸는 방송 내보내지 말랬어. 최불암 샘이 와서 추가로 찍기 전에는 방송 불가라고. 피디는 그냥 방송 내보냈지. 한 번 인터넷으로 찾아봐봐. 괜히 방송국 사람들이 아냐. 그렇게 엉망진창으로 찍었는디 그럴싸하게 나왔더라고. 최불암 안 나왔는데 볼만 하더라고. 그런 게 악마의 편집인가?

홍보 문구를 보니께, '방목 토종닭을 잡자! 마을 사람 총출동. 저수지에서 잡은 잉어와 민물새우를 곁들여 용봉탕! 민물새우향이 일품인 용봉탕은 기력 보충 그 이상의 의미가 있다. 탕과 술은 광부들에게 위로이자 보상이었다. 무더위를 이겨내느라 수고한 서로를 위해 악기3리 이장과 리민이 함께 영양 보충을 위한 상을 차린다', 이렇게 엄청나게 뭘 한 것처럼 써놨던데 겁나 사기여. 어떤 미친 광부가 용봉탕을 먹어. 삼겹살 먹었지.

갸가 시골서 살며 겪은 이야기들을 책으로 냈는데, 문예진흥기금 300만 원 받고, 출판기념회 열어 금일봉을 받고 그랬다. 요새는 유튜버도 한다던데. 농사꾼보다 바쁜 여인이라니까. 시의원 안 나가냐는 소리 억수로 듣지. 그치만 시의원이 이장하고 같나. 이래저래 알아는 봤나봐. 보시기당이고 머시기당이고 간에 본인은 미미하지만 부모 · 배우자 · 지인남이 든든한 여성, 본인도 잘나고 부모 · 배우자 · 지인남도 잘난 여성, 암튼 잘난 여성들이 줄줄이 포도송이더랴. 갸는 본인이 잘난 거 빼고는 돈도 없고 밀어주는 남성도 없고 부모 찬스도 없으니까 어려웠지.

당신을 두고 항간에 떠도는 이야기가 사실이냐는 질문에, 여이장은 작가스럽게 답하고는 했다. 요즘 사실이냐고 묻는 것이 무슨 의미가 있나요? 사실성 무시, 개연성 무시, 핍진성 무시, 진실성 무시, 사개핍진 무시의 시대에. 요새는 다 필요 없습니다. 대중을 홀릴 재미라는 것만 있으면 됩니다. 하지만 저 같은 작가도 필요하지 않겠어요? 있는 그대로의 진실을 담는.

그 여이장을, 공무직 깍밤톨이 지목했다.

육경면의 마스코트 이장님, 나와주세요.

여이장이 나오는 동안, 깍밤톨은 너스레를 덧붙였다.

앞으로도 이장님들 잘 모실 테니 세금 잘 내주셔서 저 또 세금 걷기 1등 하게 해주셔요.

'별의 시간'을 사는 인물이거나 '핵관'도 아니면서, 자기소개를 재미없이 길게 하다가 사회자에게 저지받은 이도 있기는 했다. 그치만 괜히 장·위원·의원·총무·간사가 아니었다. (자치위원장 이봉사는 빼고 말하자면) 자연스러운 말의 안배를 이루었다.

당연히 스타급·핵관급 인물들은 길게 말하는 편이었다. 그들이 무슨 말을 해도 (찬양하거나 추앙하기 위해서든 비판하거나 헐뜯기 위해서든) 귀담아들어주는 이가 많았다. 별 볼 일 없거나 '짬'이 안 되거나 하류인 이들은 알아서 짧게 말했다. 스타급·핵관급 인물들이 사소설 쓰듯이 떠들 때는 오늘 해 다가도 자기소개도 못 마칠 판이었지만, 사소한 이들이 관등성명만 대듯 한 덕분에 11시 30분 되기 전에 얼추 마쳤다.

쉬는 시간. 도떼기시장을 방불했다.

9급 주무관 어린해(99년생)가 공무직 깍밤톨에게 물었다. 제가 들어온 지 한 달밖에 안 돼서 그러는데요, 정말 모르겠어요. 주민자치위원회랑 지역사회보장체랑 뭐가 다른 거예요? 봉사하시는 일들도 비슷하고, 다 똑같은 분들 같아요.

9급 시험 합격해서 들어온 '공무원'과 시험 안 보고 이렇게 저렇게 들어온 '공무직'들은 나이 차이와 상관없이 장교와 부사관들처럼 서로 공대했다.

어렵게 생각할 필요 없어요. 자치위는 문화관광체육 도우미 부대고, 사회보장체는 불우이웃 봉사 부대라고 생각하면 돼요. 주민센터에 탁구 교실, 헬스 기구 관리하고 요가, 독서 강좌 개설하고 관리하시는 분들, 그 주민센터에서 모이시는 분들이 자치위죠. 주로 마을 청소하시는 분들이 그분들이에요. 여기 면사무소 회의실로 모이시는 분들이 봉사전문가 보장체분들이라고 보시면 돼요. 저소득 취약계층과 독거노인 등한테 뭘 자꾸 전달해주는 분들이죠. 가장 알기 쉽게 청소 자치위, 전달 봉사체죠. 주무관님이 주민들 얼굴 구분 못 하는 건 당연해요. 똑같은 '펭수' 같아 보이죠? 나 같은 늙은 사람이 비티에스 멤버 얼굴 구분 못 하는 거나 똑같죠.

지나치던 장유1리 부녀회장(52년생)이 깍밤톨의 등짝을 후려쳤다. 자기가 늙은 거면 나는 뭐 좀비여? 늙은이 앞에서 제발 늙었다고 좀 하지 마.

8

사회자 덕순이 가리켰다. 오늘 행사 플래카드를 봐주셔요. '주민상생간담회 및 힐링농업 확산 및 어쩌고저쩌고'죠. 자치위원장님이 한 분이라도 더 오시게 하려고 행사명을 자세히도 붙이셨네요. 아까 힐링농업 어쩌고저쩌고는 자기소개 하실 때 다 하셨죠? 자치위 위원장님 더 하셔야 할까요?

또 했다가는 점심밥도 못 얻어먹고 쫓겨날 판 같은디요.

그럼, 지금부터 상생간담회로 들어갈게요. 여기서 상생이 자치위와 보장체 두 핵심단체의 화합에 대한 것이라면 역시 이미 됐슈. 아까 보장체장님도 앞으로는 자치위랑 공유, 소통, 협조하겠다고 했고, 자치위장님도 두말하면 잔소리라고 그러셨으니까. 자, 그럼 이제부터 간담회 들어감다. 시의원님들 아직 함께하고 계슈. 점심 드시고 갈 거죠? 여기서 나온 얘기들은 그냥 하나마나한 말이 아니라, 시의원님들을 통해 시정에 반영되니께, 가짜뉴스 빼고, 진실만을 구체적으로, 증거 있게 말씀 부탁드려유. 코로나19 동안에도 소수정에 민원 넣기는 끝이 없었죠. 저도 개인적으로 민원 많이 넣었슈. 개인적으로 중요한 민원이었겠지만 전체적으로는, 마을적으로는, 대승적으로는, 냄비주의였는지도 몰라유. 알아유, 님비. 근데 님비주의라고 말하는 분 계세요? 다 냄비주의라고 말하시면서. 이렇게 다 모인 자리에서 말씀하시면 자연스럽게 토론도 되고 공론화가 이뤄질 것으로 기대됨다. 역시 폼 나게 말하려고 하면 말이 잘 안 돼유. 자, 시작해주세요.

칭찬이랄지 안건이랄지 민원이랄지 성토랄지 성분 불분명

한 말들이 만발했다. 토론은 가급적 피하는 모양새였다. 칭찬이야 손뼉 치면 될 일이고, 비판이나 반대가 없을 만큼 면민이라면 공유할 만한 사안들이었고, 선거 때마다 시의원 후보들이 내놓는 공약과 다를 바 없었다. 굳이 딴지를 걸어 시간을 늘리고 싶지 않을 만큼 배가 고프기도 했다.

누가 육경저수지에 태양광 패널을 늘려야 한다는 얘기를 꺼냈고, 그때부터 종편방송 정치예능프로 같아졌다. 아무리 배가 고파도 한마디 하지 않고는 못 배기겠는 이가 많았다.

우리 동네서는 태양광인지 새똥광인지 없애버려야 한다고 난리인데, 늘리자는 동네가 어떤 동네입니까?

그 사진 보고 그러시는 모양인데, 나도 봤어요. 거기는 새만금이잖아. 새만금이 겁나 넓어요. 바다라고. 새들이 쉬다가 똥 쌀 수 있지. 저수지는 산지사방이 산인데 새가 미쳤다고 패널에다 똥 쌉니까. 그러고 새들이 싸면 얼마나 싼다고 새똥광 될 걱정을 하나요. 흘러내리게 돼 있어서 쌓이지도 않아. 우리 지붕 같은 거라고요. 지붕에 새똥 쌓입니까? 새똥 좀 쌓이면 어때. 비 한번 오면 깨끗이 씻겨 나가요.

태양광 놓자는 사람들이 내세우는 게, 전기요금 절감, 마을발전기금 확보, 공동기금 마련, 일자리 등등이잖아. 그거 다 헛소리랴. 별로 돈 안 된댜. 성가시기만 하고.

마을에 돈 생기면 더 문제요. 그 돈 가지고 패 갈라 싸우니

알아야 면장을 하지

까. 돈 생긴 마을치고 지금 제대로 남아 있는 마을이 있어요?

구더기 무서워서 장 담지 말자는규? 가난한 마을은 그냥 계속 가난하게 살라는규?

참말로 아리랑스리랑 혀. 새마을들 말로는 우리 농촌이 참 살기 좋은 곳이 되었다는데 살겠다는 젊은이가 드문 걸로 봐서 그건 아닌 것 같단 말여. 전봉준들 말로는 우리 농촌이 천 번은 망했어야 하는데 그럭저럭 살고들 있으니 그것도 아닌 것 같단 말여.

농촌을 신토불이가 살렸지. 우루과이라운드 되면 농촌이 싹 망할 줄 알았잖어. 수입 들어오면 도시 사람들이 싼 것만 사 먹을 거라고. 신토불이가 멋져부려. 한국 사람은 한국 땅에서 나는 걸 먹어야 쓴다. 신토불이 아녔으면 이미 농촌은 사라졌어.

신토불이도 그늘진 구석이 있어. 돈 있는 사람은 당연히 배 타고 멀리서 온 곡식, 고기 안 먹겠지. 그럼 그 수입해온 고기, 곡식은 어디로 가겠어? 군부대랑 학생들 급식으로 들어갈 것 아닌가벼.

태양광은 신토불이여 뭐여?

태양광 반대하시는 분들의 제일 큰 이유가 경관 및 산림 훼손인데, 산림 경치가 밥 먹여줍니까? 운전할 때 눈부시다고 하는데 잠깐 참으면 되지요. 토양 오염? 증거 있습니까?

증거 없습니다. 사실 우리 안녕시에 태양광 설치가 더럽게 안 되는 진정한 까닭은 소, 돼지 키우는 분들 때문입니다. 제가 보증합니다. 짐승한테 아무런 해가 없어요. 전자파 피해 없습니다. 소음 피해 없습니다. 아무 피해 없습니다.

소, 돼지 키우면 그런 말 못 하십니다. 스치는 바람에도 벌벌 떨며 잠 못 이루는 게 축산가예요.

가축에 피해 없다는 증거 있어요? 태양광 근처 저수지 고기들은 왜 죽나 물러.

태양광 때문에 물고기가 죽었다는 증거 있어요?

그니까 태양광 때문에 동물, 식물 성장에 영향 끼치고 토양 오염시킨다는 증거도 없고 안 시킨다는 증거도 없잖아. 그니까 하지 말자고.

암튼 동네에다 뭐 하자는 인간들은 의심해야뎌. 업자한테 돈 받아먹었을겨.

해튼 우리나라는 뭐가 좀 될 거 같다 하면 죄 몰려가지고 동네만 시끄러워. 문재인 정부 때 말여, 태양광업자들이 백만 명이었댜. 나라에서 팍팍 밀어주니께 돈 되는 줄 안 거지. 시청에서도 대충 허가 내주고. 안 그렇습니까, 3선 시의원님. 제가 알기로 의원님께서 '안녕시 신재생에너지설비 보급 지원 조례안'을 대표 발의하신 걸로 압니다. 그게 태양광 사업자들 도와주자는 거 맞죠?

예, 제가 대표 발의했습니다. 너무 간단하게 말씀하시는 것 같은데요, 시간을 주시면 자세히 설명을 해드리고 싶지만, 어이구, 지금은 안 되겠네요. 최대한 간단히 말씀드리자면, 제가 보기에 시청에서는 태양광 사업에 적극적이지 않더라고요. 정부에서 쪼니까 하기는 하지만 적극적으로는 안 한다 이런 분위기예요. 알아보니 화력발전소 눈치를 보더라고요. 발전소에서 들어오는 돈이 막대하거든요.

태양광 발전도 화력발전소가 담당하는 거 아녜요?

그게 화력발전소랑 태양광업자들이 경쟁하는 구조더라고요. 제가 대표 발의한 조례안은 화력발전소도 살고 태양광업자도 사는 상생법안이었죠. 어떻게 상생이냐면……

싸가지 없이 말 끊어 송구한데, 내가 우리 동네에 태양광 1호 설치 집이요. 업자들한테 돈 받은 것도 없는데 내가 약 팔고 다녔소. 약 판 대가로 어느 집네가 설치하기로 하면 패널 한 개당 만 원씩 준다고 하대요. 그 돈 몇 푼 때문에 입 아프게 떠들고 다녔냐? 아뇨, 오로지 애국심으로다, 같이 전기세 아끼면서 살자는 취지로 선전했다고요. 난 진짜 이해가 안 갑니다. 태양광 이유 없이 반대하시는 분들. 애국심 부족한 거 아닙니까?

애국심이라니? 멧돼지 고라니 운우지정 나누는 소리네.

댁은 뉴스도 안 보고 사셔. 원전이 위험해서 더 안 하기로 했잖어. 원전 안 하면 뭘로 그 전기를 다 뽑아. 화력발전소로 되냐고. 우리나라 사람이 전기를 좀 많이 써? 원자력 위험하다는 얘기 귓구멍에 딱지 앉게 들었을 거 아녀? 태양광은 하나도 위험하지가 않다는겨. 위험할 일이 없지. 햇빛 끌어다가 전기로 만드는 거니께. 그래서 나라에서 원자력 안 하는 대신 태양광에 올인하고 있다 이거여. 나라에서 쓰라는 태양광 솔선수범 쓰면 그게 애국이지 뭐가 애국인가.

윤석열 정부는 생각이 다른 모양이던데요. 다시 원자력에 올인할 태세던데. 기존 태양광은 다 걷어버리고.

처음이라 무조건 반대로 하고 싶어 그러는 거죠. 곧 정신 차리고 다시 태양광 사업에 돈 쏟아부을 겁니다.

전기세가 대체 얼마나 덜 나와요?

댁들도 알다시피 나는 농사지을 땅도 없고 누가 일당을 백만 원씩 준대도 농사일 다닐 생각이 1도 없는 사람이라, 종일 집구석에서 겨울에는 전기보일러, 여름에는 에어컨 팡팡 틀면서 각종 전자제품을 구비해놓고 전기 못 쓰고 죽은 귀신 붙은 사람처럼 전기를 써댔잖어. 한데도 전기세가 3만 원이나 나올까 그래. 앞으로 20년 동안 전기세 걱정이 없다고. 그때까지 살라나 모르겠지만.

설치비가 꽤 든다고 하던데.

바로 그 설치비 때문에 댁네들이 겁부터 먹는 거잖아. 설치

알아야 면장을 하지

비 걱정 하나도 없어. 설치하는 데 내 돈 하나도 안 들어간다고. 안 믿기겠지. 나라한테 속고만 살아왔으니께. 자, 우리 집에 설치한 게 패널 열두 개짜리여. 그 패널 다 공짜로 줘. 패널 한 개가 300와트 정도 되니께 열두 개면 3,600와튼가 그려. 와트가 뭐냐고? 그런 게 있어. 그런 것까지 알 필요 없어. 실은 나도 몰라. 하여간 패널 열두 개를, 우리 집 옆에 옛날 돼지 키우던 데 알지? 거기다 쇠막대 박아서 올려준 게 설치 끝여. 그리고 인버터라는 게 있어. 인버터가 뭐냐면, 그니께 패널에 모인 햇빛을 전기로 바꿔서 저장하는 장치가 인버터여, 나도 업자들한테 엄청 배웠는데 이 정도밖에 설명을 못 하겠네. 하여간 패널값, 설치비, 인버터 기타 등등 다 해서 500만 원이 들어.

500? 입이 저절로 벌어지네.

진짜 언제까지 그리 구차하게 살 건가. 요새 500이 돈이여? 그 500만 원을 하나도 안 내도 된다고. 시청에서 보조금으로 절반이 나와. 그럼 250만 원 남지? 근데 그 250만 원은 20년 무이자 대출이여. 나는 원금을 내가 갚는지 마는지도 몰라. 왜냐. 우리 집 태양광이 생산한 전기값으로 갚는 거거든. 나는 신경 쓸 필요가 없다는겨. 회사가 알아서 설치해주고 알아서 가져가거든.

이득 같은 것은 없나?

뭐 이득?

한 달에 몇만 원씩이라도 버는 건 줄 알았는데, 듣고 보니 버는 건 하나도 없네. 우리처럼 농사일 하느라고 바쁜 사람들은 전기 쓸 일도 별로 없고, 태양광 그거 해봤자 전기세 몇천 원 덜 내는 거밖에 없는 거네?

한 5년 지나봐. 패널값, 설치값, 인버터값 다 갚고 나면─250만 원 금방 갚아─통장에 몇만 원씩 따박따박 꽂힌다니까.

5년 후에? 그때까지 내가 살아 있을라나. 그건 고장 같은 건 안 나나? 태풍 같은 거 오면.

완전히 쇠철판여. 태풍 아무리 와도 끄떡없어.

인버터라는 거, 소리가 장난 아니라던데.

예초기 풀 깎아대는 소리에 비하면 고양이 코 고는 소리여.

두 분 꼭 티키타카 하시는 것 같다. 두 분만 얘기하는 자리가 아닙니다.

나는 태양광 하라고 영업 다니는 분들 보면 말여. 꼭 삐끼질하시는 분들 같대요.

문재인이 뭘 알겠어? 비선실세 핵관 놈 하나가 그랬겠지. 태양광 하면 원자력 하는 것보다 훨씬 나유. 그니까 그 누군지 모르겠는 비선실세 핵관 놈 하나 때문에 이 난리가 난 거라. 이명박 때 4대강 사업도 똑같은 거 아닌가? 어떤 비선실

세 핵관 놈 하나가 4대강 안 하면 나라 망할 것처럼 했겠지. 정부에서 하라는 것 치고 그런 거 아닌 게 있었냐고?

비선실세나 핵관 말이 꼭 틀린 건 아니잖소. 당신 말처럼 그 훌륭한 새마을사업도 박정희 대통령 본인 생각도 있었겠지만, 새마을사업이 성공하도록 만든 비선실세나 핵관이 있었을 거요.

새마을사업 무조건 다 성공했다고 말하는데, 새마을사업 때 온 동네 집에다 다 올려버린 암 유발덩어리 석면 지붕은 누가 책임집니까?

문재인이 책임져야지. 문재인이 농촌에 해준 게 뭐여. 석면 지붕이라도 치워줬어야지.

꼭 윤석열 같으시네. 뭐든 다 문재인 때문이랴. 태양광 사업 이건 박근혜 때부터 시작한 겁니다. 뭘 좀 알고 얘기합시다.

비가 오면 알 겨. 우리가 태양광을 반대하는 건 다 관두고 산사태가 무서워서여. 내가 장담한다. 폭우 한 방이면 태양광 박아놓은 산은 다 무너진다.

사회자 이덕순이 마이크를 잡았다. 아따, 벌써 열두 시가 넘었네요. 어르신들 배꼽시계 열나 데모하네유. 토론 끝, 간담회 끝. 다 끝임다. 모두 모두 수고하셨슈. 진짜 회의는 식당 가서 하셔유. 오늘은 면 소재지 시경리에 있는 음식점으로만 가십니다. 아쉽더라도 중국음식점 육경각, 해물찌개 전문 샘물식당, 고기찌개 전문 육경식당·셋 중의 하나로 가십니다. 세 식당에서 이번 행사에 물심양면 도움을 많이 주셨슈. 그러니께 다른 리 식당으로 가시면 염치가 없슈. 그러고 오늘 밥값 일부는 면장님이 쏜다니까 맛있게들 많이 많이 드시랍니다. 면장님이 각자 계신 자리로 일일이 찾아뵙는다니까 잘생긴 우리 면장님 마스크 안 쓴 얼굴 보고픈 분은 기다리시랍니다.

9

시의원 족속들은 시장이랑 점심이 예약되어 있단다. 세 시의원 당선자와 면장실에서 간단히 차 한잔 나누고 헤어지기로 하였다.

시의원이 일반직 공무원 급수로 치면 몇 급인가? 보통, 인구 15만 이상 50만 미만의 지자체의 시장·시의회장은 3급, 시의원은 4급으로 본다. 시의원급이 무슨 4급, 개들도 5급 푼수야. 면장과 동급이라고 무시하는 이들도 있지만, 그건 민간인 생각이다.

연광이 공무원 생활 시작한 해는 (30년 만에 지방의원이 다시 생긴) 1991년이었다. 그때부터 면민이 뽑은 지방의원과 5급 (시청 과장, 동·면장)의 알력·갈등·다툼을 겪은 셈인데, 시절과 상관없이 시의원의 힘이 언제나 더 셌다. 시의원의 시어머니는 최대 한 명 마누라지만, 면장의 시어머니는 최소 천 명이라는 속담도 있잖은가. 시의원 목숨은 4년 보장, 면장 목숨은 면민 마음대로라는 말도 있고.

면장은 공사다망하신데 일부러 와주신 것에 대해 공치사를 했다. 세 시의원 당선자들과는 이전부터 잘 알았다.

3연속 낙선 뒤 3연속 당선으로 유명한, 차기 시의회장이 유력한 박의원(63년생). 면장의 고등학교 12년 선배였다. 지역경제과 계장으로 있으며 7년 동안 모시다시피 했다. 5급은 돼야 시의원에게 비벼보지, 6급은 시의원의 마름이나 다름없었다.

4-H연합회, 새마을회, 농업기술센터의 실무자였던 황파란과도 수없이 상종했다.

나머지 한 사람은 고등학교 동창 조자형(71년생). 학교 다닐 때부터 계속 모르는 사이였다가 담배 끊은 뒤로 알게 되었다. 관공서에서 마주칠 때마다 친한 척을 했고 동창 모임 때마다 절친인 척을 했다. 지역 유지랑 척져 좋을 것은 하나도 없다. 더불어 친한 척, 절친인 척했다.

이번 선거에 시의원으로 출마할 거란 얘기에 겉으로는 축하해주었다. 잘 생각했다. 이제 우리가 고향을 바꿔야지. 너도 고생할 만큼 고생해봤고 누구 못지않게 최선을 다해 살아왔고 인격을 갖출 만큼 갖추었고 지역사회를 이끌 만큼 봉사·헌신해왔고, 늙은이들한테 하나도 꿀릴 게 없다. 파이팅!

속으로는 비웃었다. 시의원이 무슨 아무나 찔러보는 감이여? 너 같은 농업전문대 중퇴짜리까지 나서게. 나는 전문대도 못 갔지만 공무원 시험에 합격한 사람이라고. 하긴 기탁금 200이 너한테 돈이겠냐. 시골 금수저 부모 밑에 태어나서 좋겠다. 아버지 부동산, 명망 다 물려받아서 일찌감치 청년 유지—발전면 의용소방대장이었다—하다가 선거도 나가고. 그려, 그렇게 선거 때마다 나가다 보면 누구처럼 세 번 낙선하고 네 번째 될 수도 있지.

조자형이 2등으로 덜컥 당선해버렸다. 덜컥이 아니라면 당선될 만큼 능력이 있었거나 노력했다는 것인데 인정하기 쉽지 않았다. 어쩌면 이번에 면장으로 발령이 난 것도 녀석 덕분인지도 모른다. 일주일 전 조자형이 고교 동창을 죄 불러 한턱을 냈다. 동창들이 술기운으로 지껄여댔다. 연광이 면장 좀 시켜줘라.

녀석은 겸손을 떨었다. 시의원 당선자가 무슨 힘이 있어.

동창들이 녀석에게 십자포를 쏘았다. 지역사회에서 친구가 친구를 안 챙기면 누가 챙기냐.

사흘 뒤, 이번에 3연속 당선에 성공한 시장이 불렀다. 시장은 연광의 중·고교 21년 선배였고, 첫 발령받았던 동사무소의 동장이었었다. 연광은 시장의 '젊은 핵관' 무리에 들지는 못했지만 '신세대 라인' 정도는 되었다. 전 육경면장이 결국 사표를 냈어요. 그 사람이 무죄받을 줄 알고 공석으로 놔두고 기다렸던 건데. 당장이라도 새 면장을 보내줘야지. 거기 있다가 과장 자리 나면 들어오는 걸로 하지. 불감청고소원(不敢請固所願)이었다.

그러고는 조자형한테 전화가 왔었던 것이다. 친구야, 시장님이 뭐라고 않대?

선거 전에는 급수 떨어지는 인격으로 깔아보던 허릅숭이였다. 선거 끝나자 그 허릅숭이는 5급 공무원짜리와는 비교도 안 되게 높은 자리에 떠 있는 별이 되었다. 만 50세에 31호봉 5급 공무원이 되었으니 이만하면 성공한 인생이라고 자부했다. 최선을 다해 열심히 살았고 그만큼 성취를 이루었으니 만족스러웠다. 그런데 조자형을 생각하면 억분했다. 한평생 놀고먹은 거밖에 없는 녀석이 단 한 번의 선거로 연광이 30년 동안 오로지 노력해서 얻은 성취를 뛰어넘었다. 이래도 되는 건가? 너는 나름 최선을 다했다고 하겠지. 그치만 네가 나만큼 열심히 살았냐고.

아내가 말했다. 쉰 살이 하늘의 명을 깨닫는 나이, 지천명

(知天命)이라잖아. 자기가 받은 운명은 면장이었던 거야. 자기보다 잘된 사람을 보면 못 살아. 자기보다 안 된 사람을 봐야지. 6급도 못 되고 그만둔 이가 얼마나 많아? 자기 동기 중에 아직 5급 못 된 사람도 있어. 자기가 갈 육경면에 내 고등학교 동창 깍밤톨이라고 있거든. 걔는 자기랑 호봉이 똑같은 데도 급수도 없이 평생 무기계약직이었어. 자기보다 못한 사람들 너무 많아. 그분들 자기가 부러워 미칠걸. 자기보다 불행한 고흐들을 생각해. 별들은 보지 마.

아내가 지천명이 돼서 다행이었다. 아내마저 자기보다 별들로 보이는 여성들을 향한 시기와 질투에 시달린다면, 더욱 비참했을 테다.

동창 조자형이 듣기에 거북한 소리를 꺼냈다. 옛날에는 면장이 대단했는데 요새는 진짜 아무것도 아니에요.

그럼, 옛날 면장은 왕이나 다름없었지.

차기 유력 시의회장이 받아줬고, 비례의원 당선인이 없었다.

지금도 왕은 왕이죠. 왕머슴.

시의원 족속들이 박장대소했다. 뭐가 웃긴다는 건지. 연광도 웃고 말았다. 공무원 사회에서 상급자들이 웃는 데 따라 웃지 않는 것만큼 올바르지 못한 처신이 없다.

조자형이 작정이라도 하고 온 듯 물었다. 면장님, 알아야 면장을 하지, 이 말 많이 들어보셨죠. 무슨 뜻인지 알아요?

자격지심이겠지만, 마치 선생님이 학생에게 묻는 투였다. 면장 되게 힘써줘서 고맙다는 말을 못 들어 시비 거는 건가? 이상하게도 고맙다는 말이 입에서 나오지 않았다. 고맙다, 감사하다, 그 빈말이 그 순간에 나와주지 않았다. 바쁜 척 전화 끊고 다시 걸지 않았다. 오늘도 여러 번 단둘이 있을 기회가 있었지만 연광은 회피하고 사무적으로만 대했다. 아니꼬웠지만 꾹 참고 대답했다. 그걸 누가 몰라요. 식견이 있어야 면장을 잘한다는 말이죠.

시의원 초선 당선인 신분에 불과한 조자형이 10년 경력 시의원처럼 가르쳤다. 에이, 그런 거 아니네요. 공자님이 자기 아들 백어에게 '사람이 주남(周南)과 소남(召南)을 읽지 않으면, 담벼락 장(牆) 면할 면(免), 담벼락을 면하지 못한다' 당부했거든요. 그 면장(免牆)이 긴 와전 역사를 거쳐 면장(面長)이 된 거네요.

63세 차기 유력 시의회장이 감탄했다. 후배님, 해박하시네.

36세 비례대표 시의원 당선인은 손뼉까지 쳤다. 우와, 그렇게 멋진 말이었군요. 그러고는 이 말을 덧붙여 연광의 머리털이 솟구치게 했다. 와우, 이런 시의원 친구를 두셨으니 면장님 든든하시겠어요.

연광은 벌대듯 물었다. 그러니까 결국 식견이 있어야 면장을 잘할 수 있다는 말 아닌가요?

조자형이 가소롭다는 듯이 대꾸했다. 다르죠.

뭐가요? 뭐가 어떻게 다른데요?

조자형이 비웃음을 머금으며 눙치려고 했다. 면장님, 좋은 날 왜 이러십니까?

면민의 왕머슴은 어서 시의원 족속들과 헤어지고, 차라리 그나마 자신을 대접해주는 면민에게 가고팠다.

알아야 면장을 하지

시
골
악
귀

1

강수가 학교-어른들이 흔히 '소년원'이라고 부르는 감옥-에 들어가기 전날이었다. 아빠가 엄마에게 물었다.

"⟨낭만에 대하여⟩라는 노래 알지? 네 아버지 십팔 번이잖아. 낭만이 무슨 뜻인 줄 알아? 낭만이 뭔지 아냐고?"

엄마가 마지못해 대꾸했다.

"이 판국에 그걸 왜 알아야 하는데?"

"나도 몰랐는데 비로소 알겠어."

"듣고 싶지 않아."

"좀 들어봐. 나도 말 좀 하고 살자."

"실컷 말해봐."

"옛날에, 거지발싸개 같은 소설 하나를 읽었다. 심지어 제목도 기억난다.「경찰서여, 안녕」이라고. 줄거리가 어떻게 되냐면, 삼십 년 전에 딱 네 아들 같은 녀석이 하나 있었다. 유치원 때부터 좀도둑질을 해대는 거야. 초등학교 때는 아주 상습범이었지. 녀석 꿈이 괴도 루팡이야. 설정부터 어이 상실이지. 네 아들처럼 촉법소년이라도 보호 처분은 가능해. 교도소에 못 집어넣어도 소년원에는 집어넣을 수 있단 말야. 근데 강수 녀석은 아직 만 십 세가 안 되셔서 보호 처분도 불가능해. 지역사회의 골칫덩이였지. 황당하게도 형사가 보호자이자 선생이자 아빠 노릇을 해. 형사 숙직실에서 먹이고 재우면서. 경찰서 식당 할머니랑 아줌마는 엄마 노릇을 하고. 이게 말이 되는 얘기냐? 작가는 지가 직접 본 것처럼 썼더라만. 자기가 전경을 그 경찰서에서 했는데 녀석한테 한글도 가르쳐주고 그랬다는 거야."

"텔레비전에서 본 얘기 같아."

"원래 단편 소설인데 〈베스트극장〉인가 〈드라마시티〉인가에서 한 번 했었어. 그런 형사 있을 수 있지. 그런 부처님 가운데 토막 같은 형사가 왜 없겠어. 내가 낭만적이라고 얘기하는 건 그 녀석을 부모처럼 형 누나처럼 챙겨주고 보호해준 경찰서 사람들이 아니야. 녀석 자체야."

"우리 강수도 그런 형사 만났으면 소년원까지 안 갔다구."

　　　　　　　　　　　　　　　　시골 악귀

"녀석은 도둑놈이야. 녀석을 무슨 자유를 갈구하는 투사처럼 그려놓았어. 녀석이 경찰서 탈출하는 얘기를 무슨 '고난의 행군'처럼 써놨어. 그러니 녀석이 저지른 범죄는 중요하지 않게 돼. 그 녀석을 챙겨주는 착한 사람들, 탈출을 꿈꾸는 소년이라는 스토리 때문에 녀석이 범죄자라는 사실, 녀석의 도둑질 때문에 많은 부모와 학생이 고통받았다는 사실은 휘발되었어. 이런 게 바로 낭만주의였어. 감상적인 그림 같은 이야기로 본질을 덮어버리는 게 낭만이었다고. 홍길동, 임꺽정, 장길산, 일제 때 건달들은 어렸을 때부터 폭력배였고 도둑놈이었고 강도였어. 걔들 때문에 다치고 죽은 사람이 얼마나 많은 줄 알아? 그것들을 의적, 활빈당, 독립운동가로 포장하는 게 낭만주의란 말야. 〈낭만에 대하여〉라는 노래가 바로 그렇잖아. 산업화 세대의 고통을 낭만적인 유행가로 가렸다고. 녀석이 경찰서를 탈출해서 어떻게 살았을 거 같아? 여행을 떠난 어린 왕자처럼 그려놓은 녀석이 어떻게 살았을 거 같냐고? 결국은 또 도둑질을 했겠지. 더 나쁜 짓도 저질렀겠지. 소년원에 갔을 거고, 교도소에 갔을 거구, 계속 감옥을 들락날락했을걸. 그저 구제 불능의 타고난 범죄자의 한때를 미화한 거라고. 무책임하게. 그런 소설을 좋다고 뽑은 작자들이 정신 나갔지."

"아는 게 많아서 좋겠다. 그렇게 많이 알면서 아들이 저 지경이 되도록 그냥 놔뒀니? 걔 부모는 어떤 사람이었어? 우리처럼 한심했지?"

"야, 대체 우리가 왜 한심하다는 거야. 우리 정도면 나쁜 부모는 아니야. 굶겼냐? 학원 안 보내줬냐? 공부하라고 강요했냐? 녀석은 조실부모해서 찢어지게 가난한 형 밑에서 맞으면서 컸다는 핑계라도 있지. 네 아들은 대체 뭐가 문제냐?"

"나 혼자 낳았나? 왜 '네 아들'이래. 이게 다 너 때문이야. 너 니 자식이랑 대화 한번 나눈 적 있어? 니 자식이랑 놀아준 적 있어? 네가 아빠니까 아들은 네가 책임져."

"돈 벌어오느라고 애랑 못 놀아줬다. 아빠가 안 놀아줬다고, 도둑질을 해? 친구를 패? 선생님을 칼로 찔러? 저게 사람 새끼냐. 너네 집안에 저런 유전자 있지? 우리 집안엔 저런 유전자 없단 말야."

"말이면 다야?"

강수가 문을 열고 빽 소리 질렀다.

"연놈들아, 조용히 안 해!"

아빠가 달려가서 손바닥을 치켜올렸다.

"이 개새끼를 진짜!"

강수는 똑바로 쳐다보고 발악했다.

"그래, 죽여라, 죽여!"

시골 악귀

2

육경면민 화합잔치가 있던 날, 역경리가 발칵 뒤집혔다. 28호 중 스무 집이 털렸다.

대문이 제대로 있는 집이 드물었다. 문단속을 착실히 해놓은 집도 없었다. 대문이 허술하지 않다 해도, 문단속을 단단히 했다 하더라도 마음만 먹으면 얼마든지 들어갈 수 있었다. 울타리는 대개 개구멍 숭숭 뚫린 나무였고, 담은 없는 거나 마찬가지였다.

노인 한 명 아니면 두 명만 사는 집이 태반이었다. 노인이 기거하는 방은 표시가 났고, 샅샅이 뒤짐당했다.

추석 연휴 끝나고 보름밖에 안 돼 현금 피해가 컸다. 우선 보란 듯이 놓인 저금통은 당연히 없어졌다. 농협 가서 돈 찾는 건 그나마 쉬워도, 농협에 예금하는 건 끔찍이 어려운 노인들이다. 아껴 쓰는 게 체질이니 아직까지 수십만 원씩 있었고, 겨우 몇 시간 놀러 가는 거고, 괜히 사람 많은 곳에 가지고 갔다가 잃어버릴까 봐 다들 집에 놔두었다. 딴은 꼭꼭 숨겨놓았다지만 그래 봐야 가구 속이나 장판 밑이나 싱크대 어딘가였다.

패물도 몽땅 털렸다. 그밖에 조금이라도 돈이 될 만한 물건도 싹 가져갔다. 개 있는 집도 꽤 되었다. 개들은 모조리 총을 맞은 상태였다. 즉사 당하지 못해 피를 흘리며 고통스레 살아 있는 개들도 있었다.

이 집 저 집에서 노인네들 곡하는 소리가 요란했다.

육경파출소 박 순경은 피해액 집계하기가 엔간히 힘들었 다. 다들 천만 원 이상씩 도둑맞은 것처럼 떠벌렸다. 노인들 의 엄살과 과장을 최대한 덜어내고 계산하니 평균 백만 원가 량은 털린 듯했다.

도둑놈들을 멀리서 본 이가 있었다.

"관광버스가 어르신들 태우고 떠난 지 한 십 분 지났나 오 토바이 세 대가 마을로 들어오더라고요. 꽤 괜찮은 오토바이 들이더라고요. 어르신들 끌고 다니는 작은 오토바이 말고 배 달 아저씨들 오토바이 정도는 되더라고요. 막 올라가더라고 요. 바이커들이 길 잘못 든 줄 알았죠. 도둑놈이라면 그렇게 시끄러운 소리 내가며 보란 듯이 들어오겠어요. 그러니까요, 그런 무식한 놈들이 도둑놈인 줄 알았겠냐고요. 가는 건 당연 히 못 봤죠."

아주 가까이서 본 노인네들도 있었다.

중풍 노인네는 열심히 말했으나 박 순경이 알아들을 수가 없었다.

5년을 요양원에 있다가 죽을 날 받아, 집에 돌아온 96세 노 인은 눈만 꿈벅댔다.

욕쟁이 노인은 기다렸다는 듯이 쏟아냈다.

"내가 완전 왕따잖여. 내가 이 동네서는 같이 놀 사람이 없어서 면 소재지 가서 종일 고스톱치는 사람인디 거기 사람들도 중학교로 놀러 갔을 거 아녀. 별수 없이 오늘은 테레비나 조져야겠구나 하고 있는디 누가 문을 벌컥 열고 들어오네. 오토바이 헬멧을 쓰고 있어서 얼굴은 못 봤지. 그 새끼가 스마트폰에다 대고 뭐라고 하대. 그니께 텔레비전 변조 목소리가 나와. '띠팔년, 움직이면 밟아 죽인다.' 이러는겨. 와, 나도 평생 욕 많이 하고 살아서 욕이 얼마나 더럽고 무서운지 잘 아는디, 그놈 욕은 듣는디 모골이 송연하대. 그놈이 막 뒤지는 겨. 속으로 비웃었지. 실컷 뒤져봐라. 아무것도 없지롱. '띠발년, 거지네.' 하더니 돼지 저금통을 드는겨. 아이구, 내 돼지 저금통. 손주 대학 갈 때 줄라고 수십 년을 모은 것이여. 만 원짜리도 들어가고 5만 원짜리도 들어가고 자식들이 줄 때 받아서 무조건 넣어놨다고. 천만 원도 넘을 텐데! 놈 바짓가랑이를 붙잡았지. 야, 이건 안 된다. 제발 봐주라. 봐주기는커녕 '뒈질래?' 그러더라고. 근데 이번엔 그놈이 스마트폰에다 대고 말한 게 아니거든. 딱 들으니까 애 목소리여. 겁났지만 욕쟁이 체면이 있지, 나도 욕 좀 했어. 야, 좆새끼야, 너 몇 살이나 먹고 도둑질이냐? 그 새끼가 '골로 보내줄까?' 하면서 나를 뻥 차더라니께. 여기 봐봐. 좆새끼 잡으면 살인미수 추가여.”

욕쟁이 노인이 허벅지를 보여주었다. 시퍼런 멍이 들어 있었다.

공주댁은 아직도 떨고 있었다.

“나는 아무 말도 안 했어. 딱 보니 키만 컸지 애더라고. 여자애 같던데. 망치인지 도끼인지도 들었더라고. 나는 바로 이불 뒤집어썼어. 한 사람이었냐고? 아니 둘이던데.”

여교장은 갑자기 20년은 더 늙어버린 듯했다.

“내가 보기에도 애들 같습디다. 내가 그래도 교장했던 사람인데 도저히 그냥 보고 있을 수가 없어 한마디 했어요. 이놈들 커서 뭐가 되려고 그러냐? 그랬더니 두목으로 뵈는 놈이 헬멧 대가리로 박치기를 합디다. 기절했다가 방금 전에 깨어났소.”

여교장은 그 뒤에 당한 능욕은 차마 말하지 못했다.

3

아이들이라는 건 확실했다. 아이들이 50씨씨 스쿠터도 아니고 125씨씨 넘는 오토바이를 타고 다녔다. CCTV가 있는 집은 딱 한 채였다. 소를 300마리도 넘게 키우는 그 집만 털리지 않았다. 하지만 안녕시 전체 CCTV를 통해 사진을 수십 장 얻었다. 오토바이 번호판도 보이지 않았고 제대로 찍힌 사진이 없었다. 그래도 오토바이들이 육경면 어디선가 출발했고 육경면 어딘가로 사라졌다는 건 특정할 수 있었다.

박 순경이 중2 학생 넷을 찾아냈을 때, 강수는 달아난 뒤였다.

셋은 반성한다기보다는 겁을 잔뜩 집어먹어 말을 제대로 못 했다. 애들은 애들이었다.

강수와 동거했다는 소녀는 애 같지가 않았다. 거침없이 잘도 대답했다. 자랑질이라도 하는 듯했다.

"우리는요 조직 이름도 있어요. 오땡단! 오인조 오토바이 절도단, 오가 두 개니까 줄여서 오땡단!"

녀석들은 역경리처럼 28호나 사는 큰마을은 처음 털었지만 서너 집 이하로 사는 외딴 마을은 수시로 털었다. 개가 있는 집은 다섯이 함께 털었고, 빈집은 두세 명씩 나누어 털었다.

"개 키우는 집이 부자거든요. 지킬 게 있으니까 개새끼로 지키는 거죠. 엽총요? 훔친 거죠. 강수 엄청 명사수예요. 백발백중. 사격 선수했으면 올림픽 금메달 땄을걸요. 강수는 일부러 개 있는 집을 찾아다녔다니까요. 개 죽일라고. 개 죽이는 게 너무 재미있대요."

167

육경면 내 마을을 턴 것은 이번이 처음이었다.

"양심이 있지 우리 면을 털 수는 없잖아요. 글고 오토바이를 탔으면 좀 달려야죠. 강수가 오토바이 타는 걸 너무 좋아했어요. 오토바이도 다 훔친 거죠. 강수가 옛날부터 역경리 범골 손 한번 볼 거라고 했어요. 강수 엄마가 역경리로 노인네들 똥 닦아주러 다녔거든요. 요양보호사였다고요. 강수 엄마가 좆나게 미투 당했대요. 말하자면 복수하러 간 거예요."

훔치기만 한 게 아니었다.

"우리도 사람 있는 집은 안 들어갈라고 했거든요. 잡히는 건 구리니까. 근데 들어가보니 있는 걸 어째요. 꼰대가 가만히 있으면 우리도 안 건드렸어요. 자꾸 뭐라고 하니까 조용히 시키려고 패버린 거죠."

박 순경은 두 소년에게 물었다.

"설마 성폭행도 했니?"

"강수만 했어요. 그 새끼는 되게 밝혀요."

딱 잡아떼더니 인정했다.

"몇 번 같이 했어요. 강수가 안 하면 죽이겠다고 해서. 강수 진짜 살벌한 새끼예요. 우리는 개한테 맞아 죽기 싫어 따라다닌 것뿐예요."

텔레비전에서 들었던 촉법소년의 범죄들이 총망라되었다. 듣는 내내 귀가 의심스러웠던 강수의 담임교사가 물었다.

"니들 소설 쓰니? 니들은 사람이잖어? 어떻게 그럴 수가 있어."

동거 소녀가 맹랑히 대꾸했다.

"강수 말로는 소년원엔 자기보다 더한 애들 천지래요. 그리고요, 다시 한번 강조하는데요, 우리는 강수가 시켜서 했어요. 강수가 시키는 대로 안 하면 우리 엄마 아빠까지 목 따버릴 거라고 위협했어요. 정말이에요."

담임교사가 울음을 터트렸다.

"니들, 강수한테 다 뒤집어씌우는 거니?"

동거 소녀가 삐쭉댔다.

"샘도 여러 번 걸레될 뻔했어요. 강수가 샘을 착하게 봐서 봐준 거지."

피해자들은 개를 잃고도 도둑을 맞고도 폭행을 당하고도 윤간을 당하고도 왜 신고하지 않았을까.

"강수가 딱 폼 잡고 말했거든요. 우리 촉법소년인 거 알지? 소년원 갔다가 금방 나온다. 다시 찾아와서 네 새끼들 모가지 딸겨. 그러면 무서워서 아무도 신고 못 하더라고요. 신고했는데 수사를 제대로 안 했는지도 모르죠. 경찰 바보인 거 세상이 다 알잖아요."

박 순경은 무슨 말을 들을까 두려워하며 물었다.

"사람은 안 죽였지?"

"한 번 죽일 뻔하기는 했는데. 강수가 진짜 많이 팼거든요. 담배 먹고 있는데, 꼰대 하나가 담배 핀다고 지랄하잖아요. 강수가 그런 건 싫어하거든요, 말 많은 거. 강수가 막 팼어요. 꼰대가 싸움도 못하면서 개겼거든요. 강수가 학교서, 소년원요, 겁나게 얻어터지면서 싸움이 되게 늘었대요. 강수가 꼰대 벗겨놓고 거시기를 담뱃불로 지졌다니까요. 왜냐고요? 그냥요. 재미있잖아요. 강수는 지지는 재미가 있고 우리는 보는 재미가 있고."

"그러다가 사람 죽으면 어쩌려고. 그건 살인미수야."

"강수 혼자 있을 때 죽였는지도 모르죠. 그러고도 남을 새끼예요. 나도요 강수랑 살면서 죽을 뻔한 적 많거든요. 개새끼, 기분을 맞출 수가 없어."

"강수는 어디로 갔니?"

"모르죠. 경찰 아저씨, 강수한테서 우리 지켜줄 수 있어요?"

네 촉법소년의 부모가 육경면의 유지였다. 아이들이 범행 1년 동안 훔친 것들은—현금 500만 원 정도를 강수가 갖고 튄 것을 제외하면—그대로 있었다. 돈이 필요해서 훔친 게 아니었다는 것을 증명하듯. 부모들은 육경리 노인네들에게 돌려주고 위로금까지 얹어주었다. 아이들을 데리고 다니면서 사죄시켰다.

"미안요. 강수 새끼가 시켜서 그랬어요."

4

석탄산 봉우리들과 구름 서너 점이 수놓은 서쪽 하늘. 저런 풍경을 보면 괜찮은 표현이 좀 떠올라야 하지 않나. 어떻게 아름답구나, 기이하구나! 밖에 안 떠오르냐. 이러니 등단은 고사하고 온갖 아마추어 공모전 장려상 한 번을 못 탔지. 머리칼을 쥐어뜯었다. 나름 창작의 고통 중이었다. 〈디카시 공모전〉에 투고할 글이었다. 친구들은 '디카시가 시냐? 낙서지!' 비웃었지만 상금에 눈이 먼 학생에게는 시든 낙서든 상관없었다. 잘 안 써지는 걸로 봐서 디카시가 낙서는 아닌 게 분명했다.

"되게 이쁘디."

앳된 목소리가 멧돼지처럼 나타났다. 소스라치며 벌떡 일어났다. 스마트폰이 뚝 떨어졌다. 멧돼지는 티브이로만 보았다. 실제로는 멧돼지를 본 일이 없다.

물러, 다른 동네서는 멧돼지 무서워서 못 살겠다는디 할머니는 아직 본 일이 없다야. 멧돼지도 뭐가 있어야 나타나지. 할머니는 멧돼지 좋아하는 고구마 같은 걸 안 심으니께. 멧돼지 무섭다는 핑계 대고 할아버지 묘에 성묘도 안 가려는 손녀에게 장담하던 말씀이었다.

한 일주일은 조심스럽게 다녔는데, 멧돼지는커녕 고라니도 마주친 적이 없다. 사람 하나 보지 못했다. 한 집에 한 명씩만 쳐도 스물여덟 명이 사는 동네다. 논바닥에서 일하거나 마을 길을 오가는 노인들을 심심찮게 볼 수 있었다. 아이구야, 평평한 맨길 걸어 다니는 것도 벅찬 노인네만 남았는디 누가 산속을 돌아다닌다니. 사진 찍어 인터넷 검색을 해봐도 이름이 헷갈리는 새와 곤충은 무수히 만났지만, 위협감을 주는 생물체와는 전혀 조우하지 않았다. 다만 무의식 한가운데 멧돼지를 만날지도 모른다는 겁이 은근히 남아 있었나. 저 예쁘게 생긴 소년을 보고 멧돼지를 떠올리다니.

161센티미터인 여자보다 머리통 하나는 더 있었다. 고1은 확실히 아닌 것 같고, 중3쯤 되어 보였다. 요새 꽃미남 아닌 소년 없다지만, 돋보이는 외모였다. 여기가 사막처럼 황량한 가을 산속이어서 그런지도 모르겠지만 소년이 키만 좀 작았다면 '어린 왕자'를 만난 것으로 착각할 뻔했다. 사람이 제일 무섭다고 섬찟했던 여자는 안심이 되었다. 저런 착하게 생긴 소년이라면 겁먹을 게 하나도 없지.

"누구랴?"

당황스러운 목소리였다. 애늙은이 말투랄까. 시골은 노인네나 애나 말투가 다 똑같네. 절로 미소가 나왔다. 최대한 살갑게 반문했다.

"너야말로 누구니? 너 왜 학교에 안 갔어? 그리고 넌 어른한테 왜 초면에 반말이니? 너 왜 마스크 안 했니? 아, 나도 안 했지. 이런 산속에서까지 마스크 하면 웃기지. 그렇지?"

"시빨년, 말 졸나 많네."

잘못 들었나. '어린 왕자'가 저렇게 말할 리가 없다.

"뭐……?"

소년은 뭘 들고 달려왔다. 너무 놀라 소리를 지르지도 못하고 여자는 얼어붙었다. 비로소 비명을 지르려고 하는데 알아서 입을 벌려준 꼴이 되었다. 야구공처럼 땅땅하게 뭉친 칡넝쿨 뭉치가 입안에 쑥 들어왔다. 숨이 컥 막혔다.

소년은 여자를 들쳐 업었다. 여자는 발버둥 쳤다. 스무 발짝쯤 가서 소년은 칡넝쿨 바닥에 여자를 패대기쳤다. 여자는 정말로 별을 보았다.

악귀의 목소리가 들렸다.

"가만 안 있으면 죽여버린다."

여자는 정신이 들었다. 악귀의 얼굴이 보였다. 악귀는 여자의 청바지를 벗기고 있었다. 이런 데는 뱀이 살지 않나. 뱀도 텔레비전으로만 보았지만. 10월 초순이다. 뱀은 겨울잠 자러 들어갔을 거야. 벌써? 모르겠다. 벌레들은 어쩌지. 지금 악귀가 뭘 하려는 거지. 안 돼! 여자가 저항의 몸짓을 하자 악귀가 닥치는 대로 때렸다. 손바닥으로 후려치고 주먹으로 가슴을 팍팍 치고 무릎으로 허벅지를 찍었다. 여자는 누구한테 맞아 본 적이 없었다. 단 한 번도.

여자는 가만히 있었다.

죽을지도 모른다! 일단 살아야 한다. 드라마 영화에서 얼마나 많이 보았던가. 죽음까지 당하는 여자들을. 어떻게 하면 살 수 있을까. 질문이 잘못되었나. 어떻게 하면 악귀가 살려줄까. 청소년이니까, 청소년은 아직 여리니까 살려줄지도 몰라. 청소년이 여려? 개소리, 청소년이 더 악귀다. 어른이고 청소년이고 본성이 문제다. 세 살 본성 여든 살까지 간다. 가해자의 본성에 피해자의 생사가 걸려있다니. 본성이 착한 놈이라면 백주대낮에 무덤 가까이에서 다짜고짜 누군가를 겁탈하지는 않을 테다. 본성이 악한 놈이니 이런 짓을 저지를 수 있다. 이런 짓을 저지른 놈이니 필시 나를 죽이고야 말겠지.

바다 같은 하늘에 구름배 세 척이 항해 중이었다. 이런 아름다운 풍경 속에서 이런 개같은 일을 당하고 있다는 것이 억분했다. 악귀를 한눈에 알아보지 못한 눈을 파버리고 싶었다. 악귀라는 걸 알아챘다면 도망쳤을 것이다. 악귀가 아니더라도 사람이 제일 무섭다. 무조건 보는 순간 도망쳐야 했다. 태권도 학원을 여섯 달 다니고 만 것이 후회되었다. 신종 플루 아니면 메르스가 왔을 때 감염 위험을 핑계로 그만두었다. 태권도 끝나고 노는 것은 즐거웠지만, 지청구 먹으면서 이상한 자세와 움직임을 반복하는 것은 싫었다.

생리 끝난 지가 언제였더라. 일주일 전? 열흘 전? 위험하다. 최대한 빨리 피임약을 먹어야 한다. 다른 여자들도 악귀가 지랄하는 동안 월경주기를 계산했을까. 얼마나 비참했을까. 왜 정신을 잃지 못하는 것일까.

여자는 완전히 벗겨져 있었고, 악귀도 완전히 벌거숭이였다. 도망가볼까? 발가벗고? 살 수만 있다면 잠깐 벗고 달려도 괜찮다. 할머니 집까지는 200미터쯤. 가깝고도 먼 거리. 악귀는 여자보다 빠를 테니 금방 붙잡힐 테다. 할머니댁에 무사히 간다 해도 대책이 없다.

할머니는 병원에 갔다. 이 고장은 8월 말까지 코로나 발생자가 없어 청정구역을 자랑하다 9월 초순에 여덟 명이 확진받았다. 아이구야, 난리, 난리다. 하루에 이장이 몇 번씩 방송하고, 공무원이 차 타고 다니면서 떠들고, 전화 계속 오고. 뭘 뭐라고 햐. 나돌아다니지 말라는 거지. 그렇지 않아도 노인네들이 겁나서 나가지도 않고 자식들도 내려오지 말라구 해쌓고 청정구역인데도 참 조심조심 살았는디 아주 감옥처럼 산다니께. 병원 가는 게 낙인 할마씨들이 병원도 못 가고. 나도 병원 갔다가 시원하게 목욕하고 오는 게 낙인디.

악귀는 할머니댁까지 쳐들어올 것이다. 신고하면 여기 경찰은 얼마나 빨리 올까. 차로 5분거리에 파출소가 있기는 한데. 참 스마트폰은 어디 있지?

새삼스레 말할 수 있다는 걸 느꼈다. 녀석이 빼준 건지, 절로 빠진 건지 모르겠으나 입안에 칡넝쿨 뭉치가 없었다. 조심스레 물었다.

"저기, 옷 좀 입어도 될까……."

보조사 '요'를 붙일까 말까 망설였다.

"안 돼. 한 번 더 할겨."

발가벗겨진 채 악귀와 누워있는 것이 싫었다. 옷을 꼭 입고 싶었다.

"입고 있다가 다시 벗기면 되잖니."

"튀려고 그러지? 죽는다."

입어도 된다는 뜻일까? 여자는 몸을 일으켰다. 악귀가 뺨을 호되게 때렸다.

"확 진짜 죽여버린다."

등바닥이 미치게 가려웠다. 움직이면 또 맞을까 봐 움쩍 못했다. 비로소 눈물이 났다. 너무 무서워서 눈물샘도 얼었던 모양이다.

"울지 마. 시빨년아."

드라마나 영화에서 무수히 보았듯이, 시키는 대로 다 한다

고 죽일 놈이 살려주는 것도 아니고, 살려줄 놈이 죽이는 것
도 아니잖은가. 그것부터 알고 싶었다. 악귀가 살려줄 놈인지
죽일 놈인지. 말을 해보는 수밖에 없었다.

"살려줄 거지?"

악귀는 금방 대답했다. 마치 물어보기를 기다리기라도 했
던 것처럼.

"하는 거 봐서."

"나 신고 같은 거 절대 안 할 거야. 정말이야. 아무 일 없다
는 듯이 조용히 살게. 믿어줘."

"신고하든지 말든지."

"신고 안 한다니까. 정말, 누나 말 믿어줘."

"누나 같은 소리하고 자빠졌네. 걸레년이."

"말이 심하다, 좀."

"난 선생년한테도 대놓고 걸레년이라고 하거든."

"너 참 말버릇이……."

악귀가 여자의 머리통과 뺨과 가슴을 난타했다.

"젊은 게 벌써 꼰대질여."

여자는 지난겨울에 학원 강사를 했다. 초등학생 고학년부
터 중학교 3학년까지 두루 가르쳤다. 학원에서 만난 중학생
들은 참 착했다.

초등학생들한테 삥을 열다섯 차례 총 13만 원 뜯었던 길산

이, 자기 아버지 차로 질주하여 사람까지 죽인 청소년들을 흉내 낸다고 자기 어머니 차를 끌고 나갔다가 10미터도 못 가 경비실을 들이받은 두환이, 편의점 주인을 꾀어낸 태우와 그 사이에 현금을 턴 정희, 친구가 자기 머리통을 건드렸다고 친구의 머리통을 볼펜으로 찍은 승만이…… 그 개놈들마저 이놈에 비하면 얼마나 착한 아이들이었던가.

여자는 슬그머니 윗몸을 일으켰다. 저만치 노란 티셔츠가 보였다. 나머지는 어디 있는지 안 보인다. 청바지도, 팬티도, 브래지어도, 카디건도. 할머니는 언제쯤 돌아오실까? 일찍 돌아와도 손녀를 찾지는 않을 것이다. 할머니, 내가 없다고 생각해. 조금이라도 날 챙기거나 귀찮게 하면 바로 올라갈 거야. 신신당부해두었으니.

악귀가 뭘 내밀었다. 분신과도 같은 여자의 스마트폰이었다. 이걸 왜 주는 걸까? 얼른 112를 눌러버릴까.

"고맙다."

여자는 감사히 받아들었다.

"풀라고."

"왜?"

"좀 보게."

"왜 남의 것을 함부로."

악귀가 또 뺨을 때렸다.

"맞는 게 좋냐?"

악귀가 칡넝쿨 뭉치를 여자 입에 쑤셔 넣었다. 여자를 던지고 차고 밟았다. 악귀는 여자를 사람으로 생각하지 않는 게 분명했다. 여자를 무생물 취급하고 있었다. 살아야 한다! 여자는 있는 힘을 다해 무릎을 꿇었고 두 손을 싹싹 비볐다. 목소리는 나오지 않았지만 살려주세요, 살려주세요 갈구했다. 스마트폰이 보였다. 구타당하며 패턴을 그렸다. 한 번에 그리지 못해 몇 대를 더 맞았는지 모른다.

하늘은 변함없이 선명했다. 충분히 알고 있다. 성폭행당한 여자의 상당수가 살해당했다는 것을. 혹시 살아나더라도 그때의 고통이 배가된 트라우마에 시달려야 한다는 것을. 정순이와 민해도 그렇게 떠났다. 만약 밤이라면 정순이별 민해별이라도 찾아볼 텐데. 내 별이라도 찾아볼 텐데. 아까 있던 구름조차 가뭇없었다.

"이 소설 어떤 새끼가 쓴겨? 졸나 말도 안 된다."

여자는 자기한테 묻는 소리인 줄 몰랐다. 악귀가 째렸다.

"아직 덜 맞았냐? 누가 쓴겨?"

웹소설 같은 걸 보는 거라면 저렇게 물을 리가 없다.

"카톡에 있는 거?"

"그래."

"내가 썼지."

"네가 소설을 써?"

"어."

"너 같은 병신이 어떻게 소설을 쓰냐?"

"미안해."

"모자란 년, 뭐가 미안하다는겨."

어떤 소설가가 말했다. 소설에는 세 가지가 있다. 스마트폰으로 읽히는 웹소설, 대중이 좋아하는 장르소설, 문단 사람들끼리 읽고 쓰는 클래식소설. 『시계태엽 오렌지』라는 소설이 떠올랐다. 온갖 강력범죄를 일삼는 청소년 주인공 알렉스는 자기 방으로 돌아오면 베토벤의 음악을 감상한다. 악귀는 알렉스 같은 놈인 모양이다. 사람을 이렇게 만들어놓고 그 사람의 스마트폰을 뒤져 웹소설이 아니라 클래식소설을 읽다니.

5

엄마는 마스크를 벗다가 소스라치게 놀랐다. 아들이 있었다. 가까스로 진정하고 아는 체를 했다.

"왔니? 이 판국에 잘도 돌아다닌다."

아들은 자기를 낳아준 사람을 걸그룹 소녀 보듯 내리훑더니 물었다.

"벗고 다니냐?"

의문이 아니라 야단인지도 모르겠다. 공포가 엄마의 등골을 타고 흘렀다.

식탁에 피자와 치킨이 있었고, 양주와 담배가 있었다. 담배 냄새가 지독했다.

"문이라도 열고 피지."

엄마는 거실 창문을 활짝 열었다. 늦가을이 한 아름 들어왔다. 시내가 내려다보였다. 인적 드문 곳이었다. 고향 선배의 별장이었는데 공짜로 살고 있었다. 저런 악귀가 있는 줄 알면 당장 집 비우라고 하겠지.

"요새 만나는 새끼는 어떤 새끼야?"

변성기에 접어든 아들의 목소리. 악귀의 얼굴을 어떻게 봐야 하는지 모르겠다. 얼마 만에 보는 거지. 석 달 만인가.

"이리 와."

"엄마, 옷 좀 갈아입고."

"이리 오라니까."

"옷부터 갈아입어야지."

"두 번 말하게 할래?"

엄마는 아들에게 뛰어갔다.

"벗어."

"다?"

181

"코트 달라고."

엄마는 얼른 코트를 벗어주었다. 강수는 스마트폰을 꺼내고 코트는 휙 집어던졌다.

"엄마가 또 신고할까 봐 그러는구나. 엄마 신고 같은 거 안 해. 저번에 네가 죽인다고 했잖아. 엄마는 더 살고 싶어. 해봤자 넌 촉법소년이잖아. 금방 풀려나올 거잖아."

"소년원도 감옥이야. 나는 죽어도 감옥에 안 갈 거야. 계란찜 해줘."

비닐봉지에서 계란이랑 파랑 양파랑 감자를 꺼냈다. 사람에겐 분명 이성적으로 설명하기 어려운 부분이 있다. 어째 사고 싶더라니. 뚝배기에 계란 세 개를 풀어 넣고 파, 양파, 감자를 잘게 썰어 넣었다.

촉법소년과 우범소년 등을 보호하며 교정 교육을 하는 법무부 소속 특수교육기관에 다녀오면 변할 줄 알았다. 교정까지는 아니더라도 조금은 착해질 줄 알았다. '완득이'처럼 될 줄 알았다. 텔레비전 〈학교〉 드라마에 나오는 청소년들처럼 반성하고 뉘우칠 줄 알았다. 공기 좋은 시골에 오면 유순해질 줄 알았다. 선량한 시골 아이들과 학교를 다니면 아이도 선량해질 줄 알았다.

박 순경에게, 불과 1년 동안 저지른 강수의 무수한 범죄를 듣고 까무러쳤다. 강수는 악귀가 돼 있었다. 시골에서 그렇게 된 건지, 소년원에서 그렇게 된 건지, 아니면 엄마 뱃속에서 부터 그랬던 건지, 하여간 악귀가 아니고 뭘까.

악귀가 사라졌다가 몇 달 만에 귀가했다. 대구에서 코로나가 창궐하던 때였고, 경찰들도 더는 찾아오지 않던 때였다. 그때까지만 해도 아직은 사람이라고 생각했다. 사람이 아니라고 깨닫는 데는 한 시간도 걸리지 않았다. 악귀는 엄마를 거리낌 없이 때렸다. 아들한테 장난이 아니라 진짜 얻어맞고 제정신일 수 있는 엄마가 얼마나 될까. 엄마는 이성을 상실하고 아들에게 대들었는데, 아들에게 곱빼기로 더 얻어맞고 차마 적을 수 없는 수치를 당했다. 엄마는 저게 내가 낳은 아들이 아니라 악귀임을 인정하고서야 엄마 노릇을 포기할 수 있었다.

코로나가 끝나가는 듯하다가 서울 광화문 집회 이후 다시 도졌을 때, 악귀가 또 불쑥 찾아왔다. 처음부터 아들이 아니다, 사람도 아니다, 악귀라고 생각하니 편했다. 경찰에 신고하려다가 걸렸는데, 악귀가 또 무지하게 팼다. 아들에게 맞는게 아니라 악귀에게 맞는 것이므로 참을 만했다.

엄마는 식탁에 계란찜을 올려놓았다.

"뜨겁다, 천천히 먹어."

악귀가 잠깐 아들로 보였다.

"저기, 아들. 밥도 먹으면 안 될까?"

"줘."

"그래, 좀만 기다려 얼른 새 밥 해줄게."

"햇반 없어?"

"아니, 엄마 밥해주고 싶어서."

"언제 기다려?"

"그래, 그럼 찬밥이라도 줄게."

엄마는 만사가 귀찮고 먹는 데 성의가 없어져 거의 밥을 안 하고 살았다. 요양원에서 노인네들이 남긴 밥을 대충 먹고 살았다. 어제저녁은 무슨 바람이 불었는지 새 밥을 했다. 한 술도 못 먹고 말았지만. 밥 한 지 열몇 시간은 지났으니까 새 밥은 아니었지만 아무튼.

밥 한 공기를 퍼서 올려놓았다. 계란찜을 거의 다 먹은 악귀는 밥도 보자 막 퍼먹었다. 이럴 줄 알았으면 반찬이라도 해놓는 건데.

"엄마, 여기 앉아 있어도 돼? 너 밥 먹는 거 보고 싶어서 그래."

악귀는 답이 없었다. 엄마는 맞은편에 앉았다.

"나도 한 잔 마셔도 되지."

엄마는 양주 한 잔을 따라 마셨다. 양주도 이 별장 주인 언니의 것이었다. 악귀가 문득 말했다.

"엄마가 해준 계란찜이 가끔 생각나."

엄마? 대체 얼마 만에 듣는 '엄마' 소리인가. 기억도 나지 않았다. 자꾸만 악귀가 아들로 보이려고 했다.

"아빠한테는 전화해봤니?"

"그 씹새끼, 다시는 씹 못 하게 좆대가리를 잘라버릴겨."

악귀의 흐뭇한 표정, 정말 오래만에 본다. 언제 보고 못 보았지.

"한 잔 따라봐."

악귀가 술집 여자한테 시키듯 했다. 엄마는 아들에게 한 잔을 곱게 따라주었다.

악귀가 졸린가 보다. 꾸벅꾸벅 졸았다.

"아들아, 어떻게 살았어? 우리 아들 홍길동인가 봐. 잡히지도 않고. 너 범골에 또 갔었니. 그 동네는 왜 자꾸 가? 그래도 많이 착해졌다. 그 누나 안 죽이고 살려줬다면서."

"죽여서 뭐 해."

"그래, 사람은 절대 죽이면 안 되는 거야."

"죽여도 싼 꼰대도 많아. 그 누난 착해서 봐줬어."

"네가 착한 걸 알아?"

"시빨년이 뭐래?"

"엄마가 미안."

6

엄마는 초강력 대형 스카치테이프로 둘둘 묶어놓은 악귀를 내려다보았다. 한 치의 빈틈도 없이 둘렀다. 저렇게 길고 징그러운 벌레를 내가 낳았다니. 자궁을 들어내버리고 싶었다.

아들 때문에 한참 괴로워할 때 박 순경이 『다섯째 아이』라는 소설을 읽어보라고 했다. 위안이 될 겁니다.

두꺼웠다면 읽어볼 엄두를 못 냈을 것이다. 얇은 책이었다. 아마 이런 얘기였다. 서양 무슨 나라 부부가 다섯 번째 아이를 낳았다. 그 아이는 갓난아기 때부터 악귀의 조짐을 보였다. 악귀가 자라면서 자연스럽게 가정은 붕괴했다. 어머니는 끝까지 악귀가 아니라 사람이라고 우기면서 보호하려고 했지만 결국 정신병원 같은 데 보내게 된다. 정신병원 같은 데서는 종일 묶어놓다시피 하고 종일 약을 먹었다. 어머니는 충격을 받아서 그 아이를 데리고 돌아왔다. 그러고 어떻게 됐더라 그다음이 기억나지 않았다.

박 순경에게 물었다. 무슨 위안이 된다는 거예요?

강수 같은 애가 한둘이 아니라는 거잖아요. 어머님 잘못이 아니라는 거예요.

그럼 누구의 잘못인가요?

돌연변이니까, 유전자의 실수라고 봐야겠죠.

"아들아, 엄마가 어떻게 했으면 좋겠니? 네가 아직도 만 십삼 세라는 게 믿기지 않는다. 교도소에 보낼 수 있으면 덜 고민일 텐데. 네가 소년원에 가면 다른 애들을 괴롭힐까 봐 그래. 너 같은 진짜 악귀 말고 재수 없어서 끌려온 애들도 있을 거 아냐. 너는 걔들까지 오염시킬 놈이야. 넌 코로나보다 백배 천 배 나빠!"

녀석이 깨어나면 어떡하지? 수면제의 효력이 어느 정도일까? 언젠가는 악귀가 올 거라고 믿었다. 수면제 100알을 빻아 가루로 만들어 찬장에 넣어두었다. 계란찜에 수면제를 뿌리면서 어찌나 떨었던지. 무엇보다 악귀의 입이 무서웠다.

"야, 개새끼야. 엄마한테 시빨년이 뭐니? 왜 욕이 아니면 말을 못 하니. 내가 너를 그렇게 가르쳤어? 엄마를 때리는 놈이 어딨어? 이 패륜아야."

새삼스럽게 억분했다. 엄마는 악귀의 뺨을 한 대 때렸다. 한 대 때리고 나니 기분이 괜찮았다. 또 때렸다. 미친 듯이 때렸다. 손이 아팠다. 손에 잡히는 대로 쥐고 패고 또 팼다. 녀석은 미동도 하지 않았다. 죽었나? 녀석이 꿈틀댔다. 녀석의 입에다 테이프를 붙였다. 욕을 못 하도록.

어떻게 해야 하는 것일까.

첫째, 신고한다. 악귀에게는 현상금까지 걸려 있다. 아무

데라도 전화하면 마스크 쓰는 것도 잊고 달려오겠지만, 이왕이면 박 순경에게 영광을 주고 싶다. 여러 가지로 많은 도움을 받았다. 녀석은 소년원에 갔다가 소년교도소로 옮겨질 테다. 하나도 교정되지 않을 것이다. 나중에 출소하면 머지않아 거듭 사고를 쳐서 교도소에 들어갈 것이다. 죽을 때까지 그렇게 살겠지.

둘째, 죽인다. 이번에 잡혀가도 몇 년 후에 악귀는 나올 것이다. 다시 잡힐 때까지 얼마나 많은 사고를 칠 것인가? 지금까지는 사람을 안 죽였다지만 죽일 수도 있다. 꼭 직접 목숨을 끊어야 죽이는 것인가. 악귀에게 당한 사람 중에 죽지 못해 사는 이들이 얼마나 많을 것인가. 그런 악귀를 둔 엄마도 이렇게 살기가 괴로운데, 그 악귀에게 직접 당한 사람들은. 악귀를 낳은 사람이 책임져야 한다. 영화에서도 그런 거 많이 봤잖은가. 에일리언 새끼를 안은 여전사가 용암 속으로 뛰어드는 영화가 뭐던가.

셋째, 떠난다. 악귀를 저대로 놔두고 나 혼자 떠난다. 저 악귀를 차 트렁크에 싣고 같이 떠난다. 어디로? 언제까지? 떠난다는 것은 너무 막연하고 답이 없다. 즉각 해결 방법이 필요하다.

넷째, 저 악귀를 개과천선 시킨다. 무슨 수로. 엄마 말을 안 듣는 악귀가 누구의 말을 듣겠는가. 저 악귀가 소년원에 있을

시골 악귀

때 저 악귀에게 좋은 말씀을 들려주었던 사람들이 못난 사람들이겠는가. 그걸로 밥 먹고 살아온 훌륭한 선생님들이셨다. 그분들도 교화를 못 시킨 저 악귀를 누가 무슨 수로.

다섯째, 뇌 수술을 해버린다. 이 방법이 제일 확실한 것 같다. 텔레비전에서 많이 봤다. 유튜브에서도 본 적 있다. 옛날 뇌 수술 잘못해서 많은 사람이 백치가 되었다는 것을. 저 악귀에게 꼭 필요한 게 바로 그 수술이다. 저 녀석의 뇌를 열고 폭력유전자 혹은 폭력신경세포를 제거해야 한다. 도려내야 한다. 말도 안 되는 생각이지. 좀 현실적인 생각을 하라고.

여섯째, 정신병원으로 보내버린다.

사실 엄마는 알고 있었다. 셋째, 넷째, 다섯째는 그냥 해본 생각이고, 방법은 셋 중에 하나였다. 신고한다, 죽인다, 정신병원에 보낸다. 셋 다 무서워서 결행하지 못할 뿐이다. 아냐, 잘 생각해보면 또 다른 방법이 있을지 몰라. 왜 없어, 또 있을 거라고.

악귀가 깨어나기 전에 어디든 전화를 걸어야 한다. 보석을 흩뿌려놓은 듯한 시내 밤 풍경. 코로나19에도 저토록 밤의 빛은 다채로웠다. 십자가들이 참 많다. 저 십자가는 얼마나 크길래 여기서도 또렷이 보이는 걸까. 저 십자가는 악귀들 때문에 생긴 거잖아. 종교를 가져볼까.

7

악귀가 간절한 눈으로 호소했지만, 엄마는 무시했다. 녀석의 용변 사정을 봐주다가 역전당할 수 있다. 영화에서처럼 미련하게 틈을 안 줄 것이다. 아무리 지독한 냄새가 나도. 악귀는 오줌을 싸고 똥을 쌌다. 악귀도 생리현상은 어쩔 수가 없구나.

엄마는 테이프를 뜯어냈다.

"아들, 욕 한마디라도 하면 다시 테이프 붙일 거야. 욕 안 할 거지."

악귀가 끄덕였다.

"엄마가 너무 궁금해서, 꼭 물어보려고. 넌 진짜 왜 이런 거니? 이유라도 알면 좋겠어."

"몰라."

"너 생각이란 걸 하기는 해?"

"나 머리 좋아."

"너 공감 세포가 없는 거야?"

엄마는 악귀의 뺨을 호되게 꼬집었다. 악귀가 비명을 질렀다.

"시빨년 죽인다."

엄마는 다시 스카치테이프를 붙였다. 악귀가 지가 싼 오줌

물에 데굴데굴 굴렀다.

30분 후에 다시 테이프를 뜯어냈다.

"욕하지 말라고. 엄마가 욕을 싫어한다고."

"안 해."

"존댓말 못 해? 존댓말 해."

"왜?"

"소원이야. 지금 못 들으면 다시는 못 들을 테니까."

"왜 죽이게? 좋아, 죽여. 난 하나도 무섭지 않아."

"대답해봐. 너 공감 같은 게 안 돼?"

"좋아."

"뭐가 좋아?"

"꼰대가 살려달라고 비는 게."

"너 정말 사람이니?"

"착한 사람은 안 건드렸어. 한 명도."

"너 같이 악한 놈이 어떻게 착한 사람을 알아봐?"

"딱 보면 알아."

"자랑이니?"

"시빨년 왜 자꾸 물어."

"내가 너를 어떻게 낳았는데!"

"네 잘못이 아냐."

"누구 잘못이냐고! 하느님 잘못이니? 부처님 잘못이냐?"

"아빠 새끼 잘못이지."

"아빠가 뭔 잘못이야?"

"그 새끼가 나쁜 유전자를 줬잖아."

"엄마가 너를 어떻게 해줬으면 좋겠니? 네가 원하는 대로 해줄게."

"살려줘."

"안 죽여, 엄마가 아들을 어떻게 죽이니."

"풀어달라고."

"안 돼. 네가 무서워."

"시빨년아, 그럼 죽이든가."

엄마는 황급히 악귀의 주둥이에 테이프를 붙였다. 엄마는 진짜 욕이 싫어!

엄마는 몇 달 전에 사다 둔 석유를 악귀에게 뿌렸다. 최후의 용틀임을 끝내고 기진맥진한 악귀 옆에, 엄마는 누웠다. 라이터를 들었다.

71년생 향토맨들

뭐든지즙(주) 대표 개코

　기자 아가씨 몇 살이랴? 스물다섯 살? 니, 참 삼삼하게 생기셨네. 삼삼하다가 성비위 표현 아니냐고? 성비위가 뭔데? 미투 같은 건가? 염병, 그런 말도 감당 못 하면서 무슨 기자를 한댜. 예쁘시기만 하지 세상 물정을 모르시는구만. 해서 인터뷰 할겨 말겨? 나 바쁜 사람여. 더럽지만 하겠다고? 막 지껄이면 되는겨? 어차피 기자님 마음대로 쓸 거잖아. 창작도 하실 거고. 내가 한 말 고대로 실리는 건 한 줄도 안 될걸. 워칙히 그리 잘 아냐고? 인터뷰를 한두 번 해봐. 나 방송까지 나갔던 사람야. 〈대박 부자〉라고 알지? 아주 그때 죽는 줄 알았어. 방송으론 40분짜린데 일주일 내내 찍고 또 찍더라고. 그게 조작이 아니면 뭐가 조작여.

우리 71년생 돼지띠들이 대거 낙향한 적이 있어. 20세기 말 아엠뿌 때지. 서울 갔던 놈들, 대학 갔던 놈들, 공장 갔던 놈들, 다 내려왔어. 할 게 없으니께. 나도 그때 내려왔어. 아엠뿌 끝나고 다시들 올라갔지만, 그때 못 올라간 건지 안 올라간 건지 남은 애들도 있었어. 그때 남은 애들을 우리가 아엠뿌 향토맨이라고 불러. 나도 향토맨 중 하나야. 먹고살라고 별별 사업을 다 해봤어. 김도 키워보고 갯벌 함초 뜯어 팔아보기도 하고 새우젓갈도 해보고. 잘 안되더라고.

즙을 했는데 딱 된 거지. 칡뿌리부터 시작했는데, 회사 이름 그대로 뭐든지 다 즙으로 만들어드려. 안녕시 즙 시장의 5퍼센트를 점유하고 있어. 5퍼센트가 우습게 들려? 엄청난거. 향토 사회가 돼서 5퍼센트 이상은 어려워. 생각해봐. 안녕시가 5동 1읍 10면이야. 각 읍면동에 나 정도 되는 즙 사업자가 최소 한두 명이야. 자기 구역 즙 사업은 독점할 수 있어도 다른 구역을 넘볼 수는 없어. 자기 동네 사람 거만 사준다고. 나도 까놓고 말해서 다 육경면 사람들이 사주고 팔아주는 거지 뭐. 그러니까 아주 잘해봐야 점유율 5퍼센트가 최선이라고. 당연히 전국적으로 팔리지. 전국 판매 수익이 안녕시 5퍼센트 점유 수익보다 커. 근데 알고보면 전국 판매도 알음알음인 거라. 전국에 퍼져 사는 육경면 출신들이 사주는 거니까. 향토

71년생 향토맨들

사업이 다 그렇지.

코로나 때 오히려 잘 됐어. 바깥에 못 싸돌아다니니 집에서 즙이나 먹었거든. 칡뿌리즙이 코로나균, 뭐? 바이러스랑 균이랑 달러? 이 아가씨가 지금 누굴 가르쳐? 내가 즙으로 술도 만든 사람이야. 음, 칡뿌리즙이 코로나균을 막아준다는 입소문이 퍼져서 대박을 쳤지. 내가 퍼트린 소문 아녀. 소문을 적극적으로 이용하긴 했지. 즙 홍보물에 코로나 바이러스 박멸 즙 같은 문구를 박았으니까. 허위 과장 광고? 촌동네 즙 회사가 먹고살아 보겠다고 그 정도 뻥도 못 까? 대기업 새끼들은 그 황당 뻥을 치면서도 뻔뻔하게 잘도 돈 버는데, 그 새끼들한테는 왜 안 따져?

규빛나 얘기 들었지. 한창 나이에 왜 그런 끔찍한 선택을 했는지. 자네들 눈에는 꼰대 퇴물 나이겠지만, 늙은이들한테 50대 초반은 팔팔 청춘이야. 그렇게 어려우면 친구들한테 도움도 구하고 서로 돕고 살아야지. 도움을 구하러 다녔다고? 초, 중, 고등학교 동창 다 찾아다녔다고? 몰라, 나한테는 안 왔어. 나한테 왔었다는 증거가 있어? 너 누구야? 네가 뭔데 이런 사진을 갖고 있어? 그래, 나한테도 왔었다. 취직 좀 시켜 달라더라. 거절했어. 나 혼자 해도 충분한 일이야. 꼴랑 경리 하나 쓰는데 이왕이면 당신 같은 삼삼한 젊은 애 쓰지 내가 미쳤다고 다 늙은 여자를 쓰냐.

솔직히 말 안 하면 경찰서에 제보를 하겠다고? 뭘? 규빛나가 유서를 남겼어? '학교 동창 그 개새끼가 나를 죽였다'? 이게 뭐? 이게 유서야? 낙서 같구만. 청소년도 아니고 오십 넘은 여자가 쓴 낙서도 문제가 되나? 청소년은 누가 괴롭혀서 죽을 수도 있지만, 오십 넘어서 누가 괴롭힌다고 죽어? 암튼 나는 아냐. 딱해 보여서 돈 필요하면 백만 원은 빌려줄 수 있다고는 했다. 공짜냐길래, 세상에 공짜가 어딨냐고 했다. 웃고 나갔어. 그걸로 죽을 리는 없잖아. 나하고는 상관없는 죽음이야.

안녕시의회 의원 조자형

나는 교수 양반들이 참 거시기하오. 시의원 되고 나서 교수들을 너무 만나요. 웬만하면 어디 교수랴. 기자님이 더 잘 아시겠지만 교수님들은 말하는 방식이 참 괴랄하더이다. 뭐랄까, 거, 왜 있잖소? 쉽게 말해도 될 걸 꼭 어렵게 말하고, 우리말로 해도 될 걸 외국말이나 한자성어로 떡칠해서 쓰고, 딱 부러지게 뭐라는 게 아니라 이런들 어쩌하리 저런들 어쩌하리 식으로 다 좋다는 건지 다 나쁘다는 건지 헛갈리게 말하고, 듣고 있노라면 그래 나 무식한 놈이다 소리치고 싶어. 말투도 영 거시기해. 허세 쩌는 말투랄까. 현학적? 그렇게 말하는 게 현학적인 거요? 암튼 내 말의 골자는 나는 현학적으로 말 못 한다는 거요. 나는 직설적으로 말하는 사람이오.

시의원이 이토록 힘든 건 줄 몰랐소. 내가 지역사회에 봉사 헌신해온 것은 꽤 되었소. 나도 아엠뿌 향토맨이오. 그때 낙향해서 바로 아버지 농사를 이어받았지. 우리 집안이 유서가 깊소. 할아버님이 삼천 석지기였지. 토지개혁 때 팔았다기보다는 나라에 다 바치고 겨우 백 마지기 남았소. 백 마지기면 엄청 부자 아니냐고? 뭐, 가난뱅이들 눈에는 부자로 보이겠소. 그러나 있는 사람들 사이에선 겨우 입에다 풀칠하는 수준이라오. 내가 시내 부자 친구들한테 창피해서 아는 체도 못했다고. 근데 농민운동 하면서 각성했소. 우리 농민이 주인이었거든.

시골에 젊은이가 좀 귀하오? 게다가 대학물도 먹었고 386은 아니지만 297은 되었고. 아, 그때 30대 80년대 학번에 60년대생 중에 의식 좀 있는 애들을 386이라고 그랬거든. 그럼 아직 20대에 90년대 학번에 70년대생은 뭐라고 부르냐? 297이라고 한 거요. 벌써 30년 전 일이네. 그때 386은 686 되고, 297은 597이 된 건가?

내가 가만히 농사나 짓고 싶어도 놔두지를 않더이다. 의용소방대, 청년회, 동창회, 웬만한 지역사회 모임에 막내로 들어

가서 계속 막내 하면서 일은 혼자 다 했소. 은근히 할 일이 많아. 총무 오래 하고 그러다 보니 회장은 누가 맡든 일은 내가 다 했소. 정부가 농민 속을 좀 썩입니까? 데모도 많이 했소.

2002년인가 월드컵 하던 해 말이오, 구제역 때문에 돼지값이 폭락한 적이 있었소. 김대중 정부가 아무런 대책을 안 내놓는 거야. 그때 우리 안녕시 농민회가 경운기 100대로 서해고속도로를 점거해서 전국적으로 명성을 떨쳤소. 충청도 것들은 데모를 해도 멍청하게 느려터지게 한다고 비웃는 것들한테 본때를 보여줬지요. 그때 경운기 시위를 주도한 게 나요. 나는 돼지도 안 키웠소. 그치만 돼지 사육 농가의 어려움을 모른 척할 수 없었소.

내 자랑 같아 더 말하지 않겠소만 항상 나보다 우리 집보다 마을과 지역을 생각하면서 헌신해왔소. 시의원에 나가보라는 얘기도 30대부터 들었소. 아직은 나이도 젊고 훌륭한 선배들도 있고 겸양해왔소만 이번엔 도저히 참을 수가 없었소. 개판 된 시의회를 더는 두고 볼 수 없었소. 어떤 놈들은 지 아버지한테 물려받은 백 마지기로 펑펑 놀고 살다가 갑자기 시의원 됐다고 개소리를 한다던데, 아가리를 찢어버릴 놈들이오. 아니 요새 농민이 바보요? 아무것도 아닌 놈을 시의원을 뽑아줘? 뽑아줄 만하니까 뽑아준 거 아냐. 시의원이 되어 그간의 시 의정을 들여다보니 정말 개판도 이런 개판이 없소.

71년생 향토맨들

할 일이 참 많아요.

전화만 한 번 했소. 바빠 죽겠는 시의원이 한가하게 중학교 동창 여자 만날 시간이 있겠소? 공무원도 아니고 재력도 없고 지역 권력을 가진 남자의 아내도 아니고 지역 예술인도 아니고 미모도 아니고 그야말로 아무것도 없고 아무것도 아닌 여자이기 때문에 안 만나 준 거냐고? 당연한 걸 왜 묻소? 근데 미모는 그래도 있는 편 아니오? 오십 넘었어도 미모는 살아 있대. 카톡엔가 올라 있는 사진으로 봤지. 안 만났다니까.

전화로도 사람을 죽일 수 있다는 건 동의하오. 해서 내가 전화로 규빛나를 죽이기로도 했다는 건가? 살다 살다 별 미친 소리를 듣겠네. 동창 새끼들이 더럽게 귀찮게 하더라고. 규빛나가 너무 불쌍하게 됐다, 도와줄 수 있으면 좀 도와주자고. 그럼 지들이 도와주던가. 시의원이 누구를 도와줄 수 있는 자리냐고. 규빛나가 전화를 아무리 해도 안 받다가 그날은 받아서 다시는 전화 걸지 말라고 호통을 쳤소. 그것뿐이오. 솔직히? 더 솔직히? 기억 안 나.

영어강의자 노바른

나 같은 사람을 왜 인터뷰 온 거지? 출세한 사람도 아니고 농촌 지키는 토박이도 아니고. 안녕 사교육계의 영어 일타강사? 내가? 고작 학생 스무 명뿐인데. 하기는 촌동네는 중학교까지만 학원 보내고 고등학교서부터는 학교 샘들이 책임지니까. 학교 샘들에 만족 못 하는 소수 고등학생 중심으로 약간의 사교육 시장이 형성되어 있는데, 그중 내가 학생 수가 가장 많은 편에 속하지. 나한테 배운 애들이 명문대에 다들 합격했고 공치사인지 모르겠으나 다 내 덕분이라고 하니 일타는 몰라도 이타강사는 되겠네.

되새겨보면 기적이지. 나도 아엠뿌 향토맨이야. 충남 지방대 호텔관광학과를 나왔는데 취직할 호텔이 없었지. 귀향해서 내가 할 수 있는 게 뭐가 있을까 벼룩시장을 뒤졌지. 딱 기자님 나이 때지. 학원 강사밖에 없어 보이더라고. 정말 열심히 준비해서 정말 열심히 가르쳤소. 그렇게 공부했으면 서울대 갔을 거요. 그렇게 열심히 했는데도 3년 만에 학원에서 잘렸소. 다른 강사들이 협잡해서 나를 쫓아낸 거지. 다른 학원에서 인재를 알아보고 스카우트 제의를 했지. 그때 개인업자로 나선 것이 결정적. 내 인생에 가장 잘한 판단이지. 쉰둘에 학생 20명짜리 사교육업자라니. 한심해 보이지? 하지만 나는 최선을 다해 이룬 삶이야.

규빛나 아들은 '좀머 씨' 같았소. 아가씨는 잘 모르겠지만, 옛날에 『좀머 씨 이야기』라는 소설이 베스트셀러였소. 그 좀

머 씨가 하루 종일 걸어 다니거든. 아니, 달려 다녔나? 암튼 아침부터 깊은 밤까지 싸돌아다니거든.

해서 나는 규빛나가 절대 자살했을 거라고 생각하지 않아. 그런 자식을 27년이나 감당해왔어. 시골에 내려왔더니 애 상태가 좋아졌다고 얼굴이 폈더라고. 빛나는 천사병 걸린 아들을 요양원 가기 직전인 늙은 부모한테 떠맡기고 세상을 버릴 사람이 못 돼. 나는 못 믿어. 증거가 있어도 못 믿어. 요새 사람을 쥐도 새도 모르게 보내는 방법이 부지기수야. 분명 타살이야.

내가 거의 15년째 범골청년회 총무 일을 맡고 있소. 청년회 존재 이유는 상 났을 때 산역해주는 것이었소. 코로나 이전까지만 해도 상여도 메고 그랬는데, 이젠 정말 상여 멜 사람도 없고 다들 화장하고 산역을 한대도 포클레인이 일 다 해주니까. 다른 회원들은 문상도 잘 안 오지만 총무된 도리로 나는 빠질 수가 없었지. 한 10년은 무보수로 일하다가 5년 전부터 기름값 20, 30만 받고 있소. 참으로 많은 죽음을 봤지만, 규빛나 상 치를 때만큼 심란하던 때가 없었지. 빛나 소원대로 빛나를 육경저수지에 뿌려줬는데, 아들이 종일 저수지를 돈다는군.

백수 오계백

내가 이 모양 이 꼴이 되었지만 스물한 살 때까지는 내가 제일 잘 나갔어. 될성부른 인물은 떡잎부터 알아본다는 말이 있지. 어른들이 나를 두고 그랬어. 유신 시대에 학교 다녔으면 딱 학도호군단장감인디. 71년, 역경리 범골에서는 무려 열세 명의 아이가 태어났거든. 열세 아이 중, 내가 버금 가난한 부모를 두었지만, 제일 키가 컸고, 제일 싸움을 잘했고, 제일 반공정신이 투철했고, 제일 지도자의 기질이 있었어. 그때는 국민학교에서 애향단이라는 걸 강제로 꾸려주었는데 내가 국6 때 역경리 범골애향단장이었고, 그때까지도 4-H클럽이라는 게 동네마다 있었는데 중2 때는 역경리 4-H클럽회장이었지. 난 제일 어른스러웠어. 그렇지 않아도 애어른 소리를 들었는데 국6 때 아버지가 작고하자 더욱 어른 같았지.

나는 포부도 제일 컸어. 내 별명이 계백인데 스스로 붙였어. 싸움 좀 한다는 아이들이 김두환이나 시라소니나 이소룡을 꿈꿀 때 난 계백을 꿈꾸었다고. 이러고 다녔지. 계백 장군 겁나 멋있지 않냐. 난 계백 장군처럼 훌륭한 장군이 되어 공산당을 때려잡을겨. 아버지의 원수를 갚을 것이여. 아버지가 육이오전쟁 참전용사였어. 허벅지에 총상을 입었지만 절뚝이며 걸을 수 있었지. 상이용사 취급도 못 받을 만큼 말짱하게 귀향할 수 있었지. 아버지는 요샛말로 트라우마에 시달렸어. 잠에서 깼을 때부터 곯아떨어질 때까지 종일 술만 마시는 삶. 그렇게 고주망태로 살 수밖에 없었던 것은 공산당 때문이야. 공산당들이 쳐들어오지만 안 했어도, 일제강점기에 서울서 고등학교까지 다녔던 인재가 총알받이로 끌려갔다가 무사히 살아 돌아오기는 했지만 평생 폐인처럼 살다가 가지는 않았을겨. 나는 장군이 되어 공산당을 무찌르고 조국 통일에 이바지하여 아버지의 한을 풀어드리려고 했다고.

꿈을 이루기 위해서는 육군사관학교에 가야 했지. 헬스도 다니고 합기도 학원도 다녔어. 나이 많은 우리 형도 내 꿈을 팍팍 지원해주었어. 저렇게 잘난 놈이 육사에 못 가면 누가 가. 팍팍한 광부살이였지만 동생의 학업에 돈을 아끼지 않았다고. 육사에 합격하지 못했지. 몸적으로 완벽했는데 대가리가 약해 갖구. 지방 4년제 대학교에 들어갔지. 우리 같은 놈을 위해 알오티시가 있는겨. 이순신 장군도 과거에 수십 번 낙방했었거든. 대학교 첫 학기를 훌륭히 보냈지. 알오티시에 되든 못 되든 차차기 학회장감, 총학생회장감으로 손꼽혔지. 언행이 그만큼 특출났다고.

90년 여름방학 때 프레스 공장에서 알바를 했어. 어느 날 프레스기에 손가락 두 개를 잃었지. 낙관과 희망으로 가득했던 내 인생이 비관과 절망의 구렁텅이로 내던져지던 순간이었어. 그때부터 나는 개였어. 어찌저찌 32년을 살았는데 떠올리기도 싫어. 주로 노가다로 먹고 살았지. 원수 같았던 형이 죽었어. 어머니를 누군가 모셔야지. 어머니를 모시고 살면 누나들이 달에 백만 원 주겠대. 서울 생활 완전히 접고 완전히 낙향했어. 농사는 아무나 짓나. 일단 실업 급여 다 받고. 우선 좀 쉬겠다고. 근데 동네 늙은이들 수군대는 소리 때문에 살 수가 없어. 젊은 놈이 백수로 있는 게 그렇게 보기 싫은가 봐, 지들이 먹여살려줄 것도 아니면서. 이래서 젊은 사람은 농촌에서 살 수가 없어.

먹고살 걱정은 되니까 토박이 동창들에게 전화를 돌렸지. 형님, 완전 귀향했다. 도와줘라. 돈 빌려달라는 말 아녀, 인마. 일거리 있으면 불러달라고. 노가다든 농사일이든 다 잘한다. 손가락 두 개 없어도 동남아 애들보다 내가 나을겨. 못 믿겠어? 한번 시켜봐 인마.

규빛나한테 그랬어. 너나 나나 처지가 이렇게 됐는데, 우리 합치자. 네가 손해 볼 거 없잖냐. 너는 돌싱녀, 나는 불구자. 네 아들 친자식처럼 키울 용의도 있다. 물론 진심이었지. 규빛나 정도면 딱 좋지. 이 나이에 결혼은 포기했지. 정 마누라가 필요하면 동남아 가서 하나 데려오지. 아직도 3,000만 원이면 충분하다니까. 근데 난 양심이 있어 동남아 불쌍한 어린 여자랑 굳이 살고픈 생각 없어. 이왕이면 한국 여자랑 살겠다고 나이 상관없다고.

빛나 생각엔 말 같지 않을 수도 있겠지. 그렇다고 그 말 때문에 죽기야 했겠어? 같이 살자는 말만 했지, 걔 몸에 손가락 하나 안 댔어. 동네 늙은이들 아가리를 다 찢어놔야지. 그런 개 같은 소문을. 빛나가 그러대. 거지들끼리 합쳐서 어찌 살아? 산 줄에 거미줄이야 치겠냐고 했더니 막 울더라고. 난 울린 죄밖에 없어.

농부 지유비

시의원 녀석은 지 아버지한테 물려받은 거지만, 난 자수성가요. 부모한테 물려받은 거라고 다 쓰러져가는 집 한 칸뿐이었소. 난 오리지널 토박이요. 한 번도 고향을 떠나 산 적이 없지. 군대도 방위로 다녔소. 인문고를 나왔지만 대학은 못 갔소. 풀뿌리 지방 시대가 열리면서 안녕 고을도 노가다 판이 끝없었지. 일자리가 널렸었지. 단순 노가다로 어느 세월에 돈을 모아. 목수일을 배우다가 중장비로 바꿨소.

아엠뿌 때 기어내려온 대학 나온 것들 보니까 참 한심합디다. 그 거지 녀석들 밥 사주고 술 사주느라고 진을 뺐소. 그냥 애들이 불쌍하기도 하고 봐라, 대학 안 나온 내가 더 잘 산다,

뭐 이런 기분으로 돈 쓴 건데 나름대로 선견지명이었지. 괜히 대학 나온 것들이 아니더라고. 결국엔 뭐가 돼서 지금은 다들 폼 나게 살더라고. 지금 육경면 면장 하는 애도 동창이고, 시청에 과장도 둘이나 있고, 경찰서랑 세무서에도 과장 하나씩 있고, 장학관도, 교감도 있더라고. 업체 들어간 애들은 상무거나 이사거나 지점장이고. 역시 가방끈 긴 놈들을 당할 수가 없어. 그래서 공부해야 한다는 걸 어렸을 땐 몰랐다니까.

잘난 친구들 있어서 나쁠 게 하나도 없소. 내가 중장비 말고 비닐하우스도 열 동 하고 있는데 이게 신경 쓸 일이 어마어마하거든. 난 면사무소, 세무서, 시청, 농협, 은행 어딜 가도 일사천리라. 내가 옛날에 밥 사주고 술 사줬다고 녀석들이 나를 챙겨주는 거겠소? 내가 육경면에서 무시할 수 없는 재력가니까 개들도 나를 무시할 수가 없는 거지. 상부상조지.

난 시의원 녀석처럼 폼 나게 말할 자신이 없소. 봉사, 헌신 이런 거 아니고 내 할 도리를 하는 거요. 의용소방대장, 중학교동창회장 이런 것도 감투 욕심이 있어 맡은 게 아니라 맡을 사람이 나밖에 없어서 억지로 맡은 거요. 동창회장 자리는 대대로 토박이가 맡았소. 아무리 돈을 많이 벌고 아무리 출세를 했어도 고향 떠나 사는 애들은 자격이 없소. 육경면 자체로 보면 정말 몇 사람 안 살아요. 집은 다 시내 아파트라고. 고향에 살며 고향을 중심으로 생업하고 활동하고 행세하는 건 나

71년생 향토맨들

밖에 없다고. 시의원 그 자식은 육경면 사람으로 안 쳐요. 고
등학교 때 다른 면으로 이사 갔거든.

요새 아줌마 불러 쓰기 겁나 어렵소. 외국 애들 없으면 아
무것도 안 돼. 코로나 때 진짜 짜증 났소. 인력 수급이 어려우
니까. 나랑 아내랑 젊었을 때 하도 고생해서 마흔 넘어서는
가급적 몸 쓰는 일은 안 하거든. 시키기만 하고. 근데 코로나
때는 얄짜리 없었지. 이제 좀 인력 사정이 풀리고 있소. 그래
도 계속 모자라. 외국인 그냥 다 받아주면 안 돼? 정치하는 개
자식들 농촌에 해주는 것도 없으면서 별의별 규제나 걸고. 당
연히 한국 사람도 받지. 없어서 못 쓸 뿐이지. 근데 한국 사람
은 정말 구하기 힘들어요. 구해봐야 할머니들이라 막 부려먹
기도 힘들어.

규빛나가 온거. 깜짝 놀랐어. 우리 동창 중에 탑걸 아녔소.
신기하게 중학교 때 추억이 이 나이 먹고도 생생한데, 내가
여자애들이랑 친했거든. 딱 효녀 같은 심청이과, 공부 잘하는
신사임당과, 좀 예쁜 황진이과, 사랑에 목숨 건 춘향이과, 시
쓴다고 하던 허난설헌과, 운동 잘하는 논개과 이렇게 다 구별
이 됐거든. 다 되는 애가 딱 한 명 있었소. 신사임당 같고 황진
이 같고 춘향이 같고 허난설헌 같고 논개 같은 애. 걔가 바로
규빛나였소.

난 어디서 재벌 마누라처럼 살고 있을 줄 알았소. 텔레비전

으로 보면 봤지 내 인생에 실물로는 다시 볼 수 없는 여자라 여겼지. 맞소, 내 첫사랑이었지. 말도 한마디 못 걸어본. 갸가 딱 하니 품일하러 나타난 거요. 아, 미치겠더만. 생각 같아서는 비서로 쓰고 싶더만. 일 어지간히 못하더라고. 그래도 일 시켰소. 틈틈이 보러 갔지.

여자들 눈치가 비상혀요. 마누라랑 비서 딸이 어찌나 괴롭히는지. 손 한번 못 잡아봤는데 잠이라도 잔 것처럼 갈구는 겨. 그 비단결 같은 여인이 그걸 견디겠소. 그만둡디다. 그렇다고 우리 마누라랑 딸애가 빛나한테 폭력을 휘두르거나 하지는 않았소. 욕 좀 한 거지. 그 '개새끼' 때문에 죽는다고 했으니까 여자는 아닐 거고. 환장하겠네. 나도 거시기했댜? 그러니까 소문상으로 안녕시에 사는 규빛나 남자 동창은 전부 다 규빛나를 거시기했다는 거구만.

요새 세상에 누가 그런 짓을 해. 다 지역사회서 한 칼씩 하는 애들이 뭐가 아쉬워서 오십도 넘은 아줌마를. 소문을 내더라도 좀 말이 되게 내라고 해. 리얼리티 몰라? 그리고 왜 꼭 자살이라고 단정하냐고? 실족사 같은 걸 수도 있잖어. 그냥 거길 올라갔다가 실수로 떨어진 거여. 그 유서는? 그냥 낙서 같은 거일 수도 있지. 걔가 중학교 때도 그런 거 썼거든. 시라나 소설이라나. 얼핏 듣기로 아직도 신춘문예를 꿈꾼다고 했었거든. 걔가 쓴 소설 첫 문장일 수도 있지.

화력발전소 노동조합원 시라소니

화력발전소 노동조합에 대해 설명하자면, 한없이 복잡한데 정말 듣고 싶은 생각이 있는겨? 아니지? 대충, 대충이 쉽나. 쉽지 않지만 대충 말하자면, 화력발전소 잡다한 일들을 해. 노가다 직영 같은 거라고 보면 돼. 직영은 또 뭐냐고? 기자라면서 어째 암것도 몰라. 직업소개소, 인력사무소 같은 데서 그날그날 데려다 쓰는 노가다 말고, 화력발전소 하청업체 소속으로 출퇴근하는 노가다가 있다고. 하청업체가 한둘이 아니야. 1, 2호기는 운영 중단했지만, 7, 8호기가 새로 가동 중이거든.

노조 강제 가입시키는 거 문제 있지 않냐고? 우리 노동조합은 당신이 아는 노동조합하고 달러. 노조에 가입 안 하면 함께 일할 수가 없다고. 젊은것들이 민주주의가 어쩌고 해가면서 노조에 못 들어오겠대. 그걸 그냥 놔둬? 노조 가입 안 할 거면 출근하지 말라고 막아섰더니 아주들 난리가 나셨어. 기레기 새끼들이 뭘 알어? 알지도 못하면서. 기레기들 이것들이 우리 노조서 봉투를 안 찔러줬더니 그따위로 나오더라고. 그간 받아 처먹은 게 있으면 양심이 있어야지. 지들도 신문이라고. 아가씨 무슨 인터넷신문이랬지? 〈안녕의 발견〉? 처음 들어보는데. 이름이 뭐 그따위야?

211

규빛나를 죽기 전엔 만났소. 나 혼자 만난 게 아니라 한마음체육대회 때 다 같이 봤어. 10월 셋째 주에 육경중학교 총동문회 행사를 하거든. 축구도 하고 줄다리기도 하고 노래자랑도 하고. 동문회 때 얼굴 한번 안 비치면서 다 늙어서 오징어게임 하냐고 비웃는 것들이 있는데 나쁜 새끼들이여. 어쨌거나 같은 중학교를 나왔고 지 부모님 살아계신 고향 아닌가. 하기는 열심히들 돌아가셔가지고 몇 분 안 살아계시지만 암튼.

우리가 육경중학교 14회로서 87년 졸업생인데 동창 모임 하나가 있소. 월 회비 만 원밖에 안 하는데, 동창이 백육십 명 정도 됐었는데 겨우 열다섯 명 모인다고. 안녕시에 사는 동창이 넉넉잡아 쉰 명은 되는데, 모임에 나오는 것들 보면 다 어중간한 애들이더라고. 돈 많이 번 애들이나 감투 쓴 애들, 공무원 애들은 안 나와. 살기 팍팍한 애들도 안 나오지. 우리처럼 근근이 먹고사는 애들만 나와. 농사 짓고 노가다 뛰는 애들 말야.

에휴, 나도 잘사는 새끼들은 안 보고 싶어. 공부 잘해서 잘된 애들은 인정을 해. 근데 나보다도 공부 안 한 놈이 부모 잘 둬서 갑자기 땅 팔아서 로또 같은 거 맞아서 배에 힘주고 사는 것들은 짜증 나. 코인으로 돈 벌었다는 놈은 못 봤는데 주식해서 돈 벌었다는 놈은 한 놈 봤어. 그놈이 모임 때마다 어

71년생 향토맨들

찌나 자랑질하던지 내가 참다 참다 술 핑계 대고 줘 패버렸거
든. 다시는 안 나오데.

빛나가 모임에 처음 나왔거든. 그날 우리가 늘 만나는 신자
네먹거리 식당에 열세 명 모였어. 코로나 끝났다고 보고 거국
적으로 모였지. 다들 심란하게들 살았더만. 그새 이혼녀, 돌
싱남도 각 한 명씩 늘었더만. 잘된 놈은 없고 다들 죽지 못해
살았다는 얘기들인데, 빛나 신세타령에 비하면 다 배부른 소
리였어. 작년 쉰한 살에 죽은 누구보다는 낫겠지만 살아도 사
는 게 아니겠더라고.

남편 새끼가 비트코인하다가 전재산을 말아먹었대. 남편
새끼 도망가고 할 수 없이 귀향했는데, 걔네 부모도 가진 것
없이 간신히 밥만 먹고사는 처지거든. 거기다 애 하나는 그렇
다지. 신자네먹거리 사장 신자가 불쌍하다고 걔를 알바로 썼
나봐. 일을 겁나게 못허더랴. 우리들이 의리가 있어. 이렇게
저렇게 알음알음 알바 자리를 소개해줬지. 가는 데마다 일주
일을 못 버티더라고.

무릎 안 좋아서 계단도 못 닦아. 느려 터져서 가사도우미도
안 돼, 캐셔도 안 돼, 야채도 못 다듬어, 시력도 맛이 가서 모
니터 들여다보는 것도 안 돼, 누가 조금만 뭐라고 하면 넋이
나가니 전화도 못 받아, 힘이 없어 택배도 못해, 기계처럼 단
순 동작도 안 돼, 증말로 잘하는 게 아무것도 없더라고. 나도

화력발전소 청소 아줌마가 휴가를 갔길래 인력사무소 대신 빛나를 불러 썼는데 조합장한테 뒈지게 혼났어. 석탄 먼지를 쓰는 게 아니라 도배질을 해놓더라고. 뭐? 내가 걔를 건드려? 어떤 후레자식이 그런 개소리를 해?

안녕푸른고 교사 나체

내가 있는 학교는 기자님이 아는 학교랑은 달라요. 대안고 맞는데, 대안고 중에서 특급 대안고랄까. 감옥학교 가기 전 단계 애들이 졸업장이라도 딸라고 다니는 학교요. 이 학교서 또 사고 치면 감옥학교로 가는 거지. 내가 원래 국어 선생입니다만 농업과 담당이오. 교실보다 농장이 편해요. 천 평 정도 되나, 오백 평은 논이고 오백 평은 밭인데 별거 다 심소. 일 년 내내 심고 거두고 풀과 싸우고.

나 혼자 해요. 애들은 지들 하고 싶은 거 하죠. 나랑 같이 농사일하고 싶어하는 애도 있어요. 다른 녀석들 눈치를 보거든. 걔들이 전에 다니던 학교서는 다들 일진이었거든. 살인 빼고는 다 해본 애들이라고. 그런 애들만 모아놓으면 그 애들끼리 계급이 형성돼. 일진, 이진, 삼진, 왕따, 은따. 내가 교사 30년 동안 안 겪은 일이 없소. 인문고, 공고, 상고, 농고, 섬고

다 가봤고 수능국어 출제위원도 해봤고 참고서 만드는 일도 해봤소. 전교조 소속도 아닌데 빨갱이 선생으로 몰려 재판받은 일도 있고. 근데 이 학교서 1년 겪은 게 더 신기방기하오. 사람에 대해 참 많이 생각했어요.

속마음은 여리고 착한 거 알겠는데 표현 방식이 여리지 않고 착하지 않으면 안 여리고 안 착한 거 아니냐? 성악설 같은 거 주장하는 거요? 한 달 전에 뜬금없이 고등학교 때 친구 녀석이 생각나더라고. 전화 걸어서 한 시간 떠들었소. 자식이 그러더라고. 너는 고등학교 때랑 하나도 변한 게 없다. 고등학교 때 네 별명이 니체였다가 나체였을 정도로 얼치기 철학자 흉내가 심했는데 지천명 처먹고도 여전히 그렇다는 거요.

규빛나가 교사자격증이 있더라고. 어차피 교사들의 30퍼센트가 기간제거든요. 사실 내 아내도 기간제 교사라 늘 주말부부요. 마침 교사 하나가 필요해서 이래저래 빛나랑 연락이 닿아 와보라고 했어요. 면접도 못 보고 갔소. 빛나가 학생 하나한테 물었거든요. 교감 선생님 사무실이 어디니? 그랬더니 학생이 이랬다오. 그걸 내가 어떻게 알아? 빛나가 학생을 멀거니 쳐다보았더니 학생이 다시 말했다오. 쌍년이 야려? 그 길로 도망가버렸소. 무서워서 그런 애들을 어떻게 가르치냐는 거였소. 일반고에서도 학생들 언행에 상처받아 그만둔 사람 숱해요. 우리 학교는 정도가 심각하죠. 오죽하면 기간제 교사들의 무덤이라는 소리가 있겠어요. 여기서 선생을 하려면 옛날 며느리들처럼 돌부처가 돼야 하는데 빛나에게 무리였죠.

빛나가 죽기 며칠 전에도 한 번 만났어요. 그때 빛나가 괴랄한 얘기를 합니다. 김수영 시「풀」아냐는 거예요. 명색이 국어 선생인데 모를 리 없죠. 풀이 바람보다 빨리 눕는다, 풀이 민중을 은유한다나 풍자한다나 하는 시 말야. 근데 그 풀은 민중을 은유하는 게 아닐지 몰라. 그냥 풀이지. 풀. 농촌에 살아본 사람은 알지. 풀이 얼마나 공포스러운지. 아무리 풀을 베도 그 풀이 다시 자라는 속도를 이겨낼 수가 없어. 6, 7, 8, 9월 내내 풀과 싸우는 거야. 풀과의 전쟁이지. 옛날은 풀이 더 잘 자랐겠지. 더 많은 곳에서 자랐고. 김수영 시인은 정말로 그 풀이 무서웠던 거야.

자동차 조립공장 사원 윤활유

난 향토맨은 아녜요. 그치만 향토맨이나 마찬가지죠. 매주 내려오니까. 의외로 논농사는 간단해요. 기계꾼이 다 해주기도 하고. 그치만 밭농사는 기계꾼 불러 할 수도 없고 계속 할 일이 있죠. 노인네들 밭 묵히면 큰일 나는 줄 알아서. 농사를

져야 직불금도 나오고요. 천 평에 150만 원 정도 나오는데 노인네들한테 엄청 큰돈이죠. 팔순 노모 혼자 살며 밭농사 짓는데 자식이 어떻게 발 뻗고 있겠어요. 형은 허리 아파서 아무 일도 못 하고 명절 때나 내려와요. 내가 효도, 농사 전담하죠. 부모 한 분만 살아계신 집안은 다 그래요. 자식 하나가 매주 내려오지. 짜고 치기라도 한 것처럼 집집마다 차남이 그러더라고.

우리나라에서 제일 탄탄한 회사 다녀요. 25년 동안 차 조립했죠. 우스갯말로 우리끼리 그러죠. 우리나라 자동차는 우리가 다 만들었다. 다른 자동차 회사는 망하기도 하고 외국 것들한테 넘어가서 구조조정도 심하게 하고 정신 사나웠죠. 우리 회사는 그런 적 없이 잘 달려왔죠. 데모, 파업이라면 꽤 해봤지만 해고당하고 그런 적은 없었어요. 다행히. 애가 아직 초등학생이에요. 내가 예순일 때 겨우 스물 되는데 열심히 살아야죠.

고향 떠나 사는데도 여전히 윤활유 역할을 합니다. 고향 지키는 애들끼리도 단결이 안 되더라고요. 내가 가서 모임도 엮어주고 상조계도 만들고 그랬어요. 나랑 안 친한 애는 없죠. 나랑은 다 친했어요. 왜 그런지 모르겠어요. 나한테 친화력 같은 게 있대요. 그게 좋은 것만은 아네요. 친구들 경조사는 꼭 챙기려고 노력한 덕분에 장례식장에서 참 많이 잤네요. 제가 발인까지 본 동창이 벌써 여섯이에요. 중부는 고3 때 오토바이로 사고로 갔어요. 참, 빨리도 갔지요. 충헌이는 방위 다니다가 오발 사고로. 경래는 10년 전에 췌장암 걸려서, 양길이는 5년 전에 백혈병 걸려서, 대승이는 코로나 때 죽었는데 코로나로 죽은 게 아니라 영양실조로 죽었어요.

대승이가 한때는 〈대박 부자〉에 나올 정도로 잘 나갔는데 한 방에 가더라고요. 텔레비전에서 농부들 나올 때 절대로 얘기 안 하는 게 있어요. 대출이 얼마인지. 대박 농부들도 겉만 부자 같지 대출 까면 암것도 아니죠. 친구들 장례식장 가면 참말 미쳐요. 그냥 술만 마시는 거죠. 사실 저는 더한 죽음도 본 적이 있어요. 바로 제가 겪은 일이죠.

그때 어떻게 안 죽고 살았나 몰라요. 나랑 있어준 애가 새 와이프 된 여자애랑 빛나예요. 다른 애들은 내가 그런 일을 겪는 걸 모르는지, 모를 수가 없죠, 동네 소문이 얼마나 빠르게요, 뭐라고 위로를 해야 할지 각오도 안 돼서 그런지 아무도 전화조차 안 해주대요. 불알친구라는 것들도. 이제는 이해하죠. 무슨 말을 할 수 있겠어요. 위로요? 무슨 말을 해도 위로 같은 거 안 돼요.

빛나한테 너무 미안해요. 그 정도로 힘들 줄은 몰랐어요. 빛나랑 제 와이프랑 뭔가로 틀어져서 거의 못 보고 살았거든요. 귀향했다는 말 듣고도 한번 안 찾아가봤어요. 자살 맞을 겁니다. 꼭 자살하려고 해서 자살이 아니라, 그런 거 있잖아요. 견디다 견디다 도저히 안 돼서 에라 모르겠다 욱할 때, 그 순간을 넘겨야 하는데, 그게 안 된 거죠. 저도 그때 여러 번 죽을 뻔했어요. 좋은 데 가기를 빌어야죠. 저세상이 정말 있을까요? 저는 빛나 아들도 무서워요. 저러다가 내 전처처럼 갑자기, 아, 이런 생각하면 안 되는데. 좋은 생각만 해야 하는데.

토
론

배
우
는

시
간

1

2021년 5월 하순, 기분(48년생)은 난데없는 전화를 받았다.

"주민자치위원회 소개로 연락드렸어요. 이번엔 '치매 예방 실버 독서 토론' 강좌를 맡은 오덕희(69년생) 강사라고 해요. 어머님을 꼭 모시고 싶어요."

"나 돈 없어요. 그만 끊을게요. 욕보셔요."

"어머니, 저 보이스피싱 아니에요. 제발 끊지 말고 들어주세요. 옛날 조합장님 아들 아시죠? 저번 시의원 선거에 출마했다가 떨어진 분요."

딱 떠오르는 인물이 있었다. 15년 가까이 육경농협 조합장을 독재한 분의 아들 하나가 코로나19 막 터졌을 때 처음 찾아왔다. '지역사회보장협의체라고 아시죠. 잘 모르시구나. 지역 유지들이 좋은 취지로 모였어요. 주민자치위원회요? 그 사람들이랑 조금 달라요. 자치위가 여당이라면 보장체는 야당유. 저처럼 양쪽에 두루 관계하는 사람도 있어요. 좋은 일 많이 해요. 특히 노인 돌보미 사업에 역점을 두고 있어요. 혼자 사시는 거 작히나 적적해요. 별일 없으신지 틈틈이 찾아뵙고 이렇게 말동무도 해드리는 거죠.' 코로나에도 불구하고 그가 때때로 찾아주어 덜 적적했다.

"아, 돌보미 아저씨(65년생), 알죠."

"그분이 어머님을 적극 추천했어요. 독서 토론 아시죠? 책 읽고 막 재미나게 얘기하는 거예요. 돌보미 씨 봐서라도 꼭 나와주셔야 해요."

"그 양반이 날 왜 추천했는지 모르겠지만 난 그런 데 못 가요. 토론요? 나 그런 거 해본 적 없어요."

"'토론'은 그냥 폼으로 붙여놓은 거예요. 제목을 멋지게 붙여야 공무원들이 허락해주니까요. 어렵게 생각하실 거 하나도 없어요. 그냥 좋은 책 같이 읽고, 나는 이렇게 읽었다 편하게 감상을 얘기하시면 돼요."

"다 늙은 사람이 그런 걸 어떻게. 책 읽을 줄도 모르고."

"우와, 어머니 되게 겸손하시다. 돌보미 씨한테 들으니까 어머니 장난 아니시던데요. 돌보미 씨가 육경면 안 가본 집이 없는데, 어머님 집처럼 책 많은 집을 못 봤대요. 거의 도서관 급이라면서요."

"도서관이 웃다가 사레들릴 소리네요. 책이 좀 있기는 하지만, 그걸 읽은 것도 아니고요."

기분 인생의 평생 장애물들이 책을 밝혔다. 자식들이 읽었는지 모르겠지만 도시 아파트가 비좁다고 옮겨놓은 책이 수천 권이었고, 연전에 작고한 남편이 읽지도 않으면서 꾸준히 주워온 책도 천 권은 되었다.

"돌보미 씨가 장담하던데, 어머님이 육경면 여자 어르신들 중에서 제일 독서광일 거래요."

"그럴 리가요. 한창 일하고 살 때는 독서 꿈도 못 꿨죠. 환갑 넘어서나 일 년에 겨우 한두 권씩 읽었죠. 영감 가고 난 뒤부터는 시간이 너무 안 가서 한 달에 서너 권도 읽었지만요."

"보통 어르신들은 평생 한두 권도 안 읽는다고요. 노인네만 안 읽나, 젊은 사람도 안 읽죠. 해튼 우리나라는 고등학교 졸업하는 순간 책을 안 읽는 나라라니까요. 어머니 그러지 마시고 제 말씀을 자세히 들어봐주세요. 그러니까 이 시니어 독서 토론의 취지는……."

코로나19 이전엔 강사들이 마을로 직접 찾아왔다. 가르치기도 어려운 일이겠지만 배우기도 쉬운 일은 아니었다. 가무의 나라답게 '노래 강습' 때는 역경리 마을회관도 미어터졌다. 솔선수범 노래 부르기에 앞장섰던 남편의 모습이 선했다. 그치만 꽃꽂이, 잼 만들기, 종이공예, 그림 그리기, 글짓기를 배우겠다고 회관에 모이는 남정네는 아예 없었고 아낙네 두 서넛이 고작이었다. 기분은 소수정예 수강생에 꼭 끼었다. 노인회장인 남편의 체면을 세워주기 위해 불가피 출석했고 애쓰는 젊은 강사 보기가 안쓰러워 성의껏 배우고 익혔다.

코로나가 종식될 때까지는 그런 '찾아가는' 강좌는 불가능하지만, 면·동마다 설치된 작은도서관에서 코로나에도 불구하고 여러 강좌를 운영하고 있단다. 육경사랑도서관이 이번에 야심차게 준비한 강좌가 '시니어 독서 토론'이라는 것이었다.

한참 듣다가 간신히 말할 겨를을 얻은 기분은 탄식했다.

"참 좋은 취지구먼요. 그런디 어쩐대요. 여기서 면소까지 엎어지면 코 닿을 데라지만 늙은이 걸음으로는 반 시간도 넘게 걸려요. 그리고 오후 두 시요? 땡볕에 어떻게 걸어 나가요. 못 해요, 못 해."

"별걱정을 다 하셔요. 제가 당연히 모시러 가고 모셔다드리죠."

젊은 선생님이 그렇게까지 사정사정하는데 내가 뭐라고 자꾸 못하겠다는 거냐. 거절하다가 지친 기분은 수락하고 말았다.

토론 배우는 시간

"바쁘신 분이 여기까지 오실 필요 없어요. 운동 삼아 슬슬 걸어가 볼게요."

2

농공단지 만드는 공사가 한창이라 면 소재지 나가는 길은 정신 사나웠다. 무지막지한 덩치를 자랑하는 차량이 쉼 없이 오갔다. 기분은 맹렬한 햇볕 속을 걸으며 자책했다. 미쳤지, 이 나이에 뭘 배우러 가겠다는거? 차로 모시러 오겠다는데, 뭐 잘났다고 사양을 해.

집에서 1,600미터 떨어진 면 소재지. 젊어서는 하루에도 몇 번씩 다니던 길이었고 다 늙어서도 곧잘 다니는 길이었다. 역경리까지 들어오는 버스는 하루에 총 넉 대지만 오전엔 한 대뿐이었다. 그 9시 15분 버스 타고 병원에 가면 얼추 10시는 되었고 이미 병원은 환자들로 바글바글했다. 조금이라도 일찍 진료를 받고프다면 면소 정류장까지 나가 이른 버스를 타야 했다. 현금 찾거나 자질구레한 거 사려고 농협에도 곧잘 가야 했다. 남편 생전엔 오토바이로 태워다주고 휙 사다줬지만 이젠 자신의 두 발에 의지할 수밖에 없다. 그렇지만 이런 땡볕에 걸은 적은 없었다. 양산이라도 들고 나오지, 바보 할망구야.

농협을 지났고, 면사무소와 붙은 삼다향실버복지센터에
닿았다. 복지센터는 짓는 데 50억이 들었단다. 30평쯤 면적
에 경로당, 회의실, 동아리실, 주방 등을 갖췄다는데, 기분은
들어가 본 적이 없었다. 명색은 육경면민이 다 이용하라는 복
지센터지만, 다른 리 사람들은 면 소재지-시경리- 사람들 경
로당으로 여겼다. 남편 작고한 이후로 자기 동네 회관도 안
가본 기분에게 텃세 장난 아니라는 남의 동네 회관은 그저 풍
경이었다.

도서관 같은 게 생겼다면 당연히 여기 어디쯤 있을 거 같
았다. 자세히 묻고 올걸. 강사가 도서관 위치 모르면 육경면
사람 아닌 것처럼 말해서 그저 왔더니만. 기웃거리다 보니 면
사무소 벽과 복지센터 벽 사이에 누가 돗자리 깔고 끼어 있었
다. 친정 엄마랑 너나들이했던 방앗간댁 시어머니다. 마스크
쓰고 계셨으면 못 알아볼 뻔했다. 이분이 아직 살아계셨네.

백 살 가까운 분 목소리가 쌩쌩했다.

"여기가 명당여. 그늘지고 바람 통해서 시원혀. 딴 데는 쪄
죽어. 센터 오셨는감. 거기 문 안 열었소. 엊그제까지는 열었
는디 누가 코로나 걸린 사람하고 기도를 했대나."

"할머니, 여기 도서관이 어딨어요? 초등학교 도서관 말고
요, 무슨 도서관이 새로 생겼다던데요."

"니, 알어. 거기 개관식 때 갔었지. 코로나 전이라 동네잔치로 크게 열었어. 코로나 정말 짜증 나. 늙은이가 모여서 먹고 노는 게 낙이야. 각자 감옥살이할라니 미쳐. 장마당께로 가봐. 보건소 옆인가 앞엔가."

면 소재지가 손바닥만 해서 다행이었다. 정류소 앞 위험한 삼거리를 조심조심 건넜다. 근방에 넓은 도로가 뚫려 차가 별로 안 다녔지만 그래서 더 위험했다. 차들이 으레 사람이 안 건너려니 하고 마구 달리니까.

농구대, 족구장, 배드민턴 코트, 정자가 있어 면민체육공원이란 명패가 붙었지만, 옛날엔 오일장 열리던 장마당이었다. 어김없이 3, 40년 전 수박, 채소 장사하던 기억이 치밀었다. 보건소만 의연할 뿐 다른 건물은 없었다.

에이, 파파할머니 말만 믿고 엉뚱한 데로 왔나 보네. 장마당, 아니 공원 입구에는 60년 동안 육경면 남정네 머리를 깎아온 이발소가 있었다. 출입문에 드리워진 발을 걷고 보았다. 이발사(45년생)가 대형 선풍기 바람을 맞으며 자울자울 중이었다. 이발사는 어릴 때부터 잘 알고 지내던 동네 오빠였고, 남편과도 절친했다. 남자 노인네치고 이발사랑 안 절친한 이 없었지만.

"놀래라. 부락 사람이 면소까지는 웬일이랴?"

"도서관이 어딨대요?"

"우체국 있던 자리에 생긴 거? 거기는 왜? 어디 아퍼? 땀을 왜 그리 흘려?"

이발사는 수다스러운 남자였다. 대화를 했다가는 하세월일 테다. 수고하셔요, 얼른 작별 인사했다.

멀지 않은 곳에 있어 너무 감사했다. 별거 없어 뵈는 2층 건물이었다. '육경어울림센터', '육경애(愛)도서관' 두 간판이 아래위로 붙어 있었다. 평수는 삼다향실버복지센터보다 작아 보였다. 현관문을 밀고 들어가니 익숙해진 열 체크 기계가 맞아주었다.

관장실 앞 안내데스크에서 신문 보던 명천(51년생)이 깜짝 놀랐다.

"얼라, 누님이 여기 웬일이래유?"

"너야말로 여기 왜 있냐?"

"내가 여기 관장 겸 경비요. 경비까지 둘 형편이 아니니께. 혹시 아직 여기가 우체국인 줄 알고 오신겨?"

명천은 남동생 조공(51년생)의 불알친구였다. 오래 못 보다가 남동생의 칠순 때 해후했다. 면서기, 면주사 거쳐 5급 사무관으로 시청서 무슨 과장까지 하다가 정년 퇴임했다고. 그냥저냥 지내다가 요새는 어디 관장으로 있댔는데, 어디가 여기였구먼. 세상 참 좁다니까.

"독서 토론 선생님이 특별히 청해서 왔어."

"그려요? 맞아, 누님이 책 되게 좋아했지. 처녀 적에 틈만 나면 책 읽었잖어. 맞어, 내가 누님 책 읽는 모습에 반해가지고 짝사랑했었는디. 알아서 잘하시네요. 열 체크도 잘하고 주소도 잘 적고."

"병원 가면 이것부터 해야 되는데 이골이 났지."

기분이 두리번거리자 관장이 알아차리고 가리켰다.

"도서관은 이 층이유."

"그려? 근디 엘베가 안 보인다."

"없슈."

"잉? 요새 엘베 없는 건물도 다 있냐? 완전 새 건물이라메 엘베가 없다니 말이 돼?"

"내 말이 그 말여. 이 층 한번 갔다오면 죽겠다니께. 폐광 대책기금 그걸로 뭐 할까 수십 년 논의만 하다가 결국 이 센터를 지은 건디, 도서관은 젊은이들이 주로 사용할 거니께 돈 아낀다고 엘베를 안 놓은 모양입디다."

"그럼 토론도 젊은 사람 불러다 해야지 나 같은 노인네를 부른댜. 엘베도 없이."

"면에 젊은 사람이 몇이나 있간. 있어도 그 바쁜 사람들이 나오겠어. 강사 샘이 사방팔방으로 알아보더만 누님한테까지 연락을 했구먼. 독서고 토론이고 이용자 자체가 없어. 일 층에는 경로당 마실 삼아 찾아오는 늙은이들이라도 있지만

이 층은 파리나 살지. 어린애들이라도 와주면 감사한데 초등학교 도서관이 훨씬 좋으니께 여기 올 일이 없지. 하기는 어린애들이 도서관 시간 다닐 시간이 어딨어. 학원 다니지."

"나 그냥 돌아가야겠다."

"여기까지 왔는데 그냥 간다구?"

"나 계단 못 올라가."

말은 그렇게 했지만 그냥 돌아가기는 억울했다. 중간 계단참을 포함해 서른 계단은 돼 보였다. 난간을 부여잡고 나무늘보처럼 한 층씩 올라갔다. 넘어졌다가는 8년 전에 인공관절 집어넣은 다리가 아작날 터였다. 계단참에서 여기 왜 왔나 속이 터져 울고 싶었다.

관장이 안타까워했다.

"어휴, 내가 작년만 같아도 누님을 업어 올려줬을 텐디. 내 허리가 남의 허리라 도와주지를 못 해유."

가까스로 계단을 다 올랐다. 문을 열고 들어가니 책 냄새 섞인 에어컨 바람이 몰아쳤다. 아무것도 뵈지 않았고 아무 소리도 들리지 않았다. 여기가 지옥인가. 기분이 쓰러지는 것을 강사가 부여안았다.

119를 불러대는 소리에 번쩍 정신이 들었다. 기분은 쥐어짜듯 소리쳤다.

"나는 괜찮아요, 괜찮아!"

3

2층에도 화장실이 있기에 망정이지 없었다면 또 기절했을 테다. 소변보고, 세수도 했다. 살 것 같았다.

도서관을 짯짯이 둘러보았다. 30평 겨우 돼 보이는 공간을 알차게 꾸며놓았다. 마스크를 썼음에도, 새 건물과 새 책들이 뿜어내는 맹렬한 냄새를 맡을 수 있었다. 책들아, 너희는 어쩌다가 이 촌구석까지 왔다니. 누가 한가하게 너희를 봐줄까. 도시 사람도 못 보는 책을 촌사람이 어떻게 봐.

강사가 물었다.

"어머니, 도서관이 작지요? 말 그대로 작은도서관이라 아담해요. 제가 가본 도서관 중에 제일 작아요. 돈을 어지간히 아껴 지었나봐요. 엘베도 없고."

"도서관에 생전 처음 와봐요. 좋네요, 좋아."

시간 맞춰오느라 용쓴 사람 열불 나게 2시를 훌쩍 넘겨서야 시작했다. 기분은 속았다 싶었다. 자신처럼 보잘것없는 늙은이들이 바글바글 모여 있을 줄 알았다. 마을회관에 노래 강사가 왔을 때처럼.

면소 사람들도 이런 데 안 오는 건 똑같구먼. 수강생은 기분을 합쳐 다섯뿐이었다. 그중 두 여성은 시니어―늙은이―라 부르기가 저어되는 주니어―젊은이―였다.

쉰몇 살이라는 강사가 정식으로 자기소개를 했다. 듣노라니, 돈만 못 버셨을 뿐 훌륭한 작가였고 교육자였다. 원생이 100명 가까이 되는 보습학원 원장님으로 살다가 불혹 너머 글쓰기에 푹 빠졌다. 어렸을 때부터 취미로 해온 독서 덕분인지 몇 년 만에 작가가 되었다. 다섯 권의 책을 냈다.

"학원을 아예 그만두었어요. 십 년째 독서·글쓰기 전도사로 살고 있습니다. 책 읽는 사람은 시골의 가로등, 반딧불이처럼 소중한 존재라고 믿으며, 한 명의 독자라도 더 만들기 위해 노력하는 삶을 살고 있습니다."

기분은 진심으로 손뼉을 쳐주었다.

수강생도 나이 순서대로 자기소개를 했다. 멜론농장주(49년 생)가 선거 연설하듯 했다.

"본인은 육경면 지역사회보장협의체 제2기 민간위원장을 역임했던 아무개입니다. 본인은 시설단지 딸기 재배 성공으로 전국적으로 유명한 사람입니다. 일 세대 귀농 성공자죠. 당연히 티브이에도 수차례 나왔죠. 〈부자 농부〉에도 나왔어요. 2002년도 만세안녕대상 농업부문 수상자가 바로 본인이었습니다. 너도나도 딸기를 하니, 저는 멜론으로 바꿨습니다. 본인이 위원장으로 있을 때도 이런 훌륭한 일을 많이 했어요. 위원장 그만뒀다고 이런 훌륭한 일에 눈 딱 감고 사는 건 아니라고 봐요. 강사 선생님이 나와서 자리를 빛내주십사 하시니 기꺼이 나온 것입니다. 제가 멜론 두 덩이 갖고 왔습니다. 이따가 맛들 한번 보십시오."

목사(52년생)는 서경리에서 40년간 개척교회를 운영해왔단다. 하고 보니 명성을 들어보았다. 육경면처럼 교회 안 되는 면이 없단다.

"우리 서경교회는 주님의 종들이 쉰 분밖에 안 되지만 면에서 세 번째로 큰 교회입니다. 춘추리교회 백오십 명, 시경리교회 백 명, 그다음에 우리라고요."

교회를 아들에게 물려주고 은퇴 생활을 즐기고 있단다.

"내가 명색이 이 건물 복지센터 운영위원을 맡고 있습니다. 솔선수범하는 심정으로 참여했어요."

행정부인(58년생)은 환갑이 넘었다는 게 믿어지지 않을 만큼 피부가 탱탱했다. 고등학교 행정실장으로 근무하다가 정년퇴직했단다.

"학교 다닐 때도 자주 보았던 강사 샘이 하도 부탁해서 나오게 되었네요."

귀농부인(63년생)은 그야말로 젊은이 같았다. 도시에서 여러 자영업을 하다가 뜻한 바 있어 귀농한 지 5년째인데 시아버지가 하던 과수원을 물려받았단다.

"농사라는 게 직접 해보니 답이 없네요. 열심히 하면 근근이 먹고는 사는 거고 대충 하면 망하는 거고. '부자 농부' 되느냐, '자연인' 되느냐 줄타기하는 심정으로다 살고 있네요. 요샌 자연인 쪽에 가까워요. 텔레비전에는 '부자 농부'만 나오니까 '부자 농부' 되는 거 되게 쉬운 줄 아시는데 그거 너무 어렵다고요. '부자 농부' 포기하니까 삶이 비로소 삶 같더라고요. 제 평생 꿈이 유유자적 책 읽는 거였거든요. 촌구석에 이런 좋은 프로그램이 있다니 놀랍고 기꺼운 심정으로 신청했습니다."

기분 차례가 되었다.

"다섯 분 다 대학교를 나오셨다니 존경스럽습니다. 많이 배우셨고 훌륭하게 사셨고, 지금도 멋지게 살고 계신 분들과 함께 앉아 있으니 부끄럽네요. 못 올 데 온 것처럼 불편하네요. 저는 선생님들보다 나이 더 먹은 것밖에 없는데 여기 왜 있는지 모르겠어요. 국민학교밖에 못 나왔고, 평생 농사꾼 여편네로 살았는데."

아니란다. 강사가 미리 어떻게 말해놓았는지 다른 네 사람이 다투듯 추켜세웠다. 평생 책을 꾸준히 읽어온 사람이 으뜸 훌륭한 사람이다, 학벌, 직업이 어쨌든 독서인이 제일 나은 사람이다, 우리보다 책을 더 읽으신 여사님이 우리보다 나은 사람이다. 아무래도 강사가 뻥튀기로 소개해놓은 모양이다.

"제가 여러분보다 책을 많이 읽다니요. 말도 안 돼요. 저 책 거의 안 읽었어요. 평생 읽은 거 다 합쳐 오백 권이나 될

라나."

모두 진정으로 놀라는 눈치였다. 귀농이 쌍 엄지척까지 해주었다.

"짱 많이 읽으셨네요!"

쉬는 시간에 강사가 따로 권했다. 독서 토론만 있는 게 아니라, 문해 교실, 그림 그리기, 종이공예도 있다. 다른 강좌도 들어주시고, 동네분들도 다 데려오시라. 여기는 삼다향센터와 달라 텃세도 전혀 없다. 다른 리분들도 무조건 대환영한다.

강사가 종이를 나눠주었다.

강좌명: 치매 예방 실버 독서 토론

대상: 시니어 어르신

교육 회차: 매주 금요일 14:00 (총 12회차)

강좌 소개: 독서와 토론을 통해 세상과 소통하며 두뇌활동을 극대화하여 치매 예방에 도움을 준다.

그리고 회차와 책 제목이 잔뜩 적혀 있었다.

강사가 짚어주었다. 책은 어르신들 숫자에 맞춰 다 구입할 거니까 안 사셔도 된다. 책을 미리 가져가서 읽어와도 좋지만, 바쁘신데 그럴 필요 없고 강좌 시간에 같이 읽기로 하자.

"제가 책 빌려주기 싫은 사람처럼 말하죠? 실은요 제가 마을회관 찾아다니면서도 하고 이런 작은도서관이나 센터 같은 데서도 했는데요, 책을 빌려 가시면 반납을 못 하시더라고요. 기억을 못 하셔요. 책을 어디다 놓았는지. 부득이 이해해주시고 대출은 안 해드리는 걸로 하겠습니다."

1회차에는 '오리엔테이션. 자기소개. 고전 소설에서 주제 찾기.『박씨부인』'이었다.

기분은 외국어만 들으면 아득해졌다. 텔레비전을 본 세월이 얼마인데 저런 말을 못 들어봤겠는가. 허나 무슨 말인지 모르겠는 걸 어쩌랴.

걱정한 게 어이없게 '오리엔테이션'은 이미 했으니 첫 책 『박씨부인』을 하겠단다. 강사가 『박씨부인』을 한 권씩 나눠주었다. 강사는 읽다가 설명하다가 했다. 말을 잘하니까 강사를 하시겠지만, 말을 참 재미나게 잘했다. 듣다 보니 언젠가 읽어본 이야기라 친근했다.

강사가 질문했다.

"여기서 잠깐 주제를 파악해보겠습니다. 이 이야기에 담겨 있는 주제, 즉 중심 생각이 뭘까요?"

주제 파악도 못 하고 사는 사람한테 주제가 뭐냐니? 재미나던 이야기가 문득 깜깜해졌다. 다행히 기분은 말할 틈도 없었다.

"어머님, 우리 불쌍한 박씨 부인이 어떻게 될까요?"

기분은 퍼뜩 깨어났다. 언제부터 졸았는지 모르겠다. 주제를 묻기 전에 박씨 부인이 한참 고생하고 있었는데, 아직도 고생 중인가.

"지성이면 감천이라고 탈바꿈하죠. 이쁘게 돼서 아주아주 잘 살아요. 나라도 구해요. 옛날에 그런 통쾌한 여성이 있었다는 게 신기방기하죠. 지어낸 이야기라지만 그런 이야기 듣고 어떤 여자가 기분이 안 좋겠어요. 제 이름이 기분인데 기분이라고 하니 이상하네요."

강사가 또 뭐라고 묻기에 생각나는 대로 대답했다. 무슨 말을 어찌했는지 잘 모르겠는데, 강사가 칭찬했고 다른 분들도 추어주었다. 말을 감칠맛 나게 하신다, 표현력이 남다르시다, 역시 책 많이 읽으신 분이라 다르시다. 이분들이 놀리는 거 맞지?

"이렇게 비행기를 타도 되나 모르겠네요. 갑자기 떨어뜨리면 어쩌나요."

무섭기까지 했다. 혹시 이 사람들 사기 장사꾼들 아닌가. 이렇게 노인네 혼 빼놓고 책 사라고 하는 거 아녀? 옛날, 큰애가 말 잘하는 사람들한테 딱 걸려 월부로 30만 원짜리 책 사놓고 군대로 도망가버려 대신 갚아준 적이 있었다. 잘못 걸려 30만 원짜리라도 사면 큰일이다. 30년이 지났는데도 30만 원은 여전히 큰돈이다. 정신 똑바로 차리자!

강사가 앞으로 토론만 할 게 아니고 글쓰기도 해보면 어떻겠냐고 했다. 더러 일기를 써본 기분은 차라리 그게 좋을 듯했다. 말하기보다 쓰기가 더 자신 있었다. 글쓰기에 찬성하는 이도 있었고, 글은 아무도 없을 때 조용히 혼자 쓰는 거라면서 반대하는 이도 있었다. 별문제 아닌 것 같은데 열띠게 갑론을박했다.

또 졸았던 모양이다. 첫날 소감들을 말하고 있었다. 기분의 차례가 되었다.

"제가 지금 꿈속인가 싶어요. 도서관에 들어와 본 것도 처음, 독서 토론이 아니라 그냥 토론도 해본 적이 없으니까 토론도 처음, 대학교 나온 분들하고 마주 앉아서 얘기한 것도 처음, 책 얘기한 것도 처음, 일흔다섯 나이에 처음 겪는 어마어마한 시간이었네요. 영광스럽고 감격스럽습니다. 그치만 한 번으로 됐지 싶어요. 저같이 보잘것없는 사람에겐 어울리지 않는 자리네요."

솔직히 말했다가 더 곤란하게 되었다. 다투어 이 말 저 말 했다. 골자는 '그런 엉뚱한 소리 하지 말고 다음 주에도 꼭 뵙자'였다. 괜히 울컥했다. 내가 뭐라고 이분들이 이럴까. 기분은 외치고 말았다.

"알았어요, 알았어. 꼭 나올게요."

귀갓길은 빨랐다. 걸어서 30분도 넘게 걸렸던 길이 강사 차로는 3분이었다.

"어머니, 오늘은 제가 너무 경황이 없어 모시러 못 왔는데 다음 주부터는 딱 모시러 올 거예요. 어디 숨으시면 안 돼요. 진짜로 오늘 어떠셨어요?"

"너무 좋았지만 아무리 생각해봐도 역시 나 같은 하찮은 사람이 갈 데는 아니네요. 그분들도 면전이라 덕담 차원으로 그냥 해보는 말씀이셨던 것 같고. 설마 진짜 나 같은 늙은 할망구를 다시 보고 싶겠어요?"

"어머님이 꼭 계셔야 해요. 어머님이 평생 쌓은 묵은지도 나눠주시고, 저희도 배울 게 많아요. 결정적으로 책 읽으시면 치매 완전 예방된다니까요."

강사가 내려줄 생각을 안 하고 또 한참을 얘기했다. 미안해서라도, 차에서 내리기 위해서라도 계속 엇박자를 놓을 수는 없었다.

"정말로 갈게요, 갈게. 선생님도 참 너무 애쓰시네요."

다 겪어 더는 겪을 일이 없다고 버릇처럼 생각한 게 오래전부터였다. 하지만 처음 겪는 일이 샘솟았다. 앞으로도 처음 겪는 일이 수없을 테다. 75세에 독서 토론이라니. 괜히 흐뭇했다.

4

흐뭇한 기억으로 간직하고 다시는 안 가려고 했다. 아무리 생각해도 걸어 다니기엔 너무 먼 길이었다. 금요일 오후 1시 50분, 진짜로 강사가 대문 앞까지 모시러 왔다. 안 갈 도리가 없었다.

2회차는 '철학 「사람에게는 얼마만큼의 땅이 필요한가」'라고 적혀 있었다.

강사가 나눠준 책 표지에는 긴 수염을 매달고 흰 상의에 검정 바지를 입은 맨발의 노인이 서 있었다. '현대인의 감성으로 다시 읽는 톨스토이 단편선'이라는 작은 제목도 보였다. 어쩐지 양코배기 같았어. 그럼 이 노인네가 톨스토이? 많이 들어본 이름인데.

강사가 책을 설명했다. 목사가 끼어들었다.

"참 훌륭한 책입니다. 저도 설교할 때 자주 얘기한 책이에요. 톨스토이 선생님은 하나님의 말씀을 세상에 전하기 위해……."

나이 어린 스승은 나이 많은 새치기 학생에 이골이 났는지 미소와 손짓으로 제지하고 이어 나갔다. 아주 훌륭한 말씀 같은데 졸렸다.

"자, 오늘의 토론 주제는 이겁니다. 톨스토이 소설에 나오는 주인공처럼, 여러분이 하루 동안 걸었다가 돌아온 땅을 전부 가질 기회가 주어진다면 얼마큼 다녀오실 건가요?"

말이 하고 싶어 안달하던 목사는 질문에 대한 대답이 아니라 종편방송에 나오는 방송인처럼 해설을 했다. 참다못한 강사가 끊었다.

"다른 어르신들한테도 말할 기회를 주셔야지요"

멜론: 본인 생각은 이런 말도 안 되는 얘기는 토론 주제로 안 어울린다고 봅니다. 작금에 중대한 사회문제가 얼마나 많은데 그런 문제들을 놔두고 이런 허무맹랑한 주제를 토론해야 하는 건지 회의가 듭니다. 젊은 강사 선생님이 애써 준비하신 노고는 치하드립니다만 이런 답정너 토론은 지양했으면 합니다.

행정: 저는요, 행정이 가능한 만큼만 갖겠어요. 제가 반평생을 학교에 있으면서 선생님도 중요하고 학생도 중요하지만 학교가 바람직하게 운영되려면 행정이 제대로 굴러가야 한다는 것을 뼈저리게 깨달았습니다.

귀농: 제 생각에도 주제가 좀 유치하네요. 이건 어린이들 토론하실 때 쓰던 거 그대로 가져온 건가요? 어린애나 노인이나 똑같다고 하지만 그래도 좀. 살 만큼 산 사람한테 이런 질문은 좀 거시기해요.

기분: 젊었을 때는 이 책에 나오는 젊은이처럼 죽을지 모르고 계

속 걸었지요. 지금이야 땅이 아니라 집을 준다고 해도 못 걷지요. 지금 있는 땅도 주체를 못 해요. 다 풀밭 돼버렸는걸요.

1회차 땐 젊은 강사 말을 잘 들어주던 나이 많은 수강생들. 선생 대접은 한 번으로 족했다는 건지 강사는 말할 틈도 없이 자기들끼리 왕창 떠들어댔다. 저게 바로 토론이라는 거구나.

1교시는 그나마 괜찮았던 거였다. 쉬는 시간 끝난 지가 언젠데 다 앉는 데 20여 분이 걸렸고, 강사가 겨우 몇 마디 한 뒤에 네 사람의 악을 섞은 격론이 벌어졌다. 옛날 장마당에서 흔히 보던 흥정판이 기억났다. 목사의 휴대폰이 울리면서 토론이 중단되었다. 목사는 앉은자리에서 큰 소리로 통화를 했고, 멜론은 성질난 멧돼지처럼 왔다 갔다 했고, 행정과 귀농은 엉뚱한 얘기로 수다를 떨었고, 강사는 어떻게든 집중을 시켜보려고 애쓰다가 포기하고 머리통을 감싸 쥐었다.

기분은 강사가 불쌍했다. 얼마나 버실까? 설마 무료 봉사인가? 재능 기부라는 거 말이다.

기분은 문화충격을 받았다. 남녀 불문, 나잇살이나 먹은 것들이 남의 말 귀담아듣지 않고 지들 내키는 대로 언행하는 것을 평생 봐왔다. 배운 것 없는 촌무지렁이들이라 내남없이 예의범절이 없는 줄 알았다. 한데 대학 공부까지 했다는 사람들도 똑같다니.

5

3회차는 '사회문제, 남자와 여자의 역할이 다르다?『종이 봉지 공주』,『돼지책』,『설탕 엄마, 소금 아빠』'였다.

30쪽 안팎 그림 동화책들이라 만만히 보았다. 읽으니 쉬운 책들이 아니었다. 강사의 설명을 들으니 더욱 어지러웠다. '페미니즘'이란 말이 강사의 입에서 나왔는데 고양이들한테 생선 던져준 꼴이었다. 여자가 어떻고 남자가 저떻고 하더니 기분 빼고 3 대 2로 다투는 꼬라지였다. 지난주에 그래도 토론 같았지만 이번엔 영락없이 말싸움이었다.

여자 편들던 강사가 정신을 차렸는지, 아버님들도 옳으시고 언니들도 옳으시다 해보았지만, 제대로 붙은 남녀 대항 설전은 꺼질 줄을 몰랐다.

갑자기 고요한 순간이 찾아왔고 강사가 어머니도 한마디 해보란다.

"근력들 좋으시네요."

목사와 멜론과 행정과 귀농은 다시 격렬히 붙었다. 저마다의 방식으로 분노했고 해명했고 야단쳤고 반박했고 비난했고 힐난했고 조롱했다. 강사도 할 말을 잃고 기분처럼 멍청하게 구경이나 했다.

여자들 말은 더욱 빠르고 강해졌지만, 남자들의 말은 느려지고 약해졌다.

자기 말을 하나님 아들 말처럼 들어주던 신도들만 상대해 왔다는 목사는 최후의 발악을 하듯 책상을 부서져라 쳤다.

"이 여자들이 지금 나를 성범죄자 취급하네. 내가 언제 미투를 옹호했어. 나는 모든 여성이 다 똑같지 않다는 얘기를 하는 거잖아. 이 답답한 여자들아!"

멜론농장주도 울부짖었다.

"우리 농장에서 일하는 외국 애들도 말귀는 있어. 여자들은 들으려고 안 해. 그래서 우리나라가 발전이 안 되는 거야. 아휴, 여자들끼리 잘들 해봐."

농장주가 뛰쳐나갔다. 청일점이 될 수는 없다는 듯, 목사도 나갔다. 강사가 두 남자를 달래보려는지 쫓아나갔다.

두 부인은 승리감에 휩싸여 두 남자에 대한 욕설 섞은 뒷담을 보탰다. '영감태기 꼰대들 체면을 생각해서 꾹 참고 하지 않았던 말'이라는데 살벌하고 무시무시했다. 저 두 부인의 남편은 어떤 사람들일까?

6

토요일, 작은애와 사위네가 마늘을 캐주러 왔다. 올해 마늘 농사는 완전히 망했다. 마늘답게 생긴 것이 절반도 안 되었다. 자식들이 마늘 다발을 엮어 창고 천장에 매다는 것까지 해주었다. 저게 열 접이나 될라나. 나눠줄 것도 없겠네.

밭고랑이 풀 천지였다. 아침, 저녁으로 저걸 매야지 하면서도 엄두가 나지 않았다. 어미 근심을 알았는지, 애초부터 작정했는지 작은애가 일요일에 풀약을 했다.

월요일엔 코로나 백신 맞으러 갔다. 뉴스는 이상했다. 반드시 맞아야 한다고 떠드는 한편, 백신 맞고 잘못되었다는 사람들 얘기를 줄기차게 했다. 맞으라는 거야, 말라는 거야. 자식들도 의견이 갈렸다. 큰애네는 수능 시험 보는 자식이 있으니 고민할 것 없이 맞을 거라고 했다. 사위네는 정부가 하는 일을 믿을 수 없다고 절대로 안 맞을 거라고 했다. 작은애네는 어린애들 걱정돼서 맞을 수 없다고 했다. 자식들은 맞고 싶어도 맞으려면 한참 기다려야 하는 젊은 애들이고, 노인네들은?

동네 노인네들도 분분했다. 죽으려고 환장했냐, 그걸 맞게! 자식 얼굴 보고 살라면 맞아야지 별수 있냐. 기분도 갈팡질팡했다. 맞아야 하나, 거부해야 하나. 설마 백신 안 맞는다고 잡아가지는 않겠지.

용감무쌍하게 먼저 맞은 사람들이 대체로 안심되는 말을 했다. 암시랑도 않다고. 백신 맞지 않으면 살 수 없는 분위기로 흘러갔다. 면사무소에서 꼭 맞으라는 신신당부 전화가 여러 차례 왔고, 백신 맞아 코로나 극복하자는 마을회관과 보건소 차량의 방송 소리도 줄기찼다. 다 그만두고 백신 안 맞으면 병원도 못 간다잖아.

예약해둔 날은 와버렸다. 여전히 어쩔 줄을 모르겠는데, 작은애가 월차를 내고 모시러 왔다.

"그려 가자. 죽기 아니면 까무러치기지."

죽음을 받아둔 사람처럼 떨었던 것이 무색하게 첫날은 아무렇지도 않았다. 이튿날부터 귀가 아팠다. 백신 후유증인가. 이비인후과로 달려갔다. 의사는 아무 이상을 찾을 수 없다면서 약을 지어주었다. 신경안정제겠지.

7

4회차는 '주인공의 선택. 진실을 말했다면 달라졌을까. 모파상 「목걸이」, 오 헨리 「마지막 잎새」'였다.

두 남자는 오지 않았다.

"그만 나오겠대요."

나중에 강사에게 따로 들은 말인데, 두 남자는 그런 경우 없는 여자들이랑은 한순간도 함께할 수 없다고 욕을 바가지

토론 배우는 시간

로 했단다.

기분의 얼굴색이 밝지 못했던지 강사가 물었다.

"무슨 기분 안 좋은 일 있으세요?"

"며칠 전에 코로나 주사를 맞아서 그런가벼. 크게 이상한 것은 없는데 귀가 막 울리네요."

행정이 칭찬해주었다.

"잘 맞으셨어요. 꼭 맞아야 해요. 맞는 게 국민의 도리지. 나도 보름 전에 맞았는데 아무 후유증도 없어요. 젊은 아주머니랑 강사 샘도 얼른 맞으셔. 잔여 백신이 남아돌아서 부지런하면 빨리 맞을 수 있어요."

강사는 웃으며 "맞아야지요. 그거 안 맞으면 이런 강좌도 못 할걸요." 했는데, 귀농은 "남이사 맞든 안 맞든 자유지요!" 라고 샐쭉했다.

여자들 넷이서 평화롭게, 사이좋게 진행되던 강좌는 어느 순간 화끈해졌다.

행정은 어떠한 경우에도 진실을 말해야 한다고 훈화했다. 귀농은 때로는 선의의 거짓을 말할 수 있다고 반론했다. 둘다 지식과 논리와 언변에 자신이 있었다. 강사는 이 의견도 맞고 저 의견도 맞다는 황희 정승식 입장을 취했다. 텔레비전에 나온 토론하는 멋진 여자들 같았다.

"젊은 아줌마가 인생을 덜 살아서 그런 편의적인 말을 하는 거라니까. 인과응보, 사필귀정이라니까."

"저보다 겨우 다섯 살 더 먹으신 쌤이이말로 평생 학교에 있어 그렇게 낭만적으로 말씀하시는 거죠. 새옹지마, 아이러니가 더 맞죠. 정말 꼰대들하고는 말이 안 통해."

"뭐 꼰대? 이 아줌마 보세. 젊은 사람이 촌에서 농사짓고 살아주는 게 고마워서 보기 싫은 꼴은 좋게 보고 듣기 싫은 말은 참아줬더니 경우 없는 여편네일세. 그리고 댁도 꼰대 아니야? 꼰대들이 제일 싫어하는 말이 꼰대인 거 뻔히 알면서 꼰대라고 해?"

"겨우 다섯 살 더 먹은 게 툭하면 젊은 사람이래. 반말해대는 것도 내가 꾹 참고 있었구만. 나이 갑질 쩔어."

머리끄덩이 붙잡겠다, 기분의 짐작이 무색하게, 둘 사이에 탁자가 태평양 같아서인지 대학 나온 사람들이라 그런지 끝까지 말로만 싸웠다.

강사가 울었다.

"정말 왜들 이러세요! 저 좀 살려주세요."

8

기분은 강사의 말을 무시할 수 없었다. 몇몇에게 육경사랑

도서관에 대해 알리고 그곳에서 코로나19에도 불구하고 진행되는 각종 프로그램을 홍보했다.

"길게 말했는데 줄여 말하자면 함께 배우러 다니자는규."

공주댁(48년생): 기분댁은 참 대단해. 그런 걸 그 멀리 배우러 다니고. 나는 싫어. 이 나이에 뭘 배운단 말야. 내가 마을회관으로 찾아올 때도 한번 안 가본 사람이잖어.

만덕댁(43년생): 용감도 하슈. 나는 코로나 무서워서 정말로 꼼짝도 못 하겠다니께. 병원도 가급적 안 가고 살잖아. 주사 맞았지. 내가 우리 동네 1호잖여.

기억댁(47년생): 책 좋아하는 인간 치고 잘되는 꼴을 못 봤어. 자기 아들이 책 많이 읽더니만 그런 직업을 가졌잖아. 책은 가급적 멀리하고 사는 게 좋아. 이것저것 많이 가르쳐준다는 거 알지. 난 그런 거 배우는 노인네들부터가 이해가 안 돼. 이 나이 먹도록 그런 것도 못해? 나이를 어디로 먹은겨?

억척댁(50년생): 그런 걸 배우는 게 치매 예방 때문이라면, 한 푼이라도 더 버는 게 더 예방되지. 그러고 애 아빠 때문에 멀리 갈수가 없어요. 꼼짝을 못 해요. 죽을라나벼.

전도댁(63년생): 작은어머니, 그런 거 배우러 다닐 시간 있으면 교회 나오시라니께. 교회가 훨씬 재미있고 유익하다니께. 내가 배울 게 어딨어요? 거기 선생들이 무슨 대학 나왔나 모르겠지만, 나

는 농사대학 30년 차예요. 가르치러 오라면 가겠네. 주님의 말씀
도 전할 겸.

9

5회차에는 행정부인만 왔다. 강사가 따로 해주는 말이 이
랬다.

"지난주에 두 분이 대차게 싸웠잖아요. 둘 다 서로 보기 싫
어 안 나온다는 거예요. 제가 사정사정해서 교대로 나오기로
했어요. 정말 내가 이놈의 강사짓 때려치워야지 못해먹겠어
요. 제가 돈 때문에 이거 하겠어요? 지역사회에 밀알이 되겠
다는 노블레스 오블리주 마인드로 나선 건데 이렇게 어려울
줄 몰랐어요. 유지씩이나 된다면서 유치원 어린애들보다 못
해. 그러니 꼰대 소리 듣지."

꼰대라는 말, 언제 들어도 기분이 좋지 않은 말이었다.

'현대소설 「어떤 솔거의 죽음」 읽고 토론하기'였다. 그 이
름 모르면 국민도 아닐 정도로 유명한 국민작가 조정래 선생
님이 쓴 소설이랬다. 기분은 국민이 아닌 듯해 창피했다. 제
마음대로 하고 사는 성주가 제일 뛰어난 화가에게 자기 얼굴
을 그리라고 했는데 그 그림이 마음에 안 들었던 모양이다.

토론 배우는 시간

그 화가를 죽인다. 『박씨부인』 이후로는 쉬운 책이 없었는데, 역시 쉽지 않은 책이었다.

강사와 행정은 쉬지 않고 토론했다. 연예인들이 나와 저희끼리 떠드는 방송을 보는 듯했다. 기분은 어김없이 졸았다.

강사가 문득 어머님도 한마디 해보라고 했다.

"그림 잘 그렸다고 화가를 죽였잖아요. 요새 너무 쉽게 죽이는 것 같아요. 텔레비전 뉴스를 봐도 그렇고 드라마도 그렇고, 사람을 너무 잘 죽이고 사람이 너무 잘 죽어요. 어떻게 사람을 그렇게 쉽게 죽일 수 있는지. 제 생각엔 죽는 게 그리 쉬운 일이 아닌데. 물론 쉽게 죽는 사람들도 있지요. 그치만 드라마나 책 이야기 속에서는 사람이 좀 어렵게 죽었으면 좋겠어요."

10

6, 7회차는 한꺼번에 했다.

"어머니 죄송한데요, 오늘 세 시간하고 두 주치 한 거로 해도 될까요?"

"오 주치 했다고 해도 돼요."

6회차는 '환경 문제. 지구온난화는 우리의 책임. 『투발루야, 오늘도 안녕?』,『우리의 섬 투발루』였고, 7회차는 '환경 오염을 줄이려면『플라스틱 공장에 놀러 오세요』,『생태 발자 국』'이었다.

행정부인도 귀농부인도 오지 않았다. 금일 차례였던 귀농 은 "역시 자기 같은 젊은 사람이 끼기는 어색한 자리인 듯하 니 꼰대들끼리 잘들 해보셔."라고 했단다.

강사는 말하고 기분은 들었다. 귀에 걸리는 말은 별로 없 었다. 곧 가라앉게 생겼다는 태평양 섬나라 사람들이 애처로 웠다. 환경 보호하자는 얘기는 오래 살 사람들이 들을 얘기지 환경 망쳐가며 살 만큼 산 사람이 들어서 뭐 하나 싶었다. 음 식물 처리 관련해서는 자랑스러웠다. 식물성 잔반은 거름 더 미에 버렸고, 고기류 잔반은 개와 고양이에게 주었다. 나머 지 쓰레기 처리는 찜찜했다. 텃밭 한 귀퉁이에 소각장 비슷하 게 꾸며놓고 병, 캔 빼고는 다 태웠다. 듣노라니 그렇게 막 태 우고 살면 안 될 것 같았다. 산불 걱정도 되고. 앞으로는 분리 수거에 힘써 회관 근처 재활용 쓰레기수거장에 갖다 놓아야 겠다.

무슨 토론이 가능하겠는가. 기분은 행정이나 귀농처럼 누 가 시키지 않아도 길게 말하는 성격이 아니었다. 누가 시키면 몇 마디 하는 걸로 족했다. 그러니 강사 혼자 떠들고 목이 쉬 려고 했다. 기분은 강사의 열강에 부응하고자 안 졸려고 최선

토론 배우는 시간

을 다했지만, 졸음은 수렁 같았다.

강사가 기특한 생각을 해냈다. 토론 시간에 관장을 데려온 것이다. 관장은 강사를 만족시켰다. 강사가 원하는 만큼만 대답하고, 때때로 강사의 말에 추임새도 넣어주고, 강사에게 또 말할 거리를 이끌어내는 똘똘한 질문도 해주었다. 군계를 가르치다가 일학을 만난 듯, 강사가 보람차 하는 얼굴을 처음 보았다.

강사가 긴급전화 받으러 간 사이에 칭찬해주었다.

"관장님, 사회생활 잘하네."

"면서기만 삼십 년을 한 사람인데 오죽하겠슈."

관장이 문득 생각났는지 이어 물었다.

"동생 조공이 집 샀다면서요? 이제라도 집 샀으니 참 다행이야."

집을 사? 기분은 만감이 교차했다. 기분의 표정을 보고, 관장도 뭔가 짐작한 모양이다. 얼른 딴소리를 했다.

"누님도 대단하시네. 워칙히 한 번도 안 빠진댜."

"집까지 모시러 오는디 어떻게 빠져. 선생님이 안 되셨어. 저렇게 잘 가르치시는데 배우려는 사람이 없으니."

"가르치는 것보다 배우는 게 훨씬 어렵다니까. 나도 공무원 할 때 교육이다 연수다 배우러 가면 푹 자다가 왔다니께."

"관장님은 백신 맞았어?"

"안 맞으면 이 짓도 못 해먹어. 참 한 달간 방학할규. 델타변이로 또 난리가 났잖여."

코로나가 터진 이후 언제나 심각했던 것 같은데, '대유행'이라고 더욱 심각한 때가 있었나 보다. 이번 델타변이가 4차 대유행이라니. 하기는 하루 확진자가 이삼천 명씩 나온다니까. 관장이 이었다.

"노인네들 백신 안 맞으면 들어오지도 못하게 하랴. 백신 맞았나 검사하는 기계도 들어와야 하고, 전기비도 장난 아니게 들거든. 어차피 오는 사람도 없는데 당분간 문 닫기로 했어요."

"어이구, 살았네."

"별로 좋아하는 얼굴이 아닌 것 같은디. 나름대로 재미 있었나봐유? 섭섭해서 워쩐댜. 넉넉잡고 한 달만 참으슈."

"재미있기는. 그냥 뭐가 하니까 사람으로 사는 것 같았지. 저놈의 계단 안 보게 돼서 살겠다는겨. 고치는 김에 엘베도 놔라."

"돈이 썩어나는 줄 아시네. 어쨌거나 애썼어유, 애썼어."

"방학 끝나도 다시 열리기는 어렵잖냐? 학생이 나밖에 없잖여."

"강사 샘 의지에 달렸지 뭐."

11

　강사는 기분을 내려주고 쉽게 못 떠났다. 결국 하차했다. 강사는 기분의 두 손을 꼭 그러쥐었다.

　"어머니, 다시 볼 때까지 건강하셔야 해요."

　"나야 건강할 일밖에 없는 사람이고, 강사 샘이야말로 몸 잘 챙기세요."

　기분은 멀어져가는 승용차를 오래도록 바라보았다. 사제 지정이 무섭구만. 다음 주에 못 뵌다니 벌써 그립네. 5월 28일에 시작해 7월 2일까지 금요일에 한 번씩 딱 여섯 번 배운 것인데도 오래 배운 것 같았다. 뭐 배우는 강좌가 아니라 책 읽고 토론하는 강좌였지만, 남들 토론할 때 딴생각이나 하고 무시로 졸았던 불량학생이었지만, 자식뻘 강사를 훌륭한 선생님으로 여기고 배움의 자세로 임했던 건 진심이다.

　젊은 선생님, 꼭 다시 봤으면 좋겠습니다. 코로나 걸리지 말고 씩씩하게 잘 살다가 봅시다.

뭐라도 배우는 시간

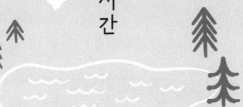

1

기분(48년생)은 마늘밭의 잡풀들과 싸우고 있었다. 낯선 이가 왔는지 지나가는지 바깥마당 철창 속 개가 사납게 짖어댔다. 누군가 냅다 내질렀다.

"누님, 진짜 왜 이러고 사쇼."

돌아보니 늙은 동생 조공(51년생)이었다. 설 때 보고 넉 달만이다. 신수가 훤해진 얼굴을 기대했지만, 여전히 고단한 낯짝이다. 생각날 때마다 밉지만 직접 보면 안타깝기만 한 늙은 동생.

"애들, 진짜 야단쳐야겠네. 밭농사짓지 말라니까 기어이 져서 제 어머니를 이 고생시켜. 시골에 계속 사는 게 문제요.

다 팔고 시내 아파트 사서 살라니까. 편하게 살 수 있는데 기어이 이 고생이냔 말야."

간만에 대면하는 누나 밭매는 거 보고 울컥해서 하는 말이 겠지만 기분은 매우 언짢았다. 네가 뭔데 내 자식들을 야단쳐? 적반하장도 유분수라더니. 기분은 간신히 일어서서 속말은 참고 겉말했다.

"애들이 지라고 했간? 애들도 아무것도 심지 말라고 난리지."

"고추 심고 깨 심을라고 준비 다 해놓으셨더만. 농사직불금 때문에 짓는 거요? 거 몇 푼 된다고."

"백이십만 원이 몇 푼이냐?"

"매형이 물려주고 간 재산이 얼만데 백이십만 원에 목숨을 거냐고요. 안 아픈 데 없다는 노인네가."

오빠고 동생이고, 남편이 수억대 재산이라도 물려주고 간 줄 아는 모양이다. 어이가 없다. 그래서 너는 그 3,000만 원 절대로 갚을 생각이 없는 거구나. 30년 전에 동생은 사료가게를 차렸다. 남편이 연대보증을 서주었다. 동생은 사료 가게 망하고 수십 빚쟁이들에게 시달렸다. 20년 동안 고향을 떠나 숨어 살았다. 그때 동생이 죽지 않고 산 게 고맙지만, 남편이 연대보증 원금 2,000만 원에 해마다 착실히 붙은 이자까지 총 3,000만 원을 농협에 갖다 바친 게 너무 원통했다. 남편

은 3,000만 원을 다 잊은 것처럼 살다가 갔지만 그게 쉽게 잊
힐 돈인가. 지금도 큰돈인데 그때는 얼마나 큰돈이었나.

"참외라도 먹고 가."

"부부리에 노가다 나왔다가 잠시 들렀어. 가봐야 돼. 아, 참
누나 우리 집 샀어요. 서너 달 됐어요. 안 살 수가 없었어."

"참 빨리도 말한다. 집 산 거 축하해."

"집도 없는 집에 딸을 주겠냐고, 집사람이 하도 성화를
해서."

기분은 문득 의심스러웠다. 동생은 3,000만 원을 잊은 게
아닐까. 맞은 사람은 맞은 것을 절대 못 잊고 아픔에 시달리
지만, 때린 사람은 다 잊고 발 뻗고 잔다더니. 자신과 자식들
은 남편과 아버지의 피땀값이나 다름없는 3,000만 원을, 남
편과 아버지가 농협에 갖다 바친 3,000만 원을 절대로 못 잊
고 괴로워하고 있다. 그런데 그 3,000만 원의 유발자인 동생
은 까마득히 잊고 사는 모양이다.

조공이 물었다.

"페인트칠은 얼마 주고 하신 거요? 덤탱이 쓴 거 아냐?"

"간식, 끼니 네 번 값까지 합쳐 이십오만 원이라더라. 일 인
당. 한 사람은 안 다닌다. 최소 두 사람이 다니지. 그래서 내가
혼자 칠했다. 닷새 걸렸어."

"누님, 진짜 죽을라고 환장을 했소? 그 짓을 왜 하?"

"난 더러운 게 싫어. 십 년 만에 한 거다. 십 년 동안 일이 좀 많았니. 이번에 했으니 다시 할 일은 없겠지."

"좀 더러우면 어떠냐고! 풀도 그래. 풀이 좀 나면 풀이 나는갑다 하고 그냥 쳐다봐야지 기어이 매느라고 생고생하냐고. 그놈의 고추, 들깨 좀 안 먹으면 안 되냐고. 왜 몸을 못 써서 안달야. 좀 편히 살라고. 평생 그 고생했으면 됐지 왜 그러냐고."

"그러는 너는 그 나이에 왜 노가다 하고 다니냐?"

"내 형편 뻔히 알면서. 나는 뒈질 때까지 노가다 뛸 팔자요."

"나는 아무 일도 안 할 수가 없어서 뭐라도 한다. 넌 아무 일도 않고 텔레비전만 보고 사는 게 쉬운 줄 아니?"

2

6, 7월은 깨 심는 달이다.

'작년에 깨밭에 검정비닐을 씌웠더니 풀이 전혀 안 나서 김을 한 번도 안 맸다'는 만덕댁(43년생)의 말에 솔깃했다. 작은애랑 이랑에 검정비닐을 씌우고 구멍을 뚫었다. 들깨 모종은 무섭게 자랐는데 비가 오지 않아 이랑 구멍에 옮겨 심을

뭐라도 배우는 시간

수가 없었다. 큰애가 심어준다고 내려왔기에 수돗물 뿌려가
며 심었다.

깨들은 이튿날 흉악스럽게 말라 비틀어 죽어버렸다. 미안
하다, 깨들아. 이거 혹시 검정비닐 씌워 그런 거 아닌가? 가
뭄에 깨 심은 일이 한두 번인가. 하루도 못 버티고 다 죽는 건
처음 봤다. 혹시 작은애가 뿌려놓은 풀약 기운이 흙에 섞여
있는 거 아닐까.

학수고대하던 비가 왔다. 너무 많이 와서 밭이 진창이 돼버
렸다. 가만 보면 날씨는 '알맞게'를 못했다. 죽은 깨들을 뽑아
내고, 새 모종들로 바꿔 심었다. 작은애가 엄마가 이미 다 심
어놓은 걸 보고 혀를 찼다.

"엄니가 혼자 자꾸 이러시면 밤나무 심을 수밖에 없어요."

모종들이 무척 남았다. 저것 뽑아버리는 것도 일이다. 누구
모종 가져갈 만한 사람이 있나 헤아려 보는데, 이웃집 공주댁
남편 이장사(31년생)가 와서 웅얼웅얼했다.

"깨를 심으신다고요? 얼마든지 가져가세요."

한 5년 전부터 이장사네는 텃밭에 아무것도 심지 않았다.
원래부터 공주댁(48년생)은 밭일을 거의 하지 않았다. 이장사
혼자 지어온 밭농사인데 구순 가까우니 모든 게 귀찮다는 것
이었다. 그러면서도 밭에 풀 난 게 보기 싫다고 아침저녁으로
풀을 맸다. 소위 '빈 밭농사'였다.

"뭐라고요? 안 들려요!"

또 보청기를 안 쓰고 오신 모양이다. 보청기를 끼고 있어도 소리 질러야 몇 마디 걸리는 분이다. 기분은 악을 썼다.

"다 뽑아가시라고요."

이장사가 알아들었는지 알아들은 척하는 건지 능글맞게 웃었다.

"깨라도 심어야 풀이 덜 난다고 하대유."

소문이 났는지 억척댁(50년생)도 뽑으러 왔다.

"영감님은 어쩌셔요?"

"감당이 안 돼요. 요양원 가야 할까 봐요."

흥건했던 밭은 이틀 만에 사막 같아졌다.

참깨를 심을 차례였다. 참깨밭 이랑을 들깨밭처럼 검은 비늘로 씌워야 하나 고민했다. 안 씌우면 풀이 죽어라고 날 게 뻔했다. 들깨들이 살았으니 참깨도 살겠지. 작은애랑 씌웠다. 언제 비가 또 올지 아나. 작은애와 수돗물 줘가며 참깨를 심었다.

뎅조 공사도 했다. 바람만 불면 날뛰는 집 처마를 드디어 고친 것이다.

그러고는 나날이 풀과의 싸움이었다. 작은애가 엄마 풀 못 매게 하려고 주말마다 와서 풀약을 뿌려대었다. 깨밭에 약을 할 때는 내색은 못했지만 걱정스러웠다. 이랑의 깨에 약물이 묻지 않도록 고랑 바닥에만 잘 뿌려야 하는데, 그 예민한 작업을 잘해줄는지. 약을 뿌릴 수 없거나 뿌리지 못한 곳이 얼마든지 있었다. 작은애가 제발 놔두라고 했지만, 기분은 어느새 호미를 붙잡고 있었다. 딸기밭이나 화단은 뽑는 대로 표가 났지만, 남편 묘는 몇 날 며칠을 뽑아도 표시도 안 났다. 뽑힌 놈보다 새로 나는 놈이 더 많은 걸 어쩌랴.

그 사이에 고추가 빨갛게 익어갔다.

작은애랑 첫물 고추를 딴 날, 토론 강사에게서 전화가 왔다.

"어머니, 방학 끝났어요. 오늘, 수업하실 수 있죠?"

3

강사 오덕희(69년생)가 모시러 왔다. 두세 달에 한 번 보는 큰며느리처럼 반가웠다. 강사가 어떻게 지냈냐고 묻기에 깨 심고 풀과 싸우던 나날을 대강 해주었더니, "에구, 쉬지도 못하시고 일만 하셨네!" 쯧쯧댔다.

"선생님은 어떻게 지내셨어요?"

"말도 마세요. 밥 같이 먹은 친구 하나가 코로나 걸려가지고 자가격리했는데, 애 다니는 학원에서 코로나 환자가 생겨

가지고 또 격리했거든요. 다음엔 남편 직장서 코로나가 터졌어요. 따로따로 격리가 되나요. 그냥 넷이서 집에 갇혀 있었던 거죠. 밥 차리고 설거지하면 금방 또 밥 차릴 때고, 애들끼리 싸워대지, 애들이랑 남편이랑 싸우지, 부부 싸움 안 하는 날 없지. 지옥이 따로 없더라고요."

먼저 와 있던 귀농부인(63년생)이 덥석 안아주었다.

"아이구, 우리 어머니 그새 더 작아지셨다."

"사과 잘 크지요? 사과 따느라 바쁠 텐데 나오셨네요."

"저희 사과는 구월에 따요. 아직 놀러 다닐 여유가 있어요."

8회차는 '그림책으로 보는 옛이야기, 관점의 차이.『토끼와 자라』,『자라가 들려주는 토끼의 간 이야기』'였다. 몇 쪽 안 되는 그림책도 쉬운 책이 없고, 쉬운 얘기도 어렵게 하면 한없이 어렵다는 걸 충분히 배웠다. 그래도 익히 아는 얘기라 덜 막막했다. 강사와 귀농부인이 주로 얘기했고 기분은 어쩌다 몇 마디 했다.

4

9회차는 '그림책으로 보는 옛이야기.『팥죽할머니와 호랑

뭐라도 배우는 시간

이』,『호랑이가 들려주는 팥죽할멈과 호랑이』'였는데, 귀농부
인도 오지 않았다. 관장 명천(51년생)도 바빠서 못 왔다. 강사
가 일방적으로 하는 말을 귀담아들을 각오를 했는데, 책을 만
들어보잔다. 그림책을 따라 여러 장 그렸다.

강사가 웃었다.

"어머니가 피카소처럼 그리신다."

칭찬하는 것 같지만 칭찬이 아닌 말 같다. 그게 무슨 의미
냐고 따질 수도 없고 따라 웃었다. 그림들에 책에 나오는 문
장도 베껴 적었다. 강사가 "글씨가 참 똑바르시다."고 확실한
칭찬 말을 해주었다. 하여간 평생 들은 것보다 많은 칭찬을
여기 다니면서 듣고 있었다. 종이들을 풀로 붙였다. 이게 책
이라고? 참 볼품이 없어 집에 가자마자 불태울 작정이었다.
근데 이것을 도서관에 전시하겠단다. 창피했다.

5

8월은 고추 따기의 계절이었다. 날마다 따는 거 아니고 닷
새에 한 번 따는 거였지만, 기분이 딴 거보다 작은애가 아침
나절에 따주고 간 게 더 많았지만, 여러 가지로 신경 쓰고 건
조기에 돌렸다 빼서 꼭지 따고 갈무리하기를 반복하다 보면

한 달 내내 따는 듯했다.

하루 결석하지 않을 수 없게 되었다.

"선생님, 나 범골 이기분인데요. 내가 오늘 너무 아파 도저히 못 가니께 데리러 오지 말라고요. 진짜로 아파요. 어제 백신 2차 접종했거든요. 예, 안 맞을 수가 없었네요. 1차 때와 마찬가지로 암시랑도 안 했다는 사람, 되게 아팠다는 사람 다양했잖아요. 테레비서는 1차 백신보다 2차 백신 맞고 죽은 사람이 더 많다는 것 같고. 그렇지만 안 맞을 수가 없었네요. 그거 안 맞으면 병원을 못 다닐 판이니. 저는 병원을 달고 사는 사람이라 병원 못 가면 큰일 나요. 또 맞아놔야 자식들이 오죠. 지금도 자주 안 오는데 엄마 백신도 안 맞았다고 더 자주 안 오면 어째요."

"아휴, 어머니 없으면 안 해요. 이번 주는 휴강할게요. 어머님 몸조리 잘하시고 다음 주에 뵈어요."

6

10회차는 '박지원 고전소설. 풍자와 해학에 대하여. 「양반전」, 「호질」'이었다. 모처럼 행정부인(58년생)이 왔다.

"어머니, 왜 이렇게 마르셨어? 이가 안 좋아서 못 씹어 드셨구나. 어째, 어째, 이가 아파도 열심히 드셔야지.”

들어보니 역시 아는 얘기였다. 하지만 강사와 행정의 토론은 이해가 되지 않았다. 열심히 들었지만 끝내 풍자와 해학이 뭔가 가리사니가 잡히지 않았다. 두 사람은 ‘어머니가 하는 말씀이 바로 풍자와 해학’이라고 여러 차례 언급했다. 칭찬처럼 들려 기분이 나쁘지 않았다.

11회차에도 행정부인이 왔다. ‘외국 소설, 영원히 사는 것은 좋은 것인가?『트리갭의 샘물』’이었다. 기분이 평생 만난 책 중에 최고로 막막했다. 그전의 그림책과 달리 무려 200쪽이 넘었다. 신비스러운 샘물을 마시고 영원한 생명을 얻게 된 어느 외국 가족 이야기였는데, 사이보그라나 뭐라나, 무섭고도 아름다운 고전이라는데, 그림이 무섭기는 했는데, 뭐가 아름답다는 건지, 쿨쿨 자다시피 했다.

드디어 마지막 12회차. 두 부인은 오지 않았다. ‘현대소설 박완서『마지막 임금님』읽고 토론하기’였다. 기분이 이름을 아는 유일한 작가 박완서 선생님의 동화랬다. 그분 책은 몇 권 읽었고 재미도 있었다. 이 책도 무조건 재미있겠지 잔뜩 기대하며 보았다.

책 내용이 어지러웠다. 대략 이런 얘기 같았다. 임금님이 그 나라에서 가장 행복하게 사는 백성을 질투한다. 그 백성의 모든 것을 빼앗는다. 그래도 그 백성이 행복해하자 사약을 내린다. 그 백성이 사약을 받고도 행복해한다. 그러자 임금님이 백성의 독배를 빼앗아 먹고 자기가 죽는다. 이게 무슨 이야기지? 무슨 교훈을 얻어야 하지? 말이 안 되는 이야기 같지만 박완서 선생님이 쓰신 거다. 이해 못한 사람이 바보겠지. 강사님이 열심히 설명해주었지만, '뭐라는겨' 속말만 했다.

마지막 날이라 그런지 토론할 사람 없어서인지 관장이 참석했다. 토론은 금방 끝났다. 강사의 말에 관장은 토를 달지 않고 '맞습니다'만 했고 기분은 '그렇군요'만 했으니 토론 같은 게 될 리 없었다.

관장은 강사님 수고하셨고 어머니도 수고하셨다고 한없이 추켜세웠다. 강사는 관장에게 물심양면 아끼지 않고 도와주신 덕분이라고 감사를 표했다. 기분도 관장과 강사에게 진정어린 고마움을 전하려고 애썼다.

한 여자가 슬그머니 나타났다. 관장이 소개했다.

"이분은 성인문해교실 홍미진(78년생) 선생님입니다."

"어머니 말씀 잘 들었습니다. 책도 잘 읽으시고 말씀도 재미있게 조리 있게 잘하시고 성품도 인자하시다고……."

"왜 그러신대요. 무섭게."

"어머니 사실은 부탁드릴 게 있어서요. 독서 토론이 다 끝나셨잖아요. 계속 나와주셨으면 해서요. 성인문해교실에 꼭 모시고 싶어요."

뭐라도 배우는 시간

관장과 오 강사가 각기 덧붙였다.

"홍 선생님은 오늘 쉬는 날인데 누님을 스카우트하려고 일부러 왔다네요."

"어머니, 제가 적극 추천드렸어요."

기분은 어리둥절해서 물었다.

"성인문해가 뭔데요?"

"성인은 어르신이고 문해는 문장 해독을 뜻해요. 학령기에 배움의 기회를 놓친 어르신들에게 초등학교 과정을 가르쳐 드리는 거예요."

"한글 모르는 할머니들한테 한글 가르쳐준다는 거요?"

"예, 바로 그거예요."

"아휴, 난 국민학교는 나왔어요. 한글도 잘 읽고 쓰고."

"초등학교 과정만 있는 게 아니에요. 중학 과정도 있어요. 중학교는 안 나오셨다고 들었습니다."

"그러게 말예요. 우리 아버지가 가난한 사람은 아니었죠. 이 면 소재지에서 정미소까지 했으니 나름 부자였는데, 자식들을 안 가르쳤어요. 오라버니랑 남동생은 중학교까지 가르쳐주었지만 나랑 여동생은 국민학교만 간신히 다녔죠. 지금도 원망스러운 아버지예요."

"그러니까요. 중학교 못 다니신 한을 풀어야지요."

"이 나이에 중학교 못 다닌 게 무슨 한이 되겠어요. 애들 셋이 다 대학교를 나왔는데."

"누님, 솔직히 말할게요. 한글 배우던 할머니들이 다 도망
가서 문 닫게 생겼어요. 누님이 좀 도와주쇼."

그럼 그렇지, 머릿수가 모자란 거군.

"독서하고 토론하는 열한 번, 보람도 있었지만 정말 힘들
게 다녔어요. 다른 것은 다 괜찮다 하더라도 계단 오르내릴
때 애 낳을 때보다 힘들었거든요. 그 고생이 다 끝나 만세 부
르고 푹 쉴 참이었다고요. 근데 또 뭘 배우라고요? 논농사 안
짓는다고 한가하지 않답니다. 나는 못 해요."

셋이 놔주지 않고 졸라대었다. 집에 가야 하는데 이 양반들
이 참나. 기분은 결국 항복하듯 말했다.

"알았어요, 할게요."

대문 앞에서 기분과 토론 강사가 생이별하는 모녀지간 본
새로 시간을 끌자, 문해 강사가 발랄히 끼어들었다.

"다음 주부터는 더 젊은 딸이랑 더 재미있는 공부하실 거
잖아요. 이제 그만 이별하세요."

7

'성인문해교실'은 화요일 오전 10시부터 2시간이었다. 두

학생은 기분을 열렬히 반겼다.

"나는 서경리 노루뜸 사는 35년생 조막순이유. 내가 소학교를 잠깐 다니기는 했소. 조선말 안 가르쳐주고 일본말만 배울 때 말요. 해방되고 집안이 쑥대밭 나고 전쟁 나고 학교는 다시 못 다녔소. 시집은 더럽게 일찍 가서, 남편이라고 바람 피는 게 일인 사람이라 평생 고생했어. 우리 남편 하도 유명해서 댁도 들으면 아실걸. 버스 탈 때 아래위로 하얀 양복이 번쩍번쩍 빛나는 영감태기 본 적 없소?"

"본 적 있죠. 우리 동네에서도 그분은 다 알아요. 멋쟁이라고."

"그 영감태기가 내 남편이었소."

"여전하시죠?"

"작년에 갔지."

"슬프셔서 어떡해요."

"슬프기는. 나는 속 시원해서 날마다 춤추며 살고 있고만."

한글 강사가 끼어들었다.

"할머니 숙제도 안 해 오시고 너무 노신다. 나머지는 나중에 얘기하시고 빨리 숙제하세요."

또 한 여인은 낯이 익었다. 어디서 봤더라?

"혹시 영감님이 광산 다니셨어요? 냉풍욕장 근처에서 버섯식당인가 하지 않으세요? 그 식당에 한 번 갔었는데, 그때

빈 것 같아요."

"니, 나도 어디서 봤던 것 같더니만 이제 생각나네. 우리 영감 광산 친구 김사또 양반 아내시구먼."

"안녕하시죠?"

"나야 남편 죽은 지 십 년도 넘은 사람인데, 댁이야말로 괜찮소? 김사또 양반이 가신 지 이태 되어가죠?"

"괜찮은 거 같아요. 이렇게 잘 사는 걸 보면. 근데 한글을 모르셨어요? 식당까지 운영하셨잖아요."

"나도 국민학교밖에 못 나오고 학교를 워낙 개판으로 다녀가지고 글자를 제대로 몰랐다오. 글자 모른다고 장사 못 하게? 대충 아는 척하면서 살아왔지. 근디 내가 며느리를 늦게 얻었소. 중졸로 철물점이나 하는 오십 먹은 놈이 무슨 수로 한국 여자랑 결혼을 했겠소. 베트남 여자랑 했지. 그래도 한국 사람이랑 비슷한 애로 골라왔더만. 내 아들이고 내 며느리지만 보기가 거시기해. 둘이 서른 살 차이가 나니. 양심에 찔려. 그래도 벌써 애를 둘이나 낳았지. 며느리가 이 문해 교실로 한글 배우러 다녔잖소. 졸업식에 축하해주러 갔더니 한글 못 배운 사람이 왜 이리 많어. 90대 할머니까지 있더라고. 나보다 나이 많은 할망구들 글자 못 배운 거는 이해가 가는데, 내 또래 70대가 여든 명인 것도 이해가 되는데, 60대가 서른 명 넘고 50대도 열 명은 되더라고 심지어 40대도 있어. 도대체 그 사람들은 왜 글자를 못 배운겨? 그 사람들 보고 나도 용기를 얻었다오. 죽기 전에 한글은 배우고 가야겠다. 코로나로 식당이 되나. 파리 구경하는 것도 하루 이틀이지 이참에 글자나 배워보자고 나섰소. 베트남 며느리보다 글자를 모르니 쪽 팔려 살 수가 있어야지."

기분은 신입생 신고하듯 강사가 건네주는 시집을 줄줄 읽었다. 막순할매와 버섯댁(44년생)이 손뼉을 마구 쳤다.

받아쓰기 시험을 보았다. 1번 성공한 사람, 2번 예쁜 며느리, 3번 멋쟁이 남편, 4번 놀러 갑시다, 5번 아름다운 나, 6번 멋진 대통령, 7번 찰진 옥수수, 8번 황금빛 들판, 9번 향기로운 풀, 10번 즐거운 인생. 강사는 세 번씩 또박또박 불러주었다.

막순할매는 50개 낱말 중에 제대로 쓴 글자가 10개도 안 되었다.

버섯댁은 반타작했다. 소리 나는 대로 쓰면 되는 글자는 맞게 쓰는데, '멋진[먿찐]'처럼 소리나는 대로 쓰면 틀리는 글자는 다 틀렸다.

기분은 '멎쟁이'와 '황금빚'이라고 써서 두 개의 빨간 돼지 꼬리를 받았다.

"쓰기도 박사급이구먼."

"타짜네, 타짜. 작은 선생님 해도 되겠다. 많이 지도편달해주셔.”

막순할매와 버섯댁이 경탄했지만, 기분은 겸연쩍었다.

“선생님이 쉬운 글자를 불러줘서 두 개밖에 안 틀렸지, 저도 받침글자는 많이 틀려요.”

“기분댁이 사람 놀리는 재주가 있구만. 이게 쉬운 글자면 우리는 뭐여?”

“겸손 떠는겨? 그런 겸손은 우릴 두 번 죽이는 거라니께. 우리랑 레벨이 다르구만.”

강사가 너스레를 떨었다.

“그 정도 받침 틀린 거 조금도 부끄러워하실 게 아니에요. 대학생도 받침 엄청 틀려요. 다른 어머님들도 부끄러워하실 거 하나도 없어요. 어머님 또래분들, 한글 다 안다고 하시지만, 받아쓰기 시험 보면 어머님들과 다를 게 없어요. 우리나라 받침이 얼마나 어렵게요. 맞춤법도 여러 번 바뀌어서 옛날 학교 다닌 어르신들은 틀릴 수밖에 없어요.”

버섯댁이 입술을 삐죽 내밀었다.

“그러니 기분댁이 타짜라는 거지.”

다음 주부터 기분은 받아쓰기에서 제외되었다.

“어머니는요, 하고 싶은 거 하세요. 중학반 대비하신다 생각하시고요. 책도 보시고 글도 쓰시고. 시 써도 좋고 일기 써도 좋고.”

8

깨 베어 터는 사이에 10월이 갔다. 문해 교실 강사도 꼬박 꼬박 모시러 왔다. 빠질 도리가 없었다. 토론 강사도 붙임성이 좋았지만 가르치는 스타일이었다면, 문해 강사는 애교성도 있고 들어주는 스타일이었다. 차로 오갈 때 토론 강사한테는 듣고만 있었다면, 문해 강사한테는 떠들고만 있었다.

"내가 평생 말수 적다는 소리 듣고 살았어요. 그거 다 엉터리 말예요. 나보다 말 빠르고 많은 여자들과 있으니 별수 없었던 거죠. 나는 말 한마디 더 하려고 싸우듯 말하는 게 싫거든요. 그러다 보니 말수 적다 소리 들은 건데, 나도 말수 적은 사람 하고 있으면 말 많잖아요. 지금처럼. 선생님은 정말 말이 없으신 것 같아요. 수업 때도 할머니들 말만 들었지 선생님 말은 거의 못 듣는 거 같아요. 말 없는 사람은 조금 무서운데 선생님은 무섭지도 않고. 시어머님이 너무 예뻐하시겠어요."

"저도 제 친구들 만나면 말 되게 많아요. 그리고 저 아직 아가씨예요."

"왜요? 어쩐지 애 얘기하는 거 한 번도 못 들어봤다. 참, 요새 아가씨한테 왜 결혼 안 했냐고 물어보는 거 아니라는데, 미안해요."

"괜찮아요, 어머니. 어머니는 참 사과를 잘하셔요. 수업 때도 잘못한 거 하나도 없으시면서 두 할머니가 조금만 언짢은 표정 지으면 미안하다 하시고요."

"미안한 게 너무 많은 인생이었죠."

거리가 가까워서 망정이지 시내쯤 되었다면 자서전을 들려주고도 남았을 테다.

9

원래 동급생이 한 명 더 있었단다.

"나처럼 식당 하던 분인데, 기분댁도 가봤을걸. 육경면 사람 치고 춘추리 저수지 근처 붕어식당 안 가본 사람 없을겨. 무려 신문에 나왔던 사람여. 텔레비에서 나와달라고 겁나게 찾아왔댜. 그런데 그 양반이 죽어도 안 된다고 했댜. 텔레비에 나가면 큰일 날 과거라도 있었나벼."

붕어댁(36년생)이 신문에 그 이름을 떨친 것은 16년 전이었다.

석탄합리화정책으로 탄광들이 다 문을 닫게 되었고, 정부는 폐광지역에 상당한 돈을 약속했다. 고을의 높은 이들이 분분한 끝에 최우선으로 석탄박물관을 짓기로 했고, 5년 만에

뭐라도 배우는 시간

완공식을 갖게 되었다.

"그따위 걸 지어서 뭐 혀. 여기가 태백산도 아니고. 여기에 탄광이 있었다는 것도 모르는 국민이 구십 빠센트인디 지어서 뭐 하냐고. 지방자치 되고 돈 들여서 지어놓고 파리 구경이나 하는 게 쌔고 쌨어. 우리도 파리 박물관에 동참하자는 겨? 내가 하루에 열 명씩만 와도 손에 장을 지진다."

남편(41년생)의 우려와는 달리, 시나브로 안녕시의 상징으로 자리 잡았다. 전국 최초의 석탄박물관이라는 타이틀도 있고, 해수욕장들과 가까워 피서객이 겸사겸사 찾았다. 일부러 찾아오는 단체관광객도 늘어갔다.

욕하던 남편도 직접 가보고서는 뭉클했다.

"뭐, 다른 거 있나. 그럭저럭 잘 만들었으니께 사람이 오는 거지. 내가 탄광쟁이 이십 년 한 사람인데, 처음엔 기대도 안 했어. 사업비 이놈 저놈이 다 떼먹고 거지 사촌 움막처럼 만들었겠지. 근디 얼마나 떼먹었나는 물러도, 괜찮게 해놓았더만. 탄 캐던 시절이 생각나서 눈물이 다 나더라니께. 광부 인형이 석탄밥 먹는 모형은 딱 나더라고."

"손에 장 안 지져요?"

그건 나중 일이고, 석탄박물관 개관한 날, 광부들이 삼겹살과 소주로 목구멍을 달래던 작부집 즐비하던 석탄골은 인산인해였다. 그냥 개관식만 치른 게 아니라, 축제로 꾸민 덕분이었다. 지방자치 시대가 아니고 지방축제 시대일까. 별거 아닌 거로도 축제를 다반사로 여기는 판인데, 통상산업부장관, 합리화사업이사단 이사장, 도지사가 오고, 시장, 도의원, 시의원, 나름대로 유력하다고 자부하는 단체와 조직의 '장'들이 다 모인 자리이니 축제가 아니라 축제할머니라도 열 판이었다.

인물은 우연한 기회에 떠오르는 법. 축제의 한 행사인 '향토 전통음식 경연대회'에 안녕의 내로라하는 요리전문가(주로 식당을 운영하는 사장님들)들이 총출동, 끓이고 삶고 찌고 부쳤다. 100개의 요리 중 일등을 차지한 이가 붕어댁이었다. 당시 중앙일간지에 이렇게 기사가 났다.

붕어 요리는 뼈가 푸닥지고 억셀 뿐 아니라 비린내가 강해 일반 미식가들이 즐겨 찾지 않지만, 구영자 씨(59세)가 출품한 붕어찜 요리는 뼈째 먹어도 입에 녹는 듯한 부드러움과 담백함으로 이날 1등 음식으로 뽑혔다.

이 고장 신문에는 요리 비법까지 자세히 적혀 있다. 특별한 비법 같지는 않지만, 1등을 했다는 것이 중요하다. 이후 붕어댁의 붕어 요리 전문식당은 사람으로 미어터졌다.

"그 할머니가 여기 잘 나오다가 픽 쓰러져갔고 병원 전전

뭐라도 배우는 시간

하다가 요양원에 실려 갔었거든. 어제 돌아가셨댜. 남의 일 같지가 않어. 언제 훅 갈지 모르는 인생. 심심하면 우리 문상 갈 건데 같이 가자고. 관장님이 데려다줄 거랴."

사양했다. 아는 사람 문상만으로도 진력이 나는데 잘 모르는 사람 문상까지 가라고?

10

문해 교실 마지막 수업이 끝났다.

"이대로 헤어지면 우리가 사람인가. 우리도 위드코로나 해보세."

버섯댁이 자기는 돈밖에 가진 게 없다면서 밥 사겠다고 했다. 면 소재지에는 중국음식점을 제외하면 식당이 딱 두 개 남았다. 육고기 위주의 시경식당, 물고기 위주의 샘물식당. 샘물식당으로 갔다.

샘물식당 사장은 국민학교 5년 후배였다.

"누님, 살아계셨네. 그동안 어찌 한 번 안 왔소?"

"문 안 닫고 용하게 버티고 있다. 대견하네."

"우리는 코로나 덕분에 더 잘되는걸. 코로나 전에는 애향심 없는 것들이 시내 가서 먹고 그랬잖아. 근디 코로나로 시내 식당들이 엄하게 하니께 어쩔 수 없이 지네 동네로 오는 겨. 배달도 우리한테 시켜 먹고."

방이 다섯 개인 식당이었다. 막순할매와 버섯댁의 수다를 경청하고 있는데, 누가 왔다. 몇 달 만에 보는 건지 모를 큰면 (61년생) 조카였다. 기분만 반가워하는 게 아니라 모두 큰면 조카를 잘 아는지 반가워했다. 면장님 납신 듯한 분위기였다. 하기는 면장이나 마찬가지다. 왜 명예박사라고 박사가 아닌 데 박사 대접해주는 거 있잖은가. 조카는 20년 넘게 육경면의 '명예 면장'으로 칭송되었다.

"관장님 잘 지내셨죠? 선생님도 안녕하시고요. 어휴, 어머님들 처음 입학했을 때 가보고 자주 찾아뵙고 격려드린다는 게 못 가봤네요. 그런데 우리 작은어머니는 여기 왜 계신 거예요? 어머니는 저보다도 책을 더 읽으시는 분인데. 친구분들인가?"

"우리가 작은 선생님으로 스카우트했지."

큰면 조카는 '우리 작은어머니, 혼자 어떻게 사시나 걱정했는데 이렇게 공부도 하고 건강하게 사셔서 기쁘다, 계산을 해놓았으니 마음껏 더 드시라'는 요지로 떠벌렸다.

막순할매와 버섯댁은 '저런 훌륭한 조카까지 두고 정말 복을 타고난 분'이라고 부러워했다. 기분은 좀 어이가 없었다. 내 자식 자랑할 때는 그런 걸로 먹고 사는 자식 둬서 걱정이

뭐라도 배우는 시간

태산이겠다더니. 아무리 잘 나가도 조카가 내 자식일 수는 없 잖은가. 아니다, 조카 잘 돼서 자랑스러웠다.

11

12월 16일, 안녕베이스에서 '2021년 성인문해교실 수료 식'이 열렸다. 안녕베이스는 요새 안녕시에서 제일 잘 나가는 숙박업소라고 했다. 해변의 유명한 호텔과 콘도보다 성업이 라니 말 다 했다. 어마어마하게 긴 골프장이 있어 골프에 환 장하는 이들이 성지처럼 여긴다나. 안녕시청과도 지척이었 다. 하여 웬만한 시급 행사는 안녕베이스 동백홀에서 개최된 다는 것이었다.

"내가 왜 졸업식까지 따라가요?"

안 가겠다는 의사를 분명히 밝혔건만, 강사와 관장과 두 동 문이 집까지 모시러 오니 대충 입고 동행할 수밖에 없었다.

엘리베이터 타고 올라가 몇 층인가에서 내렸다. 유리창으 로 안녕시가 한눈에 들어왔다. 늘 보는 자연풍광이지만 내려 다보니 새로운 맛이었다.

복도에 글 그림이 울긋불긋했다.

내 영감은 바람둥이 평생 내 속 썩였지

영감 죽고 편히 살지 영감 약 오르지

뒤늦게 글자 배우지

일기 써보니 꿈만 같지

자식한테 편지 쓰고 사진 찍어 보내는 재미 오지지

— 조막순

내 며느리는 동남아에서 와서 거무잡잡하다

손자가 스물 되면 내 아들은 칠십 된다

손자가 스물 되면 나는 구십이다

손자 생각하니 더 열심히 벌어야겠다

며느리 테레비에 나오는 고향 보고 울 때 나도 덩달아 운다

— 버섯댁

두 동문의 글 말고도, 하나같이 뭔가 느껴지는 글들이었다. 우리나라에서 가장 많이 읽힌다는 나태주라는 사람의 시집을 읽었을 때와는 딴판이었다. 무슨 말인지도 모르겠고 연애 시라는데 연애를 해본 적이 없어서 그런가 아무런 감흥이 없었다. 아무런 감흥을 느끼지 못하는 자신이 못난 독자일 테지만, 책값이 아까울 지경이었다.

그런데 어째서 한글도 제대로 못 쓰는 할머니들의 글 그림

뭐라도 배우는 시간

은 마음을 울리는 걸까. 남의 일 같지 않은, 나도 잘 아는 일들이 쓰여 있었다. 저걸 쓰느라고 글자도 제대로 모르는 분들이 애쓰던 모습이 선했다.

졸업 가운으로 갈아입고 나온 막순할매와 버섯댁이 부끄러운 듯 우쭐대었다.

"내가 태어나서 상을 처음 받아봤어유. 우리 영감태기 하늘에서 좀 보고 반성하라고 최선을 다해서 썼구먼."

"나도 처음 상 타봐. 이거 아무나 상 주는 거 아니다. 딱 스무 명한테만 준 거라고. 내년엔 기분댁이 장원 먹을걸."

사회적 거리두기에 따라 간격을 두고 앉았다. 기분은 졸업 가운이 부럽지 않았다. 자식들이 대학교 졸업할 때 세 번이나 입어봤다.

국민의례가 있었다. 자식들은 국민의례 같은 게 없어져야 제대로 된 나라라고 했지만, 기분은 국민의례를 할 때면 자주 안 해봐서 그런 건지 모르겠지만 격정에 휩싸였다. '나는 아무것도 아닌 존재가 아니다. 나도 국민이다' 같은 해괴한 자부심이 치밀었다. 토론 강사가 '국뽕'이라던 게 바로 이 마음인가 보다.

학사보고가 있었다. 183명에게 수료증이 수여되었다. 그중 44명이 개근상을 받았다. 대표로 몇 명이 나가서 받고 나머지 수료생에게는 공무원들이 전달해주었다. 막순할매와 버섯댁은 개근상을 받았다. 모범 강사·학습자들이 시장 표창장을 받았다. 막순할매와 버섯댁이 상을 못 받는 것은 이해하겠지만, 홍강사가 안녕시에서 공개모집해 선발된 23명의 문해교육 강사 중 모범 5명 중에 못 들은 것은 이해가 안 되었다. 그렇게 잘 가르치는데 왜? 수강생이 적어서 그런가. 저런 상도 연줄로 주는 건 아니겠지.

모범 학습자 네 분이 소감을 발표했다.

"지가 최고령 수강생이에유. 1920년생이께. 한 풀었슈. 내일 죽어도 좋아유."

"못 배운 그 서러움을 뭐라 말할 수가 없어요. 배운 사람 앞에 똑바로 서지도 못 하고, 왜 나는 이 나이 먹도록 글을 못 배웠나 항상 창피하고, 그 서러움 떠나보내게 됐습니다. 너무나도 행복합니다. 선생님도 정말 고맙고 우리 안녕시의 어르신들도 다 고맙습니다."

"아무것도 모르고 살았는데, 글이라는 것을 조금씩 알아가니까, 공부하다 보니까 조금이라도 더 배우고 싶어졌어요. 좀 더 배워서 내가 속에 있는 말을 다 쓰고 싶고, 내가 아는 것을 알리고 싶습니다. 아직까지는 어려워요. 조금 더 배워서, 조금 더 열심히 공부해서 내년, 후년 쯤엔 자신 있게 얘기할 거라고 다짐합니다. 오늘은 졸업을 즐기겠습니다. 졸업하니까 좋고, 든든하고, 마음도 가볍고, 내 세상을 다 얻은 것 같

뭐라도 배우는 시간

아요."

"포기하고 싶은 마음도 많았지만, 배움을 통해 또 다른 세상과 만날 수 있다는 희망으로 열심히 공부했습니다. 끝이 아닌 새로운 시작이라는 마음으로 예비중학 과정도 적극적으로 참여할 계획입니다."

여름에 진행한 성인문해교육 시화전에서 우수한 성적을 거둔 20명에게 안녕시장상과 안녕시의회장상이 수여되었다. 막순할매는 시장상을, 버섯댁은 의장상을 받았다. 많이 많이 축하드립니다. 기분은 손뼉이 부서져라 쳤다. 이 기쁜 날, 마스크를 안 썼다면 더욱 뿌듯하고 자랑스러운 얼굴이겠지.

시장이 축사했다. '문해교육을 통해 글을 읽고 쓸 수 있을 뿐만 아니라 평생교육에 도전하는 어르신들의 열정에 감탄하지 않을 수 없다, 시는 앞으로 원하는 것을 언제든지 배우고 익힐 수 있는 평생학습 교육의 기회를 가질 수 있도록 다양한 노력을 기울여 나가겠다'는 말씀이었다. 훌륭한 말씀은 왜 이리 졸릴까.

막순할매와 버섯댁이 졸업사진을 찍는데 마스크 쓴 얼굴에 눈물이 번들거렸다. 평생 처음 졸업 가운을 입어보고 처음 학사모를 써본다고 했다.

관장이 막순할매에게 꽃다발을 주었다.

"미쳤나베. 눈물이 그치질 안 해. 이 좋은 날 영감태기가 왜 자꾸 생각나는겨."

버섯댁 꽃다발은 그녀의 가무잡잡한 며느리가 안겨주었다.

"엄마 축하해. 집에 가서 받아쓰기 한판 붙어."

"그려, 해보자. 십만 원 빵 위뗘?"

두 동문이 같이 찍잔다. 기분은 손사래를 쳤다. 강사가 언제 준비해두었는지 기분에게 졸업 가운을 입혀주었다. 학사 모도 씌워주었다.

12

관장이 집까지 데려다주었다.

"누님 내년에도 꼭 나오셔. 중학반 하시고 시화전 상 타셔. 책 내도 되겠다. 내년에 책 내는 프로그램도 있대요."

"냈다야. 그런 거 안 해도 바쁘다. 가고 싶어도 계단 때문에 못 간다."

"그건 걱정 말아요. 내가 책임지고 바꿔놓고 갈 테니까."

"어디 가?"

"내가 관장을 한다고 불만 많은 사람이 많어. 관장은 토박이 사람이 해야지 고향 떠나 시내 살던 사람이 하는 게 말이

뭐라도 배우는 시간

되냐. 내년부터는 유지 중에 누가 할겨. 그 토론에 나왔던 사인방이 유력해."

"너 없으면 더 못 가지."

"나 보러 왔었나베."

"엘베를 새로 놓는겨?"

"그럴 돈이 어딨어요. 공부하는 교실을 일 층으로 옮길라고."

"진작 좀 그러지."

"대한민국서 쉬운 게 어딨슈."

휴대폰이 진동했다. 문자메시지를 열었다. 사진이 떴다. 졸업 가운을 입은 동문수학생 세 여인이 경직된 표정으로 있었다. 평생 찍어도 적응이 안 되는 게 사진 찍기다. 좀 웃고나 찍지. 자기만 안 웃었는 줄 알았는데 막순할매와 버섯댁도 웃는 얼굴이 아니다.

"문자도 하실 줄 아네."

"배웠지. 우리 센터 말고. 다른 데서. 근데 삼다향센터의 삼다향이 뭔 뜻인지 알어? 처음부터 궁금했는데 그것도 모른다고 무시할까 봐 여태 못 물어보고 살았다."

"그거 아는 사람 별로 없어. 예로부터 유명한 양반을 많이 배출해서 반다(班多), 중국 사람도 알아준다는 오석(烏石)이 많이 나서 석다(石多), 직언과 상소가 많아서 언다(言多), 그래서 삼다(三多)고, 향(鄕)은 향기지 뭐."

"어쩐지. 그래서 말 못 하는 사람이 없구만. 근데 그 말을
누가 처음 한 거야?"

"그건…… 아무도 모를걸."

뭐라도 배우는 시간은 마감이 없었다.

농사는 처음이지?

일꾼 구하기

거시기, 우리 범골의 자랑 돈호테(02년생, 철학과 2학년) 학생 휴대폰 맞는가요?

— 저 범골 살 때 별명인데. 누구세요?

그새 내 목소리도 까먹었냐? 역경리 이장 이덕순(71년생)여.

— 강녕하시지요. 아직도 이장님 하세요?

나두 미치겠다. 나 말고 할 사람이 있간. 나 대신할 사람 있었으면 벌써 퇴진했지.

— 왜 저한테 전화를 다…….

맞어, 대학생이 얼마나 바쁜디 용건만 간단히. 너네 대학교는 농활 같은 거 안 하냐? 아직도 농활 하는 대학들이 있다던데. 대체 워칙히 해야 봉사 대학생들을 받을 수 있는겨. 몰라서 하는 소리가 아니라 답답해서 하는 소리여. 시의원급이나 부를 수 있지. 농협중앙회가 학교발전기금 내고 대학 당국은 학생 보내는디, 그런 대학생들을 아무나 받겠어. 감투 몇 개씩 쓴 지역 유지분들이나 욕심내지. 해서 나는 아예 그런 건 바라지도 않어.

— 저는 농촌 봉사활동이 부적절하다는 소견입니다. 열정 착취잖아요. 여러 가지로 힘든 대학생들 공짜로 부려먹겠다는 심보부터가 잘못된 거죠. 대학생들도 봉사 정신이 우러나와서 하는 게 아니잖아요. 물론 순수하게 봉사 정신이 투철해서 참여하는 애들도 있지만 대개는 취직하는 데 꼭 필요한 자원봉사 시간을 이수하려고. 중고등학교 자봉은 더 웃겨요. 청소년 노동력 갈취지 뭐예요, 그게.

너 진짜 하나도 안 변했다. 어린 게 돈키호테처럼 책만 되우 읽어 아는 건 화려해서 따박따박 진지하게 따지고. 그때는 청소년이라 아주 귀여웠는데 인제는 영 거시기하게 들린다야. 세상을 그르케 똑 부러지게 살 수 있겄냐.

— 야단치려고 전화하신 겁니까?

아녀, 아녀, 내 정신 좀 봐. 아까 너 말 잘했어. 나도 봉사활동 엄청 싫어하는 사람여. 지역사회에서도 봉사활동을 적잖이 하는데, 우리가 하는 건 나름 지역 유지로서 동네 어르신들 돕는 거니까 할 만하다고 봐. 하지만 젊은이한테는 그러면 안 돼. 젊은이는 일하는 만큼 받아야지. 돈도 안 주고 일 부려 먹으면 나쁜 어른여. 돈 받은 만큼 일하고 돈 준 만큼 일 시킨다가 내 인생 신조요. 아, 자꾸 말이 삼천포로 가야. 본론을 말할게. 네 친구들 중에 농촌 알바하고 싶은 애들 없냐? 사람 구하기가 자지리 벅차다. 마늘 캐야 하는데 사람이 없어. 작년에 일해줬던 아주머니 절반이 은퇴하셨어. 건강 망가진 분이 태반이고 아직은 할 만한데 패 죽여도 못 하겠디야. 요새 70대도 젊다고 하지만 어느 날 갑자기 쓰러지는 사람은 다 70대잖여. 농사일하다가 갑자기 드러눕기 싫다고 다들 외면하셔. 안 쓰러져도 병원은 예약된 풀코스지. 일당보다 병원값이 더 나온다니께. 요새 대학생들 알바 많이 한다메. 우리 동네서 일해줄 대학생들 좀 없을까 에스오에스 쳐봤어. 내가 아는 대학생이 너밖에 없잖여.

— 요새 누가 농촌서 일해요?

일이 고되긴 고되지. 거시기, 내 생각엔 도시 알바들과 견주어 장점이 있는데. 너 알바해봤냐?

— 제가 벌어서 살잖아요. 알바 인생이에요.

하루 몇 시간 하고 얼마 버냐? 뭘 하든 간에 시급 만 원도 안 되니께 10시간 해봐야 10만 원일 거 아녀. 노가다나 뛰어야 15만일 거고. 질통이나 메야 20만이고. 우리도 13만까지는 줄 수 있어. 일 잘하면 좀 더 줄 수 있고. 요새 외국인분들은 15만, 아니 20만 아니면 안 와. 인력사무소에서 수수료를 왕창 떼먹으려고 단가를 높여놓기도 했지만 워낙 귀하신 몸들여야지. 코로나 끝나면 예전처럼 잔뜩 들어올 줄 알았는데 귀하다 귀해. 그러고 이왕이면 명품이라고 외국인분들도 일을 가려서 한다니께. 좀 더 쉽고 좀 더 많이 주는 데로 가. 인지상정이기는 하다만서도.

— 저도 시골서 좀 살아봤잖아요. 도시 애들이 농사일을 할 수 있겠어요?

도시서 그 어려운 알바를 하는 애들이 그깟 농촌 일을 못 하겠냐? 제대로 따지면 도시 일이 훨씬 더 힘들지.

— 농촌 일이 더 어렵죠.

네가 나를 아주 시골에서만 썩은 년으로 안다. 나도 서울서 공장밥 2년, 식당 설거지 1년, 주유소 1년, 다단계 빠져갖고 고장 난 전기장판 판매 1년 해봤던 년여. 농사일이 제일 쉽더라.

— 그러니까 저더러 역경리에서 마늘 캘 학생들을 수소문 해봐달라는 건가요? 당장요? 기말고사도 안 끝났는데.

당장은 아니고 한 열흘 여유가 있어. 하지 때부터 캐니께. 네가 보통 애냐? 여기 살면서 웬만한 어른들보다 똑똑한 애어른 아녔냐. 네가 사람 보는 눈이 얼마나 출중하냐. 네가 그리고 얼마나 도덕책 같았냐. 네가 구해서 보낸 애들이라면 일단 됨됨이가 됐을 거 아니냐. 농사일도 인성이 으뜸 중요하더라. 난 돈 받은 만큼 일하는 게 인성이라고 봐. 돈 받은 만큼 일 안 하는 분이 너무 많아. 날로 먹어! 특히 인력사무소에서 온 분들 심각해. 외국인이고 한국인이고 받은 돈의 절반만 일해줘도 내가 참 고마운 일꾼이라고 칭송을 한다니께. 아줌마들은 일이야 선수지만 워낙 깐깐해서 일꾼이 아니라 상전이라니까.

— 일이야 성실하게 한다 할지라도 할 줄을 알아야죠. 대학생들은 농사일이 다 생전 처음일 텐데 그러다가 농사 망치면 어떡해요?

뱃속에서부터 농사 배워 나온 사람이 어딨냐? 그리고 농사일도 도시 일이랑 다를 것 없어. 단순 반복여. 캐고, 심고, 따는데 뭔 기술이 필요해. 요령 그거 금방 생겨. 조금이라도 덜 새빠지게 더 양껏, 더 빨리하려고 애쓰다 보면 저절로 생기는 게 요령이거든. 다만 농사라는 게 먹거리를 다루는 일이다 보니 먹을 사람 귀하게 여기는 마음이 필요하지…….

— 아주머니, 옛날과 변함이 없으시네요. 산만하게 수다스러우셔요.

미안하다야. 이장질하면서 말이 갑절로 늘었다. 줄지를 않여. 그런디 나 아직 결혼 안 했어. 아줌마 아녀. 하기는 네가 나를 아주머니라고 부르지 뭐라고 부르겠냐.

— 세부 사항만 분명히 해주시면 알아는 볼게요.

일당은 12만⋯⋯.

— 아까는 13만 원이라고 하셨는데요.

13만 이상 주려고 노력할 건데 보증금액이 12만이라는 거여. 일주일만 일해도 1인당 백 만을 챙겨줄겨. 그리고 숙식 제공을 할 거니까. 참 하루 두 번, 야식 한 번 꼬박꼬박 줄 거고. 하루 여섯 끼니를 먹여주겠다 이거여.

— 어디서 재우게요? 마을회관요?

거기 어르신들 드나드는데 어렵지. 우리 집서 재울라고. 나 혼자 살잖냐. 방 다섯 개여. 그리고 화장실, 샤워실 걱정하는 학생 있으면 〈6시 내 고향〉 좀 보라고 해. 요새 시골집이 기본적으로 어떤가 좀 보라는겨. 아직도 시골을 '전설의 고향'으로 아는 애들이 쎘다니께. 거시기, 〈나는 자연인이다〉가 문제여. 그 프로그램 하나가 시골집들이 거지집처럼 나오더라. 요새 그런 자연인은 시골에서도 노숙자 취급해. 농업방송국서 하는 〈부자 농부〉 같은 것 좀 보라고 해. 〈부자 농부〉 보면 농촌이 더 살기 편하고 더 부자 되기 쉽다는 소리 나올 거다. 먹는 건 면사무소 옆에 식당이 세 개가 있는데, 거기다 대놓고⋯⋯.

— 몇 명이나 필요한대요?

다다익선. 군부대가 와도 돼.

농사는 처음이지?

— 조그만 동네에 뭐 할 일이 있다고 잔뜩 필요해요?

농촌 떠나더니 농촌을 진짜 모른다. '할 일은 산더미고 사람은 없다'가 농촌여. 내가 지금 우리 역경리 인력만 구한다는 게 아냐. 육경면 인력을 구하는겨. 일할 사람이 씨가 말랐단 말여. 오죽하면 너한테까지 전화를 넣었겠어.

— 참 결정적인 걸 안 여쭤봤네요. 남자만 필요한 거죠?

남녀평등. 힘센 남성도 되우 필요하고 섬세한 여성도 많이 많이 필요해.

하지(6월 21일) 저녁

노인회장 태평농(49년생)이 주위섬겼다. 이 동네 4년 차 노인회장이올시다. 아직 젊소이다. 웃을 일이 아니외다. 요새는 여든 살 되기 전에는 다 젊은 거요. 내가 농사를 태평농법으로 짓는 거로다 시내까지 소문난 사람인데, 태평농법이 뭣이냐 하면 자연농법이랑 비슷한 건데…….

이장 이덕순이 퉁바리 놓듯 했다.

대학생들 강의 싫어해유. 강의하지 마슈.

태평농이 멋쩍게 웃고 이었다.

그러면 태평농법은 차차 소개하기로 하고 감개무량을 표

하고 싶소이다. 오래 살다 보니 우리 마을도 농촌봉사 대학생들을 다 받는구만.

이번엔 돈호테가 참견했다.

할아버지, 저희 봉사하러 온 거 아닙니다. 일꾼으로 왔어요.

태평농이 힘주었다.

일꾼으로 왔어도 그 편하고 좋은 서울 일자리 놔두고 시골로 왔다는 자체가 봉사 아니고 뭐냐. 같은 돈 받고 일해도 봉사인 게 있고 아닌 게 있단 말여. 이 농활이라는 게 내 소싯적부터 있었거든. 내가 중학생이던 1950년대도 농촌 봉사한다고 대학생들이 내려왔었단 말이야. 근데 우리 동네는 한 번도 안 왔어. 새마을운동 때도 우리 동네만 코빼기도 안 비쳤다고. 전두환 노태우 김영삼 때는 대학생 하면 데모꾼으로 알던 시대잖어. 하지만 그때가 아마 농활이 제일 활발했을겨. 그땐 진짜 자발적이었지. 우루과이라운드 때문에 대학생들이 농촌 사람 어지간히 긍휼히 여겨줬거든. 그 운동권 대학생이 농활 안 가는 동네가 없었는데 그때도 우리 동네만 안 왔어. 터가 나빠서 그런가.

이장이 노인회장을 데리고 나갔다.

차린 건 없지만 양껏 먹고 편하게들 얘기 나눠요.

대학생들끼리 자기소개가 있었다. 각각 나이, 학년, 학부,

학과, 계열 등을 밝혔는데 괄호로 묶었다. '잘 부탁한다' '서로 존중하고 배려하자' '도와주고 합심하자' '노인을 공경하자' 같은 상투적인 말은 뺐다.

알바인(1997년생, 사학과 4학년): 내가 고1부터 알바로 점철된 인생을 살았는데, 해본 알바가 백 개쯤 돼. 다만 농사일을 안 해봤더라고. 막노동판에 비해 일당이 박하기는 하지만 재미있을 것 같아 왔어. 그러니까 농사일은 나도 처음이지. 세상일이 다 거기서 거기지 뭐. 다들 나만 잘 따라 하면 돼. 나 빼고는 다 비슷한 나이지? 나 없다고 생각하고 말들 편하게 해. 나 꼰대 되기 싫어.

최농미(2001년생, 심리학과 3학년): 이 동네 같은 시골 출신이지만 농사에 대해 거의 몰라. 나한테 농사일에 대해 아무것도 묻지 말라는 뜻. 요샌 시골에도 농가 인구 희박한 거 알지? 농사짓는 집도 자식들한테는 농사일 안 시키거든. 방학 때 돈을 벌긴 벌어야겠는데 도시가 너무 갑갑해서 탈출구를 찾고 있었어. 첫 느낌은 좋네. 일은 해봐야 알겠지.

양쾌순(2000년생, 국문학과 3학년): 나도 이것저것 많이 해봤는데, 알바인 오빠 앞에서는 아이디도 못 내밀겠네. 나도 기본은 하는 알바 인생이야. 고객 접대 서비스 알바에 넌더리가 났어. 농사일, 다른 건 몰라도 진상 고객님 만날 일은 없을 거잖아.

돈호테: 진상 지주님은 만날 수 있어요.

별나리(2004년생, 인문학계열 1학년): 어머, 다 연로하시네요. 보다시피 제가 용모가 뛰어나지 못한지라 알바 생활이 참 힘들었습니다. 똑같은 일을 해도 상대적으로 더 혼나고 더 욕먹어요. 피해의식 아니라니까요. 농사일은 외모 갖고 사람 차별하지 않겠죠?

최농미: 나보다 말랐고 나보다 더 예쁘구만. 잘 왔어. 시골은 외모 필요 없어, 체력이 최고야. 화장하고 꾸며도 쳐다봐줄 사람이 없어.

곽감희(2002년생, 문창과 3학년): 돈도 돈이지만 농촌을 알고 싶어서 왔어요. 모름지기 작가가 될 사람으로서 우리 민족의 근원 농촌을 모르는 건 터무니없잖아요. 시골 소설만 줄창 써대는 듣보잡 소설가가 하나 있는데, 그러더라고요. 미디어에 나오는 농촌은 조작된 농촌이다. 도시 사람들이 보고 싶은 것을 보여줄 뿐이다. 진짜 농촌이 어떤지 겪어보려고요.

달타냥(2003년생, 자유전공학부 1학년): 학기 중에 알바 열심히 해서 방학에 제대로 놀 밑천을 마련했거든요. 이번 방학에 농촌 봉사활동 가서 봉사 점수 채우고 일손 부족한 농촌에 보탬도 되고, 추억도 쌓고 그다음에 동남아로 배낭여행 갈 계획이었죠. 그런데 아빠가 직장에서 짤렸네요. 방학에도 돈 벌어야죠 뭐. 농촌에서 일하면 아무튼 여행 온 기분은 나겠죠? 며칠은 돈 안 받고 일하려고요. 봉사 시간도 채우게.

이상 6인방은 서로 초면이었다. 다니는 대학도 달랐다. 이

농사는 처음이지?

들은 돈호테랑 함께 알바를 했다는 공통점이 있었다. 돈호테는 1학년 여름방학에 아파트 건설 현장에서 먹고 자며 잡부로 일했는데, 알바인과 함께했다. 겨울방학엔 민속주점에서 서빙을 했는데, 양쾌순이 주방보조였다. 2학년 여름엔 당구장에 일했는데, 최농미와 아옹다옹 공을 닦았다. 겨울엔 횟집 타운에서 운반 일을 했는데, 거기서 청소하는 곽감희와 가까워졌다. 학기 중에는 평일, 공휴일, 주말 가리지 않고 심부름 센터 일을 했는데 달타냥, 별나리와 여러 번 '원팀'이었다.

돈호테가 일하면서 만난 동년배들 중에 자못 성실하고 인성이 되었다고 판단한 이들이었다. 원래 의뢰한 이들은 세 배수였다. 시급이든 일당이든 액수도 중요했지만 일의 강도와 일의 장소도 중요했다. 최대 8시간 노동에 일당 12만 원은 단순 시급으로 계산하면 고액 알바라 할 수 있었다. 하지만 농사일이라는 게 미지수였다.

언제나 그렇다. 말로만 듣고 텔레비전으로 본 현장과 진짜 현장은 현저히 달랐다. 돈호테에게 연락받은 학생 대부분이 일당은 마음에 들어 했지만 농촌 환경과 농사일을 두려워했다. 거기가 진짜로 사람이 일할 만한 덴가? 연예인이 웃고 떠들며 봉사하고 힐링하고 치유하고 먹방하고 오는 그곳과 알바로서의 그곳은 같을 것인가?

괴담도 횡행했다. 멧돼지며 뱀이며 모기며 '빌런' 동물의 왕국이라는 둥, 귀신이 출몰한다는 둥, 텔레비전이나 영화의 흔한 설정처럼 무시무시한 범죄자가 활보한다는 둥, 대마초 안 키우는 집이 없다는 둥, 사람을 노예 수준으로 부려먹는다는 둥.

시골살이에 대해 낭만을 가진 학생도 더러 있었다. 공기 좋고, 조용하고, 물 좋고, 인심 엄청 좋고.

돈호테는 트집 잡듯 확실히 해두었다. 공기, 도시랑 똑같아. 똑같이 뜨거워. 공기 질도 별로 안 좋아. 요즘 지자체 하는 일이 토목 건설밖에 없잖아. 산지사방이 공사판이라 먼지가 바람 불 듯해. 화력발전소도 가까이 있어 미세먼지도 다량 섞였을걸. 농약 냄새, 소똥 냄새도 장난 아니다. '조용하다'는 진짜 오해야. 봄에는 개구락지, 여름에는 매미 소리, 아침엔 새소리, 낮에는 농기계 굴러다니는 소리. 도시보다 시끄러운 날도 허다해. 물은 도시랑 똑같은 정수기 물, 생수 먹어. 시골 분들 인심 좋다는 건 진짜 착각. 농촌 어르신들도 신자유주의 시대를 악착같이 살고 있다. 도시 어르신들하고 똑같아. 예능 농촌이 아니라고. 살벌한 삶의 현장이야. 게다가 농활 가는 게 아니라 일꾼으로 가는 거니 일 못하면 혼꾸멍난다. 도시 사장들보다 덜 구박할 거라는 기대는 하지 마셔.

이렇게 묻는 학생도 있었다. 너 고향에서 안 좋은 일 있었니? 고향 사람들한테 학대당하고 살았어? 왜 그렇게 나쁘게

농사는 처음이지?

말해?

고향은 아니고 고향이나 다름없지. 내가 일찍 고아가 됐잖아. 중1부터 고3까지 그 동네 외삼촌댁에서 살았어. 내가 행동거지가 별로 미쁘지 않잖아. 그런데도 애어른이라 추켜세우면서 다들 나를 친손자처럼 아껴주셨어. 나는 그냥 실망할까 봐. 시골을 낭만적으로 고려하면 안 된다, 철저히 알바적으로 계산해야 한다는 거지. 섣부른 기대가 없으면 크게 실망할 일도 없어. 그렇지 않나? 알바 갈 때 그곳이, 그 일이 힐링되고 치유될 거라고 착각하며 간 적 있어? 없지? 돈 벌어야 하니까 어쩔 수 없이 간 거잖아? 이번엔 또 어떤 더러운 업주, 파트너, 고객을 만날까 두려워하며. 시골도 그런 냉정한 마인드가 필요하다는 거야.

6인방은 돈호테의 사람을 구하자는 건지 말자는 건지 알쏭달쏭한 섭외에도 불구하고 농사일해보겠다고 나선 이들이었다. 알바계의 귀재 소리를 듣는 학생들이었다. 소수 정예랄까.

돈호테는 원래 일꾼으로 참여할 계획이 없었다. 자기 없이 6인방만 보내기가 밤잠을 설칠 정도로 저어되었다. 6인방도 같이 갈 것을 강력히 요구했다. 생판 모르는 곳에 보증인도 없이 어떻게 가냐? 너 안 가면 나도 안 간다는 식이었다. 섬 같은 데 팔아먹을 속셈이냐고 인신매매를 의심하는 학생까지 있었다. 돈호테도 돈은 벌어야 했다. 그래, 6년 동안 나를 아껴주신 분들 아닌가. 봉사한다는 마음으로 가자. 막상 오니 고향에 온 듯 좋았다. 돈호테는 노파심에서 몇 마디 하겠다고 해놓고는 구인할 때 했던 말들을 다시 한번 떠들어댔다. 돈호테 말버릇을 잘 아는 6인방은 고기 먹고 술 마시느라 귀담아 듣지 않았다.

자기를 소개한 학생이 여섯 더 있었다. 그들은 다음 날, 다다음 날 떠나기에 굳이 소개하지 않는다.

곽감희의 이메일(7월 15일)

사람은 적응의 동물이라고 했던가요. 이젠 타고난 농사꾼처럼 하루하루가 자연스럽습니다. 판타지 같던 하루하루가 리얼리즘적인 나날이 되었다고나 할까요. 농사일 3주 하고 농사꾼인 척하는 거, 재수 없죠? 이름 모를 작물, 풀, 벌레, 기계와도 정이 들었죠. 여전히 이름은 잘 모르지만 친숙해요.

처음에 와서 닷새는 마늘과의 전쟁이었습니다. 좀 과장하자면 온 동네 마늘을 다 캤어요. 마늘 캐기는 소설의 5단계 구성 같아요. 편의상 캤다고 했지만 한 집 빼고는 기계가 캤습니다. 기계가 캐는 게 발단이죠. 우리가 마늘 흙 털고 모아내는 것이 전개입니다. 마늘 주대를 자르는 건 위기죠. 절단기 본 적 있나요? 살벌하게 생겼어요. 정신줄 놓았다가는 손모가지 날아갈 만큼 위험해요. 마늘을 노란 박스에 담고 운반하는 게 절정입니다. 작은 것도 뭉치면 무거워요. 노란 박스 하나에 마늘이 이삼천 개 들어가요. 처음엔 여성도 충분히 들 만한 무게예요. 신기하죠. 점점 무거워지는 거예요. 도무지 들 엄두가 안 나서 남자들한테 전담시켰어요. 드디어 결말이라는 게 있더라고요. 도시 알바가 끝없는 단순 반복이라면, 농사일은 굴곡과 결말이 있는 반복이라는 거죠. 잘린 마늘 주대만 남은 마늘밭은 아름다웠어요. 엄청난 성취감이 들었습니다. 도시 알바에서는 좀체 느낄 수 없는 기쁨이었죠.

함께한 할머니들은 툭하면 '옛날 타령' '나 때 타령'을 했어요. 잠깐만 들어도 농업 변천사죠. 특히 마늘 캘 때는 캐는 것의 어려움에 대해 진절머리 나게 떠들었죠. 기계가 캐주니까 일도 아니라는 게 핵심이죠. 대체 사람이 직접 캐는 게 얼마나 힘든지 우리도 경험해보았죠. 땅속 작물 수확기가 도저히 들어갈 수 없는 마늘밭이 있었죠. 삽이나 마늘 창을 땅속에 박아 마늘통을 들어 올리는 건데 힘도 들지만 삽날, 창날에 마늘이 찍힐까 봐 진도가 안 나가요. 우리가 상처 낸 마늘은 우리가 사 간다는 각오를 하고서야 속도를 낼 수 있었죠. 모든 수확 일이 그렇더라고요. 캐는 게 제일 지루하고 어렵고

짜증 나는 거죠.

6월 마지막 주에는 내내 감자를 캤어요. 마늘 캐기랑 비슷했어요. 땅속 수확기가 땅속을 깊게 훑죠. 줄기에서 감자를 떼어내고 흙 털어서 상자에 담죠. 마늘 캐기와 아주 다른 점은 마늘알통보다 감자알이 몇 배 크고 열 배는 무겁다는 거였죠. 마늘보다 힘이 훨씬 더 들 수밖에요. 감자 줄기는 절단기 사용하지 않고 감자만 떼어내면 되니까 그건 편했어요.

감자 수백 개 담긴 노란 박스는 꿈쩍도 안 했어요. 시골 일당은 남자가 항상 몇만 원은 높대요. 금년 평균 임금 시세가 하루 13~16만 원이라는데, 남성이 여성보다 2~3만 원 더 받는대요. 세상에 남녀불평등 아닌 곳이 없구나, 농촌마저! 분노했는데 감자밭에서 인정하고 말았어요. 수확물 박스를 옮기고 트럭에 싣고 창고에 가서 부리는 일은 결국 힘센 남자가 해야겠더라고요.

양파를 캔 날도 있네요. 양파는 사람 손으로만 작업했어요. 양파는 감자보다 크지만 감자보다 가볍더라고요. 신기하게 땅 밖으로 솟아 나와 있는 거예요. 여자 힘으로도 쑥쑥 잘 뽑혔죠. 마늘 절단기 대신 조그만 전지가위로 줄기를 제거하고 망에 담았죠.

농촌분들 기계 부리는 거 별로 안 좋아한대요. 나중에 남는 게 없으니까. 기계 부리는 값이 한 마기지당 6~7만 원이

농사는 처음이지?

래요. 한 마지기는 200평이래요. 저도 한 마지기가, 200평이 어느 정도인지 감을 잡을 수 없었죠. 이 동네에서 가장 영향력 있는 농민이라는 큰면(61년생)이 가르쳐줬죠. 농구장 하나가 127평쯤 된대요. 그러니까 농구장 한 개 반 정도가 200평이래요. 알아들은 척했지만 지금도 가늠이 안 돼요. 암튼 기계 부르면 기곗값에다 인건비까지 줘야 하니까 두 배 부담이래요. 저희를 부르는 게 더 싸게 먹히죠.

우리들이 늘 같이 다닌 건 아니에요. 두세 명만 필요하다고 하면 나눠서 일을 갔지요. 두 남자는 우리가 나가 있는 밭마다 돌아다니면서 힘을 썼고요.

열흘 지나서는 날마다 일하면 죽을 것 같아서 돌아가면서 하루씩 쉬었어요.

7월 초순은 어떤 할머니, 아니 아주머니―정말 어떻게 불러야 할지 모르겠어요. 완전 할머니인데 할머니라고 부르는 건 되게 싫어하거든요. 아무리 늙어 보여도 이런 날품팔이 다닐 정도로 팔팔하면 아직 할머니일 수 없다는 거죠. 아주머니라 부를 작정을 해도 입에서 먼저 나오는 건 할머니예요―말 마따나, 비 퍼붓다가 하루 이틀 해 뜨다가 했어요. 장마철인 거죠. 비가 죽어라고 안 온다고 징징대던 분들이, 비가 죽어라고 와서 진창 된다고 애가 닳더라고요. 태평농처럼 걱정이란 게 아예 없는 분도 계셨지만요.

이 동네에 유명한 싸움 친구가 계셔요. 한 분은 별명이 제비가 물어다 준 박씨 심고 키우고 타서 부자 되기 전의 흥부 같다고 해서 전흥부(48년생)고, 한 분은 별명이 놀부(48년생)예요. 전흥부는 안골분이고 놀부는 범골분인데 두 분이 어렸을 때부터 부락 또래 리더였대요. 한번 리더는 영원한 리더. 두 분은 부락의 자존심을 걸고 불알친구 때부터 동네에서도 학교에서도 만나기만 하면 싸우는 사이였대요. 4H운동 10대, 재건청년운동 20대, 새마을운동 30대, 자력갱생 40대, 자식들 대학 공부시키던 50대, 자식들 출가시키던 60대, 전염병 때때로 창궐하는 70대까지 사사건건 다투었대요. 두 분의 싸움 역사가 곧 역경리의 역사래요.

50대부터는 서로 누가 이장하냐 갖고 싸웠대요. 이장을 어느 부락에서 배출하나가 '중차대한 문제'였대요. 서로 이장을 번갈아 2, 3회씩 하고 70대부터는 노인회장 자리 가지고 다툰 모양이에요. 두 분이 서로 하겠다고 사생결단하는 바람에 어부지리로 태평농이 맡게 됐대요. 저희가 보기엔 평생 싸우고만 살았다는 두 분이 무척 친해 보여요. 왕년엔 몸으로도 싸웠대요. 입으로만 싸워서 참 다행이에요. 날씨 갖고도 싸우더라고요. 전흥부가 날씨 걱정을 하니까 놀부가 이기죽거렸죠. 평생 봐온 날씨 가지고 평생 고시랑거리는구만. 그니께 네가 평생 그 모양 그 꼴로 사는겨. 전흥부가 받아쳤어요. 온

난화도 믈러? 텔레비를 어디로 본겨. 온난화 때문에 아열대 기후로 변했는디 어떻게 평생 봐온 날씨랑 같다는겨. 아무 말이나 하더라도 바로 혀야지. 그렇게 시작해서 한 시간을 여야 의원처럼 으르렁대더라고요. 태평농이 타박하며―젊은 학생들 구경 왔으면 조용히 구경하다 갈 일인지 잘들 논다. 학생들한테 부끄럽지도 않아―말리지 않았으면 밤새 싸웠을 거예요.

비 오면 일을 쉬었겠다고요? 비닐하우스에 가서 수박, 참외, 멜론 땄죠. 수박이 가장 무서웠어요. 무거워서요. 나르기만 했어요. 따는 건 안 시키더라고요. 제대로 잘 익은 건만 따야 되는데, 전문가분들은 크기와 색깔, 그리고 두드려보기로 수박 속 상태를 가늠할 수 있다는 거죠. 새빨갛게 잘 익었는지 덜 익었는지. 밀차로 운반했을 건데 힘들 게 뭐가 있냐고요? 밀차에 올려 싣는 것도 엄청 벅차거든요. 참외는 우리도 땄어요. 노랗게 물든 거만 따면 되니까. 쉽기는 멜론이 제일 쉬웠어요. 수박, 참외는 잘못하다 떨어뜨리면 깨지잖아요. 우리가 몇 통이나 깼는지 몰라요. 우리가 깬 게 새참이었죠. 멜론은 깨질 걱정이 없죠. 단단해서 막 던졌다니까요. 던지고 놀았다는 게 아니라 우리가 밭에서 따서 던지면 두 남자가 밀차 앞에서 받아서 실었다고요.

토마토, 오이 딴 날도 있었는데 생략할게요. 다 똑같은 얘

313

기라고 지루해하실 것 같아서.

마늘 선별 작업을 한 날도 있어요. 우리가 첫날 수확했던 마늘 있죠, 그게 비닐하우스 바닥에서 말려지고 있었죠. 큰 놈, 중간 놈, 작은 놈 하는 식으로 구분해서 상자에 담았어요. 마늘밭에서는 마늘 냄새를 잘 못 느꼈거든요. 창고에 있으니 마늘 폭탄 속에 들어앉은 듯했어요. 덥긴 오죽 덥고요.

비 그쳐도 당장은 밭일은 어려울 거라고 짐작했는데 헛다리 짚었죠. 해 나오고 두어 시간이면 금방 마르더라고요.

비 안 오는 날은 들깨를 심으러 다녔습니다. 거두는 일만 하다가 모종은 처음이었지요. 한 열흘 수확해보고 농사를 만만히 여겼답니다. 할 만하네. 거두는 재미도 있고. 오만은 들깨밭에서 반 시간 만에 신기루처럼 사라졌지요. 모종밭은 따로 있었죠. 고추, 수박, 호박, 토마토, 오이 같은 모종은 제대로 기르는 육묘전문집에 주문해 가져다 쓴다는데, 들깨는 그냥 텃밭 한 자락에 깨씨를 뿌린대요. 6월 초에 파종했다는데 한 달 만에 짱짱히 컸어요.

마늘 3,000평 수확했다는 그 집 있죠. 바로 그 3,000평에다 깨 모종을 했어요. 수확할 때는 기계를 팍팍 쓰지만 심을 때는 함부로 기계를 쓰기가 애매하대요. 깨는 파종기도 잘 안 쓴대요. 파종기가 깨 모 개수를 구분해주는 것도 아니고, 깨 모는 연약해서 섬세히 다루지 않으면 잘 부러지니까.

씨 자체를 심을 때는 파종기가 짱이지요. 콩을 심은 날도 있었는데 한 사람은 파종기에도 콩알 잔뜩 집어넣고 땅에다 쏘면서 가고 한 사람은 뒤따르며 흙 조금 덮어주면 그만이었죠. 육묘장 태생 모종도 파종기를 사용한대요. 육묘장에서 길러 온 상태로 파종기에 넣었다가 파놓은 구덩이 속에 떨어뜨려주고 덮어준대요.

이장이 트랙터를 몰고 와서 마늘밭을 갈아엎고 깨 모종할 두둑으로 만들어놓은 상태였죠. 우선 두둑마다 멀칭*을 했어요. 트랙터가 검은 비닐 뭉텅이를 어딘가에 부착하고 달리니까 비닐이 길게 풀어지더라고요. 우리는 양옆으로 따라가면서 비닐 모서리를 흙으로 그러덮었어요. 도대체 이게 무슨 짓인가 싶었죠.

풀 때문에 그런대요. 풀 씨앗이 비닐을 뚫고 땅속에 못 들어가기 때문인지, 땅속의 풀 씨앗이 비닐을 뚫고 땅속에서 나올 수 없기 때문인지, 풀이 안 난다는 거죠. 이렇게 안 하면 때때로 자라나는 풀을 매주어야 하는데 그게 공포의 김매기래요. 아주머니들이 이견 없이, 농사일 중에 가장 힘든 일로 꼽는 게 김매기였어요. 그 밭 다 매고 아직도 내가 살아 있는 게 용혀! 이 말을 천 번은 들은 거 같아요. 요새는 일당 20만 원

---

* 농작물이 자라고 있는 땅을 짚이나 비닐 따위로 덮는 일

을 줘도 김매기 일꾼은 구할 수가 없대요.

태평농이 구경 와서는 타박했습니다. 나처럼 태평하게 짓고 말지, 이게 다 환경 공해여. 태평농은 깨를 심을 때도 모종 같은 것도 안 한대요. 밭 대충 갈기만 하고 깨씨를 그냥 뿌려 버린대요. 농약도 일절 안 치고요. 나중에 깨 반 풀 반이래요. 그거만 먹고 만대요.

3,000평 밭의 주인은 놀부입니다. 말이 태평농법이지 그게 장난이지, 농사냐? 우리끼리 있을 때 태평 타령해도 되는데 학생들 앞에서 그런 개떡 같은 소리는 지껄이지 마. 학생들이 농촌의 현실을 제대로 알게 해줘야지. 농촌에서 농약, 비닐 없이는 농사 못 짓게 된 것을 정확히 알려줘야지. 헛소리할 거면 구경도 오지 마. 전흥부라면 또 엄청 싸웠겠지만 태평농 하고는 싸움이 없죠. 태평농이 '댁 말이 대통령실 말이여' 웃어버리는데 무슨 싸움이 되겠어요.

멀칭이 끝나고 남자들은 쇠말뚝으로 구멍을 뚫었어요. 쇠말뚝에 간격을 조절할 수 있는 자 같은 게 달렸죠. 우리는 깨모 서너 개씩을 떼어 구멍에 넣고 흙을 그러덮었어요. 왜 아주머니들이 김매기를 극혐하는지 알게 됐어요. 자세 때문입니다. 오리걸음 해보셨죠? 딱 오리걸음 자세가 될 수밖에 없어요. 깨모 흙을 그러덮는 일도 밭매기 자세였죠. 밭을 매본 적은 없지만 밭매는 것 같았죠.

수확하는 것은 정말 쉬운 일이었습니다. 오리걸음 모종은 표현할 길이 없이 벅찼습니다. 그때까지 한 번도 당장 도망치고 싶다는 생각, 해보지 않았죠. 마늘 수확하고 하루 이틀만에 떠나버린 애들을 비웃었죠. 이 정도도 못하고 무슨 돈을 벌어. 그간 너희들이 한 알바는 꿀알바였나 보지. 이제 말하지만 농가주와 농사전문가들에게 지청구도 엄청 먹었습니다. 우리가 아무리 알바 인재 소리를 듣는다고 해도 농사일에서는 부족함이 많았습니다. 갖은 구박에도 불구하고 우리는 끈질기게 버텨왔죠. 돈 벌어야 하니까. 모종 한 시간 만에 돈이고 뭐고 당장 사라지고 싶었습니다.

진정 죽을 것 같았어요. 한 시간 만에 내 다리는 내 다리가 아닌 것 같고 나아가도 그 자린 듯하고. 모종엔 소설처럼 발단, 전개, 위기, 절정 같은 거 없었습니다. 그냥 계속 지루한 전개, 전개, 전개였습니다. 때려치고 싶고 도망가고 싶었습니다. 나만 그런 줄 알았는데 나머지 여자애들도 마찬가지였죠. 그래 너희들이라고 안 힘들겠니.

하고 보니 우리 여자애들은 서로 경쟁을 했던 듯해요. 누가더 일을 잘하나. 다들 알바 전문가 명성을 지키기 위해 게으름 피우지를 못했어요. 남들보다 더 잘하고 시키지도 않는 일까지 하겠다는 것은 아니지만 일 못한다는 말은 듣고 싶지 않았죠. 일당값은 했다는 소리를 들어야지요. 때문에 괴로워도 내색하지 않고 아무렇지 않다는 듯 열성이었죠. 깨 앞에서는 다들 멘붕, 번아웃, 그로기였죠.

그러나 우리는 해냈습니다. 결말은 있었습니다. 드넓은 밭에 점점이 박힌 연두색 깨 모종들. 우리가 이룬 성과여서 그랬는지 모르겠지만 우리는 다투어 감탄했습니다. 평생 본 풍경 중에 으뜸 경이로운 풍경이라고.

들깨와의 전쟁이 끝나자마자 폭우가 왔습니다. 얼마나 많은 비가 왔는지 텔레비전 봐서 아시죠? 심지어 기찻길도 끊겼으니 말 다했죠. 이장님이 혀를 찼어요. 내가 지천명 살면서 기찻길 끊긴 건 처음 본다. 태평농이 어이없어해요. 번데기 앞에서 주름 잡네. 나도 처음 보네. 여기저기 산사태가 났고 밭은 엉망진창이 됐죠. 수확이 끝난 것들은 다행이었지만 모종한 것은 안 심은 것이나 마찬가지가 되었죠. 놀부네 깨밭도 흙바다가 되었대요. 놀부도 태평농 못지않더라고요. 다시 심으면 되지. 거름 한번 잘 줬어.

바람에 산천초목이 뒤흔들리는 소리가 거대했습니다. 집째 날아갈 듯했어요.

이장님이 부리나케 들어오더니 묻데요. 학생들 모처럼 쉬는 날이라고 내가 안 된다고 했는데 꼭 물어라도 봐달라네. 비닐하우스에 고추를 5,000평이나 심은 분이 있는데, 폭우 때문에 오기로 했다는 분들이 다 못 왔대. 고추 따볼라나?

농사는 처음이지?

우리는 봉사를 하러 온 게 아니라 일하러 온 거죠. 고추 따기는 또 새로운 차원의 일이더라고요. 비닐하우스 밖은 비바람이 몰아치는데 우리는 열대 사막에서 사경을 헤맸습니다. 원래는 일부 개방해 바람이 들어오게 하는데 그럴 수도 없죠. 맹렬히 더울 때마다 어르신들이 '쪄 죽겠다'고 했는데 그 말을 실감했죠. 고추밭 주인은 이놈의 비닐하우스가 언제 무너질 줄 아나, 텔레비전 보니까 안 망가진 하우스가 없더라, 이 폭우에 일꾼을 구할 수도 없다고 조금이라도 빨간 놈은 다 따달라고 했어요. 그렇게 종일 고추와의 전쟁을 치르고 왔습니다. 한 일주일은 고추만 딸 것 같아요.

뒤풀이 (8월 26일)

학생 일꾼들의 마지막 농사일은 김장배추 모종이었다. 3년 전부터 농협에서 배추 모종을 영세 조합원 농가에 30포씩 나눠주고 있었다. 배토기*로 흙을 갈고, 그 흙을 긁어 두둑을 만들고, 두둑에 멀칭을 하고, 구멍 뚫고 모종을 넣어준 뒤 북주었다.

---

* 농작물을 심을 수 있도록 이랑을 자동으로 만들어주는 농기구

학생들은 농사 규모가 기업급인 농가에서만 일했다. 호락
질* 농가에는 갈 일이 없었다. 학생들은 마지막으로 돈을 받
지 않기로 하고 말 그대로 봉사를 했다. 두 노인 혹은 노인 혼
자 사는 집—자식들이 내려오지 않아 당장 파종이 불가능
한—마다 찾아다녔다. 어떤 집에 가서는 무, 쪽파도 추가로
심었다.

이날 저녁은 이장네 바깥마당에서 먹었다. 이장은 그동안
고생했다며 소고기를 사 오고 회를 푸짐히 떠 왔다. 학생들을
가장 많이 부려먹은 놀부—폭우 끝나고 들깨를 또 한 번 심었
다—를 비롯해 학생들에게 큰 도움을 받았던 대농가 주인들
이 마실 것, 먹을 것을 잔뜩 가져왔다. 학생 일꾼들의 든든한
뒷배가 되어주었던 태평농, 큰면도 왔다. 거동이 가능한 동네
노인도 한둘씩 스며드니 잔치판이 되었다.

늙은이들은 다투어, 젊은이들 때문에 두 달 동안 얼마나 동
네가 밝았는가를 골자로 중언부언했다.

학생들도 한마디씩 하는 순서가 있었다. 으뜸 별쭝맞은 소
리가 이랬다. 농촌엔 챗지피티가 뽑아준 답처럼 뻔한 게 없더
라고요. 도시 토박이인 저한테는 다 전위적이었어요. 저는 농
촌은 '고요한 바다' 같은 곳인 줄 알았거든요. 알고 보니 모든

---

* 남의 힘을 빌리지 않고 가족끼리 농사를 짓는 일

농사는 처음이지?

게 펄펄 살아 숨 쉬는 역동의 현장이더라고요. 챗지피티도 농촌에 대해서는 절대로 뻔한 정답을 낼 수 없을 겁니다.

늙다리 학생 알바인—트럭 운전도 택배차 수준이었고, 모든 농기계를 금방 배웠고, 곧 능숙하게 다뤘다. 특히 8월 내내 예초기로 삼동네 논둑 풀을 말끔히 깎았다—은 늙은이들에게 내내 시달렸다. 자네는 완전 농사꾼 체질이구만. 자네는 금방 부자 농부 될 걸세. 공부 바쁘겠지만 벼 탈곡할 때 내려와주면 천군만마겠어. 이장 혼자서 저 벼를 어찌 베나. 자네가 꼭 필요해.

자연스럽게 노래판이 펼쳐졌다. 학생들이 다시는 못 들어볼 늙은이들의 노래와 늙은이들이 다시는 못 들어볼 젊은이들의 노래가 이어 달렸다. 별스런 희희낙락이 비 소식을 또 머금은 깜깜 하늘을 오래도록 들쑤셨다.

삶을 소설로, 소설을 삶으로

신수진

김종광 소설의 아이덴티티

유례없는 모험과 전위적 실험으로 새로운 시대의 소설에 대한 응전과 열망을 보여주었던 저 90년대에 전통서사 기법에 따르는 이야기성을 계승하는 작가로 데뷔했던 김종광은 지금까지 아이러니한 희비극으로서의 삶을 기록하는 리얼리즘 소설을 굳건하게 써왔다. 박진감 넘치는 사건 전개, 연극적 요소와 인물의 구축, 제도와 권위에 대한 풍자, 방언으로 이룬 문체의 미학 등 김종광의 스타일이 된 이 변별적 자질들은 자기 앞에 당도한 세계를 직면하고 소설적 진실을 추구하도록 독려한다. 김종광은 쓰러지고 잊혀지는 삶을 기억하고 복원하고자 변방의 소설을 지향했음에도 불구하고 독자의 사랑과 평단의 인정을 받음으로써 역설적으로 중원의 소설을 써온 것이다. 2019년 코로나 무렵부터 2024년 현재까지를 배경으로 하는 최근 단편들과 더불어 제7소설집을 살펴보기로 한다.

21세기 농촌의 사관이 되어

포스트모더니즘의 르네상스에서 김종광은 새로운 소설 코드의 발명에 몰두하는 긴 줄의 끝에 서지 않았다. 전통적 삶의 방식을 고수하는 시골의 시공간을 재현하고 그 일상성 안에서 희노애락을 겪는 인물들의 투쟁기를 기록함으로써 고전 양식으로 회귀하는 소설의 독자적인 경향성을 일관되게 추구해온 것이다.

「농사는 처음이지?」는 일꾼 구하기가 하늘의 별따기인 여름철을 맞아 이장이 대학생들을 모집하는 장면으로 시작한다. 돈호테는 농촌 봉사활동이 열정 착취이며 노동력 갈취라고 하지만, 이장은 "〈나는 자연인이다〉가 문제여. 그 프로그램 하나가 시골집들이 거지집처럼 나오더라. 요새 그런 자연인은 시골에서도 노숙자 취급해."라며 일당 12만 원에 자기 집에서 먹여주고 재워주겠다고 한다. 두 사람이 주고받는 웃기고 장황한 사설은 농촌의 인구감소와 고령화를 보여주는 대목이다.

건설 현장, 민속주점, 당구장 등 각종 분야를 섭렵해온 돈호테는 같이 일했던 알바계 귀재들과 함께 고향에 내려가 마늘 캐기, 들깨 심기, 고추 따기 따위의 작업을 한다. 이 과정에서 육체적 고통이나 심리적 변화 그리고 날씨의 영향까지 농사짓기를 경험해보지 않고는 도저히 알 수 없는 구체성들이 발휘된다. 김장배추 모종을 끝으로 대장정의 막을 내린 날 이장네 마당에서 벌어진 잔치에서 "모든 게 펄펄 살아 숨 쉬는 역동의 현장"이고 "챗지피티도 농촌에 대해서는 절대로 뻔한 정답을 낼 수 없을" 것이라는 어느 대학생의 소감은 예능에서 소비되는 시골이 아니라 진짜 시골의 생명력을 통해 작가가 재현하고자 하는 삶의 본체다. 지리멸렬한 생을 끌어안고 그 진부하고 촌스러운 현실의 전개 자체를 보고 겪은 대로, 쓰고 또 쓰고 있는 작가가 있는 것이다.

시골 그대로의 시골을 쓰는 소수정예의 작가로 그 명맥을 이어온 김종광은 '충남 안녕시 육경면 역경리'를 중심으로 한 소설집을 연달아 펴냈다. 세속적이면 세속적인 채로, 쇠락하면 쇠락한 대로 시골의 세태를 정직하게 필사해왔다. 온 동네 사람들의 얽히고설킨 이야기는 과연 '이야기가 삶을 지속시킨다'는 것을 실감하게 한다. 그것은 삶의 재현성과 핍진성이라는 면에서 '무엇을' 바탕으로 삼고 '어떻게' 살아야 하는가를 고민케 한다. 다시 말해 그것은 나의 삶이 어떤 이야기가 되어야 하는가, 어떤 이야기로 남을 것인가에 대한 작가적 결단과 당위성의 발로다. 작가는 시골 이야기를 기획하는 데 전력을 다하는 것이 아니라 이야기 이면에 전제된 진짜 현실의 원본을 상기시키는 데 분투한다. 그래서 작가에게 삶은 이야기가 형성되고 발원하는 기원이며, 이야기는 삶을 새기고 본뜬 이본이 되는 것이다. 그렇게 소수 의견들은 마침내 실록이 된다.

루카치는 20세기의 소설을 시적 요소가 약화되고 이야기적 요소가 강화된 서사시의 개념으로 설명했다. 서사시가 스스로 완결된 삶의 총체성을 형상화한다면, 소설은 은폐된 삶의 총체성을 발견하고자 한다. 김종광의 소설이 현실 그대로를 이야기의 자리로 환원시킨다는 점을 헤아려보면 그의 소설이 은폐된 삶의 총체성을 들추는 기제임은 틀림없다. 이야기를 삶 자체로 등치시키는 그것이 곧 그가 생각하는 소설의 정체성이기도 하다.

소설가의 페르소나와 문학적 자의식

김종광의 소설에는 우리의 운명을 결정할 영웅적 인물이라거나 세계와 불화하는 문제적 인물 대신 어딘가 지켜주고 싶게 안쓰러운 인물이 등장한다. 주인공은 자의 반 타의 반으로 우여곡절을 겪는데, 대부분은 '웃픈' 이야기에 휘말리는 환장할 만한 좌충우돌을 중계한다. 그 웃음은 부당하고 불편한 현실일지라도 포기하지 않고 살아내야 한다는 엄중한 삶의 태도에서 비롯한다. 그래서 좌중을 압도하는 이 이야기꾼의 익살스러운 이야기에는 자못 숙연한 통찰과 반성의 계기가 주어진다.

'소판돈'의 원형이 되는 인물은 첫 소설집에서 소 팔아 대학 보내고 공무원이 되길 바랐던 아버지의 기대와 달리 소설 쓰기에 매달리는 장남으로부터 시작된다. 소설가가 되었지만 겨우 생활을 꾸리며 아버지로부터 "그러기에 누가 그걸 하랬냐."(『산 사람은 살지』)는 핀잔을 듣거나, "소판돈이라고 거 왜 클래식소설 쓴다는 시대착오적인 놈 있잖아요."(「알아야 면장을 하지」)라는 평을 듣는 인물들은 김종광 소설에서 누차 재현되는 작가의 페르소나다. 그들은 하나같이 직업적 사명과 집념을 저버리지 않는다.

나아가 동창들의 첫사랑이었던 빛나가 장애 아들을 데리고 고향에 와 의문사한 뒤 그녀가 여전히 신춘문예를 꿈꾸었다고 하는 증언 장면(「71년생 향토맨들」), 가족 뒷바라지로 평생을 바친 기분이 도서관 치매 예방 독서 토론에 참여하고(「토론 배우는 시간」), 성인문해교실에도 스카웃되어 받아쓰기부터 시 쓰기까지 하는 장면(「뭐라도 배우는 시간」) 등은 작가의 문학적 자의식이 투사된 형태라고 할 수 있다.

비범하고 영예로운 일보다 비루하고 부끄러운 일들이 스토리의 대부분을 차지하지만, 작가는 자신과 자신을 둘러싸고 있는 세계를 미화시키거나 가공하지 않고 소설의 형식으로 만들어내면서 역설적으로 글 쓰는 자의 자부심을 갖는다. 아직 오지 않은 시간을 예견하고 존재하지 않은 사건을 기입하는 것만이 선구적인 것이 아니라, 이미 오래전에 우리에게 왔던 시간을 기억하고 존재했던 사건을 기록하는 것 또한 아방가르드이기 때문이다.

소년범죄와 소년보호, 누군가는 해야 할 바보짓

작가는 「시골 악귀」에서 과거 자신의 낭만적이었던 시선을 거두고 동물살해, 특수강간, 살인미수, 강도 등 그 죄목을 다 도열할 수 없는 극악무도한 인물로 열다섯 살 강수를 귀환시킨다. "강수가 꼰대 벗겨놓고 거시기를 담뱃불로 지졌다니까요. 왜냐고요? 그냥요. 재미있잖아요. 강수는 지지는 재미가 있고 우리는 보는 재미가 있고." 육경면민 화합잔치가 있던 날 마을에 온 "오인조 오토바이 절도단"은 자신들이 촉법소년이므로 소년원에 가도 금방 나오고 "다시 찾아와서 네 새끼들 모가지 딸" 것이라고 공표함으로써 일말의 죄의식도 없음을 보여준다.

한편 살아남은 피해자들의 진술은 객관성이 확보되지 않은 채 블랙 코미디에 가까운 것으로 희화화된다. 중풍 노인은 열심히 말했지만 알아들을 수가 없고, 96세 노인은 눈만 끔벅대고, 욕쟁이 노인의 묘사는 거칠다. 김종광 소설에서 언어는 이처럼 가로막히고 어긋나고 붕괴된다. 알아들을 수 없는 말과 알아도 전하지 못하는 말과 아는지 모르는지 알 수 없는 말의 난장이 펼쳐지는 것이다. 디카시 공모전에 투고할 작품을 구상 중이던 여자는 산속에서 어린 왕자 같은 소년을 만나 사막여우처럼 인사했지만 "야구공처럼 땅땅하게 뭉친 칡넝쿨 뭉치"로 입이 틀어막힌 채 겁탈당한다. 칡넝쿨은 소설 전편을 관통하는 하나의 징후인 의사소통의 장애와 오류를 상징한다.

"즉사 당하지 못해 피를 흘리며 고통스레 살아 있"던 개들처럼 만신창이가 된 여자에게서 악귀는 스마트폰을 뺏어 여자의 소설을 읽는다. 소설 속에서 소설 쓰는 인간, 주로 자화상을 많이 등장시켰던 김종광은 인간적 공감을 불가능하게 만드는 악귀에게조차 클래식소설에 대한 애정을 지닌 내면을 부여함으로써, 그를 재고의 여지 없는 빌런으로 전락시키지 않으려고 한다. 이십여 년 전 경찰서를 탈출하던 어린 강수는 창살 같은 제도로부터 자유롭고 싶은 인간의 기표였다. 그런

데 노인들만 사는 시골을 쑥대밭으로 만드는 강수는 작가가 자신의 신념을 어처구니없는 순진함으로 치부하게 만들 만큼 반동적인 인물이다.

동양 괴담에서 귀신은 자신을 죽음으로 몰아넣은 악인을 찾아가 그를 뉘우치게 함으로써 억울하게 죽은 귀신에게 감정 이입하도록 한다. 이때 구구절절한 곡절은 효나 사랑 등 사회적 정의 확립을 위해 기획된 극적인 플롯이다. 그러나 서양에서는 악마가 씌면 죄를 지을 만큼 오래 살지도 않은 어린 아이라도 침대에 묶어 퇴마의식을 치르거나 정신병원에 감금시킨다. 이들은 가족 이데올로기 같은 사회적 질서를 해치는 괴물로 간주되어 가련하게 죽임당한다. 악마성에는 고유한 인격이나 개연성 있는 전사가 없다. 신의 섭리를 위한 필요악에 불과하기 때문이다.

김종광이 부활시킨 강수는 '악귀'라는 별명처럼 엑소시스트류의 악마성을 가진 존재다. 하드코어 호러물에서 살아남기 위한 방법은 괴물을 처치하는 방법밖에 없듯이 엄마도 강수와 함께 분신자살한다. 이 작품은 김종광 소설 가운데 이례적으로 비극적 결말을 취하고 있다. 인물이 지닌 결함에도 불구하고 변호의 여지를 주는 기존의 경향과 달리 강수는 작가가 어떤 대안이나 기회도 부여하고 있지 않은 거의 유일한 인물이다.

이 소설과 대응점에 있는 소설은 「어린애를 지켜라」인데 여기에서는 부처님, 공자님, 예수님 등이 팔십 노인들의 꿈에 나타나 어른으로서 어린애를 지키라는 계시를 내린다. "농촌 드라마는 씨가 말랐지만, 시골 팔아먹는 방송은 쎘"으므로 방송 출연을 권유하는 기자에게 "이름은 알 것 없고요, 나이 는 먹을 만큼 먹었고요, 내후년에 중학생 되고요, 일억 주시 면 출연할게요."라며 거절하는 당돌한 안다수는 동네의 유일 한 아이로 집마다 찾아다니며 헌책을 읽는 '틀닭' 취향의 소 녀다. 그런데 얼마 지나지 않아 정말로 안다수는 납치되고 노 인들은 멧돼지 사냥용 사제 총으로 활극을 벌인 끝에 영웅처 럼 아이를 구한다.

시골은 유기적 공동체로 보존되는 것이 아니라 미디어에 활용되고 범죄에 노출되는 취약한 시공간임을 지적하면서도, 아이들을 어른들로부터 보호받아야 마땅한 존재로 상정하고 있다는 점에서 작가는 본래의 도덕적이고 계몽적인 입장을 고수한다. 또한 미흡하더라도 문학적인 방식으로 자기 세계 를 확보해가는 인물이 꼭 한 명씩은 모든 소설에 출현하는 설 정 또한 특징적이다. 그것은 공장에서 찍어내듯 "판타지"와 "클리셰"를 근거 없이 제출하는 상업물들로부터 정통문학을 사수하고자 하는 김종광의 마지막 희망 같은 것이다. 그것은 모두가 시대에 뒤떨어진 것이라고 무시하고 망각하며 외면해도 시골 본연의 시골, 문학 본연의 문학, 사람 본연의 사람을 끝내 지키고자 하는 작가적 신념의 발로이며 "누군가는 해야 할 바보짓"이다.

역사적 테제에 대한 작가적 책무

전통적인 풍속과 가치에 대한 김종광의 수호 의식은 자본과 권력에 의해 가장 먼저 이용되고 또 가장 먼저 버려지는 카드가 되어온 비주류 사회에 대한 체감 때문일 것이다. 김종광의 시골 연작은 역경리 사람들의 신변잡기적이고 유머러스한 삽화 뒤로 시대와 정치라는 큰 문제의식을 바탕에 두고 있음을 언급하지 않을 수 없다. 소설에는 관계나 생계가 서로 얽혀 있어 법리적인 갈등 해결이 어렵고, 공권력에 대한 불신과 추종이라는 양가성으로 인해 관행과 인맥으로 작동하는 커뮤니티의 특성이 소상히 드러난다.

「알아야 면장을 하지」에서 작가는 관료제의 폐해와 정치적 풍토를 답파해간다. 작은 사회의 편파와 반목 세태 속에 30대 시의원은 "분노하고 절망하고 개혁 의지를 넘어 혁명적 사고를 갖"게 될 지경에 이르고, 9급으로 시작해 마침내 면장이 된 연광은 "세상을 다 가진"듯한 기분도 잠시 또 다른 계급과 서열에 열등감을 느낀다. 이장은 최불암이 나오는 TV프로그램을 위해 조류독감 때 모두 살처분되어 있지도 않은 토종닭을 사 오고 빈집 가마솥을 세트장으로 촬영해 그럴듯하게 방송에 나온다. 이런 장면들은 김종광이 누차 이의를 제기해온 오락거리로 급조된 시골로서 포복절도하게 하는 재미로 묘사된다.

"주민상생간담회 및 힐링농업 확산 및 어쩌고저쩌고"하는 행사는 "칭찬이랄지 안건이랄지 민원이랄지 성토랄지 성분 불분명한 말들이 만발"하는 가운데 태양광에 관한 두 사람의 만담만 실컷 듣다가 점심시간에 쫓겨 급히 마무리된다. 그러나 이 말들 속에는 인물의 성격 등이 효과적으로 반영될 뿐 아니라 이들이 목청 높여 다투도록 만드는 구조가 전경화되어 있다. 이 오합지졸과 이전투구의 현장에서 태양광 설치보다 중요한 것은 책임자들이 탑재해야 할 소명의식과 양심의 허무맹랑한 부재다. 사건 자체는 이제 말의 투쟁에 의해 공중분해되고, 형체를 알아볼 수 없게 된 세계만이 덩그러니 남는다.

소설은 현재 농촌의 낙후성에 큰 역할을 미치고 있는 정치적 요인들로 독선주의, 연고주의, 형식주의, 법률만능주의, 무사안일주의 등 복합적인 면면을 두루 짚어나가며 일상성과 평범성을 모반과 위반으로 넘어서는 서사를 창출한다. 예컨대 펜데믹을 살아내고 있는 삶의 현장을 정치하게 살핌으로써 역사적 테제를 무화시키거나 간과하지 않으려는 작가적 책무를 감지할 수 있는 것이다.

충청도 방언과 연극적 말하기 방식

충청도 최고의 욕에 대한 이야기를 들은 적이 있다. 충청도 사람들은 직설적으로 말하지 않고 완곡어법으로 말하기 때문에 욕인지 칭찬인지 구분할 수 없다. 이를테면 "내비두어. 애는 착혀." 같은 말인데 그것은 세상 아무짝에도 쓸모없는 인간이라는 뜻이다. 능청과 재치가 있는 충청도 말은 너스레 같지만 비판도 내재하고 있으니 보통 심오한 화법이 아닐 수 없다. 표준어 "실례하겠습니다."를 "봐유."로, "돌아가셨습니다."를 "갔슈."로 압축할 수 있을 뿐 아니라 기쁠 때도 '뭐여!', 슬플 때도 '뭐여!', 감동스러울 때도 '뭐여!', 화났을 때도 '뭐여!'라고 할 만큼 경제적이다.

이문구의 초기작 「암소」를 원작으로 후사를 쓴 격인 「암소가 술 마신 집」은 황구만과 그의 집에서 머슴살이를 하고 새경을 떼먹힌 박선출의 역사로부터 시작된다. 실랑이 끝에 둘은 암소를 길러 팔기로 했지만 어느 날 소는 술독을 다 비우고 죽어버린다. 훗날 선출의 부인 신실은 주인집을 매입하고 식당을 열어 주인집 딸 양순까지 거두게 되는 반전의 운명을 맞는다. 정밀한 인물관계도와 유창한 스토리텔링으로 김종광의 장기를 확인할 수 있는 작품이라고 할 수 있다. 이야기 속에는 불변하는 사실 혹은 동일한 사건이 존재하고, 이를 둘러싼 등장인물들의 말의 향연이 파노라마처럼 펼쳐진다. 이 서술 방식 때문에 이야기는 하나의 맥락으로 수렴되고 정리되기는커녕 더욱 복잡해지고 시끌벅적해진다.

「71년생 향토맨들」에서 다중 화자가 등장하고 녹취록 형식이 활용되며 각자의 해석이 다름을 보여주는 식의 연극적 장면은 특정 결론에 도달하도록 하는 것이 아니라 삶의 층위를 입체적으로 실감하도록 한다. 「우리 소풍을 위하여」처럼 다양한 나이, 인종, 언어 간의 소통에서 또 하나의 연대 가능성을 엿볼 수도 있다. 우연히 함께 떠나게 된 소풍에서 노파는 못 이기는 척 노옹을 받아주고, 뚜엔과 바다하는 서툰 한국말로도 동병상련을 느끼며, 스무 살도 더 많은 그들의 남편들은 거친 표현과 달리 애틋한 마음을 갖고 있는데, 어쩌면 이들에게 사건에 대한 객관성이나 판단은 중요하지 않을 수도 있다. 중구난방으로 이야기를 진행시키는 그 역동적인 운동성 자체가 삶의 진실성에 다가가기 위한 일환이기 때문이다.

비속어가 뒤섞인 구어체 발화는 각 인물의 사연과 속내까지 살피고 어루만진다. 웃음과 눈물을 머금은 그 말은 우리가 딛고 선 우리들의 가장 낮은 자리로 온다. 다소 민망스러운 인물들의 약점을 볼 때마다 겸연쩍어지는 것은 그것이 낯익은 주변 인물들의 초상이자 내 안에 도사리고 있는 부끄러운 실체이기 때문이다. 그래서 웃기고도 슬픈 이 언어는 윤리적일 수밖에 없다.

결국 김종광의 리얼리즘은 지금 여기의 현실을 소설로 옮겨놓는 작업이다. 자꾸만 본질을 놓치고 이상한 세계의 난투극만을 남기는 말들은 가공할 자본의 모순과 불공정한 정치 구도를 복기하게 한다. 작가는 인간을 소외시키고, 인간성을 박탈하며, 스스로 인간이기를 포기하게 만드는 이 전망 부재의 현실 앞에서 무력해지는 인물들을 부단히 생성해내고, 스러지게 하고, 다시 그 자리에 세운다. 작가가 사랑하는 면민들은 졸렬함과 속물성이 있기도 하지만 누구도 끝까지 미워하지 못하는 어진 마음과 더불어 살아가는 지혜를 가졌다. 그렇게 살아 펄떡이는 말의 힘은 타자를 환대하도록 추동하기 때문이다.

진행형의 삶을 기록하는 제의로서의 글쓰기

김종광은 모든 테제를 자연스러운 삶의 일부로 포괄하면서도 특정 영역을 전면적으로 대상화하거나 대결의 구도로 삼지 않는다. 그에게 삶은 모든 요소의 유기적이고 통합적인 실현이기 때문이다. 삶을 소설로 고증하는 작가에게 부분과 전체로서 하나의 맥락과 전망이 소설을 이루는 것이다. 이 소설들은 사회라든가 민중과 같은 관념이나 이상이 아니라 지극히 현실적인 개인들의 다면체적인 삶으로 이야기를 만들어 간다. 김종광이 그 명맥을 보유하고 있는 소설의 이야기성은 충청도 사투리와 청산유수의 입담을 통해서 전수되는데, 그것을 가능하게 하는 것은 바로 구체적 캐릭터다. 소설에 등장하는 숱한 인물은 한 시대를 살아가는 개성적이고 생동감 있는 인간 군상들을 유감없이 보여준다. 운명과 싸우기보다는 운명을 온전히 끌어안고자 애쓰는 인물들이기도 하다.

그가 생각하는 삶은 미해결성과 불확정성으로 점철된 진행형으로서 우스꽝스럽고 불완전한 부조리극이다. 그에게 삶은 계속해서 한 페이지씩 넘어가는 일기처럼 지속되는 것이며 소설 또한 다르지 않다. 개 패듯이 패는 남편을 감싸주는 부인(「우리 소풍을 위하여」), 어린 소녀를 지켜주는 할아버지(「어린애를 지켜라」)와 같이 타자에 대한 사랑과 실천의 행위는 작가의 분신격인 소설가 인물과 주위 사람들을 위해 치성을 드리는 그의 어머니 기분의 삶과 궤를 같이한다. 온 동네 사람들의 이야기 하나하나가 거의 동등하게 등재되어 서로 떼어놓을 수 없는 한 덩어리의 삶 전체를 조망하도록 하고 있다는 점에서 소설가는 샤먼처럼 제 목소리를 갖지 못한 이들의 구성진 이야기를 들어주고, 이 회한을 육성으로 받아 적어주는 자다. 주체가 타자들의 현현을 위해 기꺼이 제 몸을 내어주는 이 행위야말로 작가가 인물들을 재현하고 있는 일종의 제의일 것이다. 이는 소설에 등장하는 시골의 삶과 원리이기도 하다. 이들에게 중요한 것은 저 피안의 약속된 땅이 아니라 척박한 황무지일지라도 자신과 가족들을 먹여주는 이 땅이다. 이처럼 극사실주의에 가까운 현실 감각은 꾸밈없는 시골에서의 삶과 그 터전에서 꿋꿋이 살아가는 사람들을 손쉽게 신성시하거나 낭만화하는 우를 범하지 않는다.

한 시대를 관통해온 무명의 사람들에게도 저마다 파란만장한 이야기가 있다. 작가는 자칫 보잘것없는 이야기들로 오인될 이야기들을 밝은 귀로 수집하고 비상한 기억력으로 기록해간다. 그는 언제나 자신이 겪은 이야기를 쓸 것이지만 그것은 언제나 김종광의 필터로 재구성될 것이며, 이 개별적인 이야기들은 보편적인 인간을 이해하기 위한 귀한 사료가 될 것이다. 이야기에는 영광스러운 역사와 긍지만 있지 아니하며 오히려 가장 한스러운 패배와 절망이, 가장 부끄러운 치욕과 오해가, 가장 후회스러운 실수와 어리석음이 도사리고 있다. 아마도 그러한 고통 속에서만 삶에 대한 깊은 이해는 가능하기 때문일 것이다.

자전적 · 재현적 · 성찰적 영역을 공전하며 자기 세계를 이루어온 김종광 소설은 시골 소설, 세태 소설, 가족사 소설 등 그 특징들을 두루 내포하고 있으면서 어느 한 유형에 적확하게 해당한다고 정의하기 어렵다. 여러 장르의 부분집합으로 속해있고 각 영역들이 명징하게 건재하면서도 계보학적 카테고리는 특정하기 어려운 것이다. 그럼에도 불구하고 김종광 소설의 주제의식과 문체와 인물이 이루는 통합성은 그의 소설을 오랜 시간에 걸쳐 김종광 소설이라는 하나의 장르로 만들어왔고, 이제 마침내 김종광 소설이라는 대체 불가능한 장르로 자리매김할 수 있게 한다.

신수진 문학평론가
2014년 한국안데르센상 동화, 2017년 조선일보 동시, 2019년 서울신문 평론 당선.

작가의 말

　일곱 번째 소설집입니다. 2019년 코로나19 발발 때부터 2023년까지 쓰고 발표한 단편 아홉 편을 묶었습니다. 모두 안녕시 육경면 남녀노소 이야기입니다.

　어머니의 특별한 경험을 담은 독립영화 같은 이야기도 있고, 낭만 타령 같은 이야기도 있고, 희망 사항을 적은 이야기도 있고, 부조리극 같은 이야기도 있고, 잔혹한 이야기도 있고, 나름 시골 밥상 같습니다. 입맛에 맞는 것은 즐겁게 맛보시고, 입맛에 맞지 않은 것은 긍휼히 여겨주셔요.

　딴은 우리 시대의 시골을 실록처럼 기록한다는 사명감을 가지고 썼습니다. 그렇지만 이야기는 될 수 있어도 실록이 될 수는 없나 봅니다. 어른용 동화 같네요! 시골을 담은 각종 예능 프로그램들과 마찬가지로, 저 역시 저만의 돋보기로 시골을 왜곡한 것 같습니다. 그래도 우겨봅니다. 시골 사람들이 코로나19 시대를 어떻게 겪어냈는지 증언하는 이야기 사료라고.

특히 감사를 드려야 할 분들이 계십니다. 제 시골 이야기의 원천, 어머니는 이번에도 두 편에서 주인공을 맡아주셨습니다. 신수진 평론가가 과분하여 어쩔 줄 모르겠는 해설을 주셨습니다. 마디북은 소설들을 '개갈 나게' 묶어주었습니다.

이 책을 읽어주실 독자님, 고맙습니다.

안녕의 발견

초판 1쇄 발행 2024년 4월 29일
초판 2쇄 발행 2024년 12월 16일

지은이　　김종광
펴낸이　　신의연
기획편집　이호빈
펴낸곳　　마이디어북스
등록　　　2022년 4월 25일(제2022-000058호)
전화　　　070-8064-6056
팩스　　　031-8056-9406
전자우편　mydearbooks@naver.com
인스타그램 @mydear__b

이 책은 경기도, 경기문화재단의 지원을 받아 발간되었습니다.